바람이 말해요, 여기 왔다고

지구별
제주도,
가볍게
빈집에서
살기

지민희
지음

바람이 말해요, 여기 왔다고

바람에 부처

제주는 바람이 유난해서 밖에 나가 서 있으면 머리칼이 나부꼈다. 온몸이 흔들릴 때도 있었다. 그 때는 아주 옛날 바다 밑으로 불이 흐를 때 생겨난 언덕들마저 흔들린다. 바람이 불지 않을 때는 내가 먼저 움직여야 풍경들이 움직였다. 나는 사람 없는 해변을 걷고 나무 틈새로 난 산길을 걷는다. 이쪽으로 가면 바다가 나오나요? 마을에 처음 도착했을 때 나는 마을 사람에게 물었다. 바다에 있는 큰 바위들마다 마을 사람들이 부르는 이름이 있었다. 생이덕, 팽도덕, 볼레낭도랭이, 동물캐… 바위들은 다른 바위가 하는 말을 듣고 있다가 고개를 끄덕이거나 머리를 가로저을 것 같았다. 어린왕자가 잠시 살았던 소혹성 b612호처럼 나는 언제나 의자

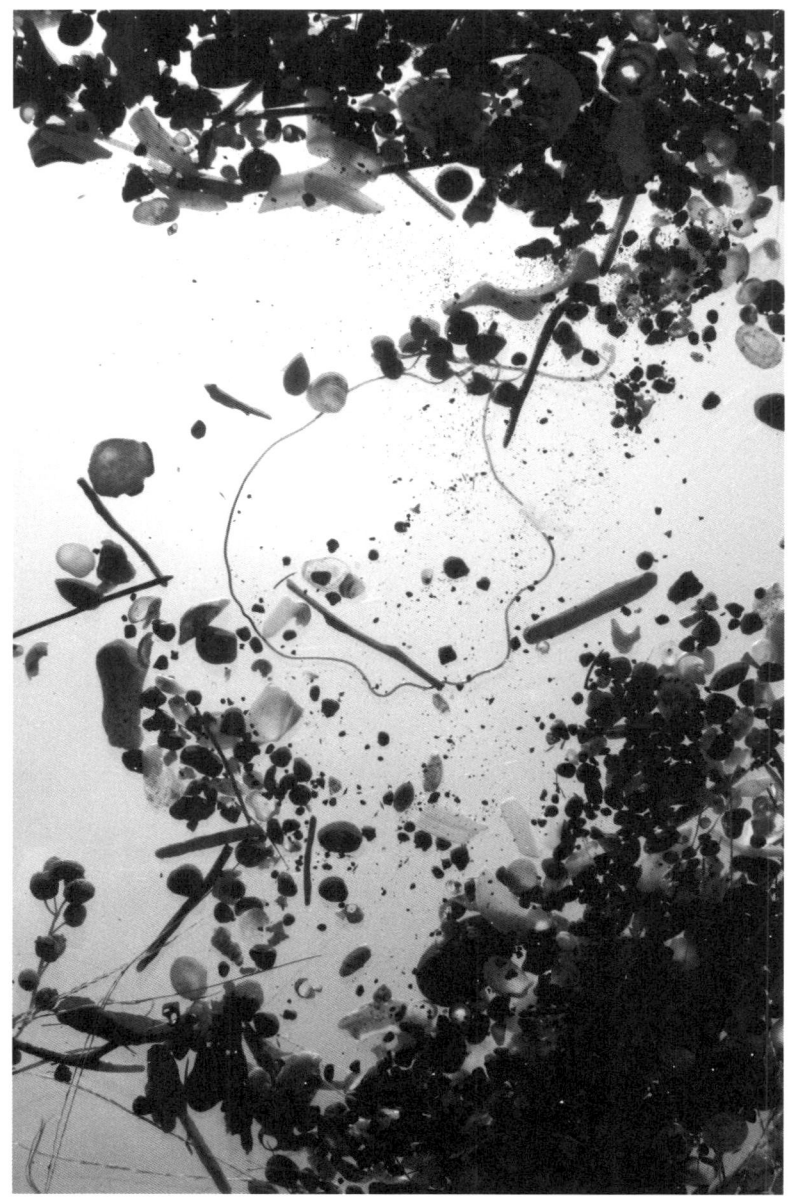

를 놓고 앉으면 사방이 잘 보이는 곳에 있었다. 나무 위에 올라가 내려다보는 것처럼 바다도 땅도 낮고 평평했다. 서귀포 대부분의 곳이 그러하다. 가시를 가진 장미가 있던가. 장미는 없어도 빨간 동백꽃도 있고 푸른 귤나무도 있었다. 그럼 바오밥나무는? 바오밥나무 대신 요트의 돛처럼 휘어진 머리를 흔드는 커다란 야자수들이 있었지. 내 거주 여행의 수확은 내 몸만큼 내가 차지한 빈 공간을 경험한 것이다. 작은 혹성을 둘러싼 하늘이 바로 머리 위에서 나를 내려다보고 있었다. 길은 아무리 걸어도 끝이 없었다. 머리가 뱃속처럼 텅 비는 것 같았다. 밤이 되면 사방이 캄캄해지고 머리 속도 캄캄해지는 것 같아서 두려움이 들었다. 가지고 간 것이 없어서 바닷가의 돌들이나 땅바닥에 떨어진 동백 열매들을 주워와서 방바닥에 쌓아놓고 있었다.

원래 살던 곳에서 멀리 살고 싶어서 서귀포에 가서 살았다. 제주도 서귀포시 월평동 월평로 171번지. 그날그날을 살아가는 재미가 있었다. 겁 없이 바람이 불고 있었다.

2010년 5월
지민희

바람이 말해요, 여기 왔다고

바람에 부쳐   5

1장, 서울   11
2장, 서귀포   25
3장, 서울   89
4장, 서귀포   95

이미지 에세이   145
바람 사용법   217

1장

서울

아침에 국민체조 음악을 듣고 일찍 깼다. 여덟 시 삼십 분이었다. 집 근처 학교에서 운동회인지 체육대회인지를 시작한 것 같았다. 그 이후로 계속 마이크로 진행자가 축구 해설자처럼 거칠게 떠들어댄다. 그 소리를 들으면서 이불을 머리에 말고 침대 위에서 한 시간 정도 뭉개다가 일어나서 스케치를 하기 시작한다. 근데 또 조금 전부터는 집 근처 어디선가 공사를 시작했다. 들들들 콘크리트를 뚫는 소리를 타고 내 삶의 불행이 나를 엄습하기 시작한다. 들들들 굴착기 소리는 치과에서 이빨을 날카롭게 갈아대는 소리로 변한다. 이가 흔들리고 있지 않나? 세상이 왜 이렇게 매너가 없는지 화가 난다. 이 소리를 반경 300미터의 온 동네 주민들이 경청하고 있는 것이다. 언제부턴가 이 미친놈의 동네는 일주일 걸러 공사를 하는 것 같다. 그것도 여덟 시 삼십 분부터. 왜 아무도 민원을 안 넣는 건지 신기하기만 하다. 옷을 입고 돌아서는데 식탁 모서리에 허벅지가 탁 하고 부딪힌다. 그리고 빨래 건조대에서 양말이 툭 떨어진다. 이 개미 굴딱지 같은 집. 어제 샤워할 때 보니까 이미 멍이 두 개나 들어있던데. 어제도 집에 들어오기가 싫었다. 나는 몽고 들판 어디 말뚝 옆에서 자야 하나. 소리를 덮으려고 음악을 훨씬 크게 틀었다. <au bordel>. 그저께 처음 듣게 된 프랑스 캬바레에서 녹음된 라이브 앨범이다. 낯선 번호로부터 전화

가 온다. 전화를 받고 서둘러 스피커 소리를 줄인다. 받아보
니 출판사 편집팀장이다. 무슨 좋은 음악 들어요? 그녀가 나
에게 전화를 건 것은 처음이다. 캬바레 음악이요 하고 스스
로 변명도 사족도 덧붙일 수 없게 짧고 명료한 답을 하고 나
서 그녀가 왜 전화를 한 건지 곧장 이야기할 수 있게 입을 다
문다. 디자이너가 전화를 안 받아서 내게 전화를 했다는 것
이다. 입학했다면서요? 입학이요? 아닌데. 나는 입사가 아닌
무슨 입학인지 머릿속을 한 바퀴 굴렸다. 아, 저녁에 그래픽
프로그램 배우는 수업을 들으러 다녔는데 이제 안 나가요.
(내가 뭘 제대로 끝내본 적이 있어야지.) 그녀는 드디어 그림
은 어느만큼 진행했냐고 물어본다. (나도 그 말을 듣고 싶었
어요.) 수정을 넘어서 다시 그려야할 게 점점 많아져서 처음
부터 스케치를 하고 있다고 했다. 점점 많아진다고 말하고
있으니까 먹을수록 점점 많아지는 것은? 하고 어렸을 때의
수수께끼가 생각난다. 그녀는 나에게 모든 작업을 완벽하
게 할 수는 없다고 말한다. 작업이 자신과 맞지 않아 자꾸 안
풀려서 자기를 깎아먹는다고 판단되면 그만둘 수도 있지만
이 작업에서 내가 무엇을 보여줄지, 어떤 재미를 얻을지를
결정하면 열심히 해야 한다고 했다. 그리고 무슨 일을 하든
산을 넘어야 할 때가 오고 그 산을 넘지 않으면 다음에 복병
처럼 그 산이 다시 나타난다고 했다. (저도 그럴까봐 무서워
서 이 일을 못 그만두고 있어요.) 그녀가 왜 전화를 한 건지

09.05.25

감이 확실히 잡히지는 않는다. 내 진행 상태를 확인해서 나를 자를지 안 자를지를 가늠해보기 위해서거나 작업이 어서 진행되도록 조언해주기 위해서거나. 둘다거나. 아니면 교묘하게도 내 입으로 작업을 못 하겠다고 말하는 걸 듣기 위해서거나. 그러면 내가 먼저 포기한 게 되므로 선인세 절반을 물어주고 정말 이 일을 포기해야 한다. 사람들은 지금 모두 산을 넘고 있을까. 산을 넘은 사람들은 다음 산을 넘고 있을까. 산을 넘지 못한 수많은 루저들은 지금 뭐하고 있을까. 나처럼 패배감에 가슴 졸이며 해소되지 못한 그 사회적 욕구를 장난감을 만지며 달래고 있을까. 나이가 들면 종잡을 수 없었던 리비도도 이 사회적 욕구에 조용히 종속되는 게 아닐까. 나는 이제 수녀처럼 살고 있다. 비좁은 방, 짧은 동선, 간결한 일과, 한정된 인간관계, 순응적 행동까지도.

생각해보니 몇 달 전 마지막으로 만났을 때 그녀는 나에게 5만 원에 당첨된 로또 복권을 주었다. 조카가 고모에게 세뱃돈을 받듯이 나는 그 아무것도 아닌 것 같은 미심쩍은 종이 쪼가리를 덥석 받아 챙겼다. 다음날 그 돈을 종로 5가의 은행에서 찾아서 혼자 군밤을 사먹었던 게 생각난다. 나는 정말 돈을 찾아 들고 있었다. 그러고 나는 그녀에게 해준 게 하나도 없다. 은행에 갈 시간이 없어서 라고 했지만 내가 가진 게 아무것도 없다는 걸 성숙한 어른쯤 되면 알기 때문에 그 복권을 준 건지도 모른다. 은행에 갈 시간이 없어서라

09.05.25

고 해서 그녀가 남자처럼 느껴졌었다.

전화를 끊고 나자 가슴에서 거품이 올라오기 시작한다. 시장 장면을 그려놓은 스케치 속에 주인공의 얼굴은 계속 고치느라 얼룩덜룩해져 있는데 마지막에 그린 것마저 기름으로 지워버렸다. 정말 이상한 얼굴이야. 정말 이상해. (저는 왜 사람을 그리면 인형처럼 되죠?) 2주 뒤에 스케치 미팅을 하고 그 때 가서 이 일을 어떻게 할지 결정하기로 했는데 솔직히 자신이 서질 않는다. 자신이 누워있다.

그저께 디자이너를 만났을 때 한 달 동안 그린 두 장의 그림이 암묵적으로 모두 거부를 당했다. 이 상태로는 그림을 훨씬 많이 그려야 한다고 했었다. 그런 일은 없도록 이젠 스케치 작업을 하는데 어느 새 그림 스타일이 또 달라져 있다. 포즈는 어색하고 저는 왜 사람을 그리면 인형처럼 되죠? 라고 디자이너에게 물었었다. 그림 속 인물은 나처럼 비현실적이고 꼭두각시 인형 같다. 석달 전부터 돌연 디자이너는 스케치를 처음부터 다시 하기를 바라고 있었다. 스케치를 해서 만나자고 했지만 나는 스케치를 해오지 않는다. 나는 계획적으로 그림을 그려본 적이 없어서 스케치를 할 수가 없다. 나는 앞으로 일러스트 일을 하지 못하게 될 것이다.

09.05.25

08.08.23

서울시의 공원화 지원을 받아 운동장이 개방된 집앞 여자 중학교에 가서 강일이와 달리기를 했다. 나는 다섯 바퀴를 돌고 강일이는 열 바퀴를 뛰었는데 운동장을 모두 돌고 철봉에서 팔굽혀 매달리기까지 하고 난 강일이의 표정이 늙은이 같아 보였다.

해수욕장에서 모래를 퍼왔는지 철봉 아래 모래들이 온통 조개껍데기 부서진 모래들로 채워져 있었다. 손톱만한 조가비들이 하얀 배를 내놓고 모래 위에 즐비하게 누워있었다. 라 부에나 비다가 부르는 까를로스 조빔의 <wave>를 들으면 생각나던 브라질 해변이란 게 이런 것이라고 생각하며 밟혀서 빠스라지기 전에 한 주먹이나 주워서 집으로 돌아왔다.

개를 훈련시키는 코치 같은 연희동 강일이를 따라 가을엔 금연하고 좀 달려줘야겠다. 여중생들이 개학하면 일부러 소리도 질러주면서 달리자고 했는데 그러지는 않기로 했다.

08.08.20

책 하나가 오늘이면 완전 끝이 나서 어제는 그것을 자축하려고, 아니 어제 날씨가 너무 좋았기 때문에 종로를 걸어오는데 마치 다른 나라에 온 것 같기도 해서 저녁, 낙원동에서 술을 마셨다.

올해 초 편집자에게 일을 진행하다가 연락이 두절되고 어디론가 제멋대로 떠나버려서 작업이 몇 년씩 늘어지는 일러스트레이터들이 있다는 얘기를 처음 들었을 땐 황당했는데 8월이 되어서야 나도 그 언니오빠들을 이해할 수 있게 되었다.

걸려오는 전화를 받지 않는다는 것은 결국 제 무덤을 파는 일인데 그간의 신뢰감이고 일이고 나발이고 다 필요 없

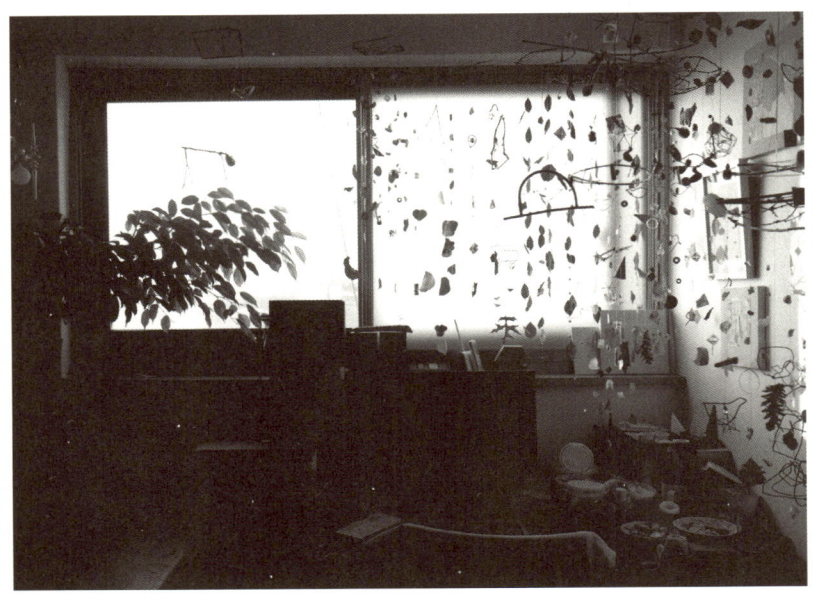

고 자기가 지금 당장 살아야겠다는 거다.

스트레스에 대한 면역이 아직 약해서 멈추지 않는 뇌를 꺼내서 물에 좀 헹구든지 손이 머리보다 빨리 가도록 좀 단련시키든지 뭐가 어찌되든 나도 적응 좀 하면서 살고 싶다.

사흘 전에는 머리가 터질 것 같아서 디자이너의 전화를 받지 않았는데 어제야 그림을 다 넘기고 보니 새삼 모든 불안을 잠식시키는 것은 작업을 하고 자신과 남과의 약속을 지키는 일인듯하다.

디자이너나 편집자가 어떤 그림을 보고 기뻐하며 좋다고 말해줄 때 얼어있던 마음이 천천히 빠직빠직 부서지고 나의 오래된 잘못들도 이해받는 느낌까지 들면 이건 좀 루저 같은 걸까?

이제 마지막 남은 일을 해야지.

가을이 차가운 물감처럼 여름 속으로 흘러든다.

멋진 가을.

08.08.20

두 개의 미팅의 불안에 못 이겨 새벽 늦게 맥주를 따다가 잠들었는데 아침 여덟 시에 일어나 허겁지겁 과천으로 1학기 마지막 석판화 수업을 들으러 갔다. 판화아카데미 수강자 중 이십대는 나 하나인데 오늘 유독 내 얼굴이 좀 허얘 보였던 탓인지 돌을 씹어먹을 나이인데 아파보인다 해서 헤헤 웃는데 그마저도 좀 정신이 없었다. 다만 수업 중에는 피치 못할 자연재해가 일어나서 미팅이 하루라도 늦춰졌으면 하는 바람 속에서 종강파티의 계란말이 김밥 맛도 모르고 혼자 전전긍긍했다. 나중엔 비굴하게 애원도 했지만 미팅 날짜를 늦출 수가 없어서 수업을 마치고 바로 미녀 디자이너의 차에 태워져서 미팅장소인 집으로 왔다.

현관문에는 전기수급계약 해지 예정 알림서라는 것이 빨간 도장이 박힌 채 붙여져 있길래 급히 떼고 집에 들어오자마자 변기 위에 올려놓은 언제나 둘 곳 없는 거대한 벤자민 화분을 세탁기 위로 끙 올리고 천장에 매달 수도 없는 빨랫대는 벽쪽으로 바짝 밀고 컵 디딜 데가 없는 싱크대 위를 대충 정리하면서 커피를 내리고 숙제 검사에 돌입했다.

그림을 체크 받기 하루 전은 아주 운이 좋지 않으면 쓰레기 같은 자기 환멸에 시달려서 좀 끔찍한데 단순히 그림이 너무 못 생겼다는 불쾌함에서부터 직업을 다시 구해야한다는 패배감, 이 모든 자의적 타의적 옥죄임에서 벗어나고 싶어 망치로 철사가 납작해질 때까지 두드렸던 손장난에 대한 검열에 이르기까지, 게다가 내장이 튀어나온 물고기 뱃속 같이 좁고 길쭉한 이 집안의 너절함까지도 손님들에게 그림과 함께 보여주어야 한다는 압박까지 받게 되면 내가 전날 맥주 두 캔을 안 마실 수가 없다.

손님들을 보내놓고 두번째 미팅장소인 처음 가보는 H신문사에 도착했을 때는 하나를 해치웠다는 급격한 홀가분함과 정신적 육체적 피로함에 나른하게 마취가 되어서 배를 찢어도 아프지 않을 것 같이 기분이 이상하게 좀 좋아져서 그림이야 어쨌든 사람들 앞에서 불안하게 말을 조잘조잘 잘도 해대었다.

사람들과 만나서 얼굴을 보면서 이야기를 하다보면 그들이 괴물도 아닌데 그들을 왜 그렇게도 어려워했던가 싶고, 나를 도와주고 싶어하는 사람들인데 해함을 당하지 않으려고 혼자 고민을 했구나, 뒤늦게 후회를 한다. 그 사람들은 대부분 내가 아주 어렸을 때의 엄마 같은 얼굴들을 하고 있는데 말이야.

생각해보니 어제 맥주를 마신 날 낮에는 불현듯 엄마아빠가 너무 보고 싶어서 대낮인데 아무도 없는 사무실 소파에 혼자 망연히 앉아 흑흑 울다가 잠에 들었었다. 결혼하면 엄마아빠랑 다시 같이 사는 건 물 건너가는 것이구나. 그리고 지금도 같이 살지 못 하고, 엄마아빠는 늙고 있는데, 그리

08.06.27

고 언제 죽어버릴지도 모르고, 집에서는 날 시집 보내려고
나 하고, 이 모든 못난 상황이 너무 뒤죽박죽으로 독가스처
럼 엄습해오는데 세상은 너무 무심하고 평온한 것이었다.
뭐 새삼스러울 것도 없이 세상이 원래 그렇다는 건 다섯 살
때쯤 이미 극렬히 깨닫긴 했지만.

마지막 미팅이 마무리되고 다음 약속을 잡고 신문사를
빠져나오는데 디자이너가 오늘 멋져보이는데 어깨를 좀 펴
라고 해서 어깨를 움찔거리면서 괜히 웃었다. 버스를 같이
기다리면서 출판 프로세스에 대해 한참을 이야기하는 디자
이너의 얼굴에서 엄마한테서 느꼈던 고단함과 안타까움을
느꼈던 것 같다. 혼자 버스를 타는데 누구라도 마음을 잠시

08.06.27

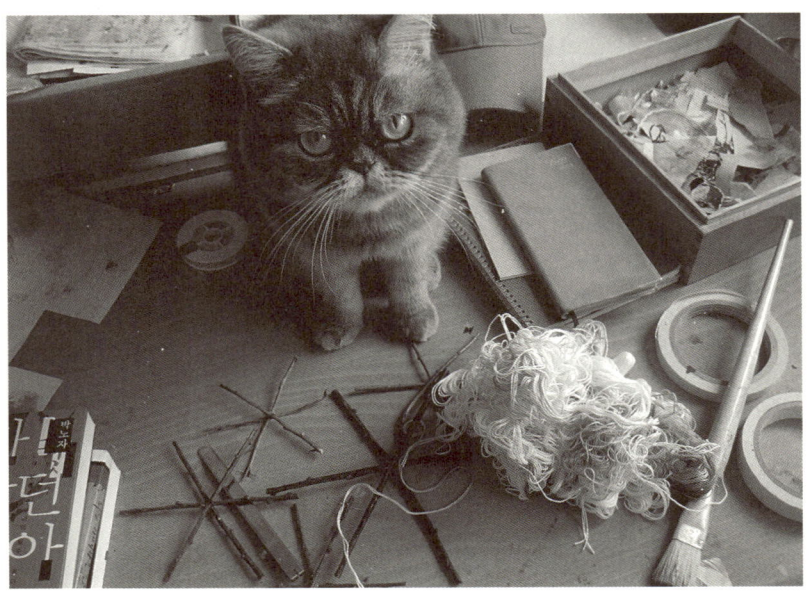

라도 붙인 사람이랑 헤어지면 쓸쓸해져서 버스 안에서 마음이 혼자 덜렁거리는 것 같았다.

나보고 돌도 씹어먹는 나이라지만 난 위산과다 소화불량에나 시달리고 심리적인 허약함을 극복하는 데 시간을 너무 소모시키고 내 얼굴을 사실 쳐다보고 싶지도 않고 손도 너무 느릿느릿하고 오늘 아침에는 몇 달간 관심 없었던 전기요금고지서를 문득 자세히 들여다보다가 관리비와 공과금을 보내달라고 올해 처음 집에 돈 얘기를 했는데 돈이 그럼 하나도 없느냐고 깜짝 놀라면서 엄마는 아, 청춘아, 탄식하면서 전화를 끊었다.

그래 이게 바로 청춘이다.

난 돈은 없지만 돈 잘 버는 거 말고는 할 수 있는 게 꽤 많은데 좀 답답하다. 기본적으로 진지하게는 살고 있는데 종이로 지은 집 속에 혼자 소꿉장난하면서 살고 있다는 느낌이 늘 따라다닌다. 칼을 들고 야채를 썰고 손수 밥을 지어먹는데도 어떤 땐 실감이 잘 안 나. 해가 져서 어두워지고 있다는 불안함 속에서도 조금만 더 조금만 더 하면서 어른놀이를 하는 재미에 취해서 혼자 풀을 뜯고 흙밥을 꾹꾹 그릇에 다져넣고 있는 건지도.

08.06.12

마을버스가 한참을 오지 않는다. 버스 정류장의 보도블록이 어느새 새로 깔려 있다. 도로공사 직원들은 자주 공사를 벌인다. 비가 와서 블록을 메우고 있는 고운 모래들이 빗물에 씻겨 내려가고 있었다. 고운 모래들이 검은 빗물을 따라 내려간다. 저녁에 마을버스 정류장에서 오지 않는 버스를 기다릴 때면 늘 상념이 많아진다. 문득 저 모래들이 어디서 왔는지를 깨달았다. 저 모래들은 해변에서 온 것이다. 아니면 강바닥에서. 깨끗한 이 새 모래들은 더러워지는 보도블록을 까느라고 엉뚱한 이곳까지 실려 온 것이다! 여자중학교 운동장에도 저런 모래들이 깔려 있었다. 나는 운동장에서 달리기는 안 하고 철봉 아래 새로 간 모래에 파묻혀 있는 잔잔한 조개와 고둥들을 뒤져 수북이 주워가지고 왔었다. 바다에서 새로 온 모래는 깨끗하고 투명했다.

식탁 위에 등받이나 무릎, 나뭇가지 분일 것을
하나씩 놓아보고 있으면
소풍 살팝을 차리는 것처럼 기분이 좋아진다.

여쩔 때는
내가 술 베까지 억지 가만히 누워 있으라고 명령했었겠다.
사람 아닌 사람이 사랑스러운 것은
이 때문 아닌가.

24

2장

서귀포

바람이 말해요.

여기 왔다고, 여기 왔다고

그리고 바다가 말해요.

그래야만 한다고, 그래야만 한다고

그런데 태양이 말해요.

그럴 수도 있다고, 그렇게 될 거라고

그러면 비는……?

진 리스,

『광막한 사르가소 바다』

앙투아네트의 노래

서귀포에 온 지 열흘이 되었다.

하루 이틀이 되고 나서부터는 닷새가 되어 있고 오늘 다시 확인하니까 열흘이 되어 있었다. 시간을 바쁘게 쓰는 것도 게으르게 쓰는 것도 아닌데 여기서 한 달을 벌써 산 것 같은 느낌이 드는 것은 '간에서 전갈이 움직이는지 들어보는 멍청한 습관' 때문일까. 외출을 하지 않으면 음악도 화면도 없이, 의자도 책상도 없이 벽에 그냥 기대어 앉아 있다. 언제나 방안에 혼자 들어앉아 있으면 거대한 살 속에 들어있는 느낌이 든다. 내가 세포 속에 기생하고 있는 더듬이도 꼬리도 없는 작은 벌레처럼 느껴진다.

맞은편 건물의 좋은열매교회에서 찬송가를 반주하는 기타소리가 요란하게 들린다. 오늘은 또 일요일이고 서귀포 시내에 나왔는데 상가들이 대부분 문을 닫았다. 여긴 교회 다니는 사람들이 많나봐요 했더니 돈휘 씨가 제주는 아직 등따습고 배불러서 그렇다고 낄낄대며 말했다. 그는 말할 때마다 낄낄 잘 웃는다. 담배를 많이 피우고, 아마 하루 세 갑은 피울걸. 당뇨병이 있는데 술을 많이 마신다. 미루나무 카페가 문을 닫아서 갤러리로 와 사무실에 있는 이 책 저 책을 뒤져보며 시간을 보냈다. 이곳은 옛날에 건축사무소였다. 갤러리는 이세환 건축사무소라는 옛날식 나무 현판을 그대로 달고 있는데 관장님의 아버지가 이세환 씨고 관장님도 건축가라고 한다. 서울에서 제주로 올 때 같은 비행기를 탔는데 티켓이 오만 육천 원이었다. 제주를 운항하는 저가 항공사 때문에 비행기를 타고 진주에 가는 것보다 제주로 오는 게 훨씬 싸다. 미리 좀 일찍 사면 삼만원에도 살 수 있다는데 이 좋은 게 대체 언제 생긴 걸까. 이 건물 지하에는 <기타로 오타바이를 타자>라는 밴드 연습실이 있다. 저녁부터는 밴드 연습실에서 <빗속의 여인>을 계속 연습하는 소리가 들린다. <빗속의 여인> 그리고 <나 어떡해>. 월평마을밴드가 와서 연습을 하고 있나 보다. 가입비 만 원만 내면 강습을 받을 수 있다고 해서 드럼을 배워볼까 했는데 두 달은 뭘 제대로 하나 하기에 긴 시간은 아니라서 미뤄두고 있다.

어제는 앉은 자리에서 저녁 내내 작업을 했다. 하는 수 없기도 했는데 부엌엔 바퀴벌레가 살고 있어서 들어가는 게 눈치가 보이고 책을 읽는 것도 이제 좀 지겹고 어딘가 다른 자리에 앉기 위해 어질러진 방을 치우기에도 내가 서울에서 가져오고 또 여기서 주워온 물건들이 이리저리 모두 널려져 있었다. 언제나 이런 식인데 제각각의 물건들을 말끔하게 정리정돈 하는 게 늘 잘 안 된다. 치우는 데 시간이 많이 걸리고 물건을 치우는 게 힘들다. 물건을 찾지 못해 불편을 느끼면서 그냥 널려진대로 내버려둔다. 물건들에 포위된 채로 있는 것이다.

09.08.29

　바람이 많이 불기 시작하더니 새벽까지 바람이 너무 불어서 무서워서 잠을 못 자고 뜬눈으로 누워 있었다. 문을 열면 보이는 마을회관 앞의 플라타너스가 거세게 큰 소리로 계속 흔들렸다. 낮에 뜯어놓은 벽지들이 후룩후룩 소리를 내니까 무서움이 들었다. 창문과 문들도 계속 덜컹거렸다. 풍낭(바람막이 나무)이 왜 필요한지를 알았고 감귤밭 가장자리로 바람을 막고 서 있을 삼나무나 야자수 풍낭들이 떠올랐다. 바람이 잦아들어 조용하면 거미가 움직이는지 벽지 뒤로 흙이 떨어지는 소리가 들리고 어둠 속에서 모기인지 개미인지가 팔다리를 물었다. 처음으로 서울에 가고 싶었다. 욕실 공사가 어제 다 끝났는데 다같이 회식을 하다가 처음 본 공사를 도와준 분이 아직 제주도 구경을 못 했다고 쉬는 날에 구경을 시켜주겠다고 하는데 마음이 편치 않았다. 술자리가 이젠 불편하고 차를 태워주는 낯선 사람들도 무섭고 불편해지기 시작했다. 차를 얻어 타고 전화번호를 가르쳐주었다가 뻔뻔하게 전화를 매일 걸어오는 남자의 얼굴을 생각하면 무서웠다. 너무 갑갑해서 벌떡 일어나 저녁에 만들던 모빌을 다시 만들었다. 바깥은 온통 어두워서 아무것도 보이지 않았다. 밤은 죽음 같고 자기 전에 검은색으로 칠해 바닥에 모아둔 동백 열매 껍데기들은 죽은 새들처럼 불길하게 느껴졌다. 이 집을 나는 잘 알지 못하는 것 같다.

09.08.29

09.08.30

저녁에 버스를 타고 집으로 오는데 큰 소리가 나면서 버스가 한 번 흔들리더니 도로 위에 멈춰섰다. 강정 근처였는데 다친 사람은 아무도 없었다. 승용차는 머리가 부서지고 나를 포함해 세 명 밖에 없던 승객들은 다음 버스가 올 때까지 버스 안에서 기다렸다. 바깥은 비가 내려서 나와 있을 수도 없었다. 가서 꼭 해야할 일이 있다거나 약속이 있는 것도 아니고 나를 기다리는 사람도 없어서 그리고 다음 버스가 올 것은 분명하기 때문에 아무 생각 없이 버스 안에 앉아 있었다. 버스가 멈춰서 선명해진 라디오 소리 때문에 음악이 잘 들렸다. 음악을 들으며 한참을 기다리면서 앉아있으니까 어느 순간 내가 멈춰 서 있는 버스처럼 느껴졌고 외롭다고 느꼈다.

아침부터 비가 내려서 선선하고 흐렸다. 문을 열고 밖에 나갔더니 높이 전깃줄 위에 제비들이 열 마리 넘게 나란히 앉아 있었다. 화장실을 가느라 마당으로 한 걸음씩 움직일 때마다 한 마리 두 마리씩 날아가 버렸다. 안녕 제비야 가지마 난 너희들이 좋아.

　월평화훼작목반 디자인 수업이 있었다. 월요일·화요일마다 양원석 작가가 화훼 농사를 짓는 청년들과 디자인 수업을 하는데 오늘은 백합 포장상자를 디자인하느라 프리젠테이션을 하고 실제로 시안작업을 했다. 관장님이 유물관 프로젝트 구상에 대해 말하길래 나는 집안의 곡물창고 안에 미니 유물관을 만들어보면 어떨까 생각했다. 집집마다 작은 생활 유물을 기증 받아 그 물건 크기에 맞는 선반과 아기자기한 동판 라벨을 제작하고 삼면의 벽 가득 설치를 하는 것이다. 방은 두 평이 될까 말까 하고 작은 창문만 하나 달려서 그리로 빛이 새어 들어오는데 갈라진 흙벽과 천장의 대들보가 그대로 노출돼 있어서 이 방은 이미 유물관스러웠다. 물건을 수집하고 분류해서 설치하는 과정은 지금 내가 하고 있는 작업 과정과도 비슷했다.

　수업을 참관하다가 나와서 슬리퍼를 신은 채로 동네를 돌아다니다 도로를 건너서 포구로 난 길로 들어섰다. 늘 다니던 길 너머로 들어가자 새로운 세계로 진입하는 것 같았

31

다. 배낭을 멘 올레꾼들과 간혹 마주쳤다. 도로가 언제쯤 나오는지, 버스정류장 방향이 어디인지를 손에 아무것도 들고 있지 않은 내게 물었다. 나는 원래 여기서 살고 있는 사람처럼 무심히 길을 알려주었다. 길은 쭉 뻗은 것 없이 이리로 살살 휘어지고 저리로 살살 휘어진다. 걷다가 어느 순간 뭔가 몸속의 혈압 같은 것이 낮아지는 느낌이 들었다. 바다가 저 높이 보였다. 두꺼운 하늘 아래 담담한 색깔의 바다가 보였다. 아무도 없고 열매도 잎도 온통 초록색인 감귤밭이 이어졌다. 길을 만들고 있는 낮은 돌담 때문에 바다를 향해 난 수로 속을 흐르는 기분이 들었다. 시야 양쪽으로 끝없이 늘어진 바다를 보니까 수평선 끝이 약간 둥글어 보이는 것도 같았다. 이렇게 넓은 바다. 저게 바다구나. 처음도 아닌데 바다를 처음 본 것만 같았다. 바람도 이제 익숙해진 것 같았다. 늘어진 워싱턴 야자수잎이 바람 때문에 사선으로 쓸려나가고 있었다. 내 키만큼이나 모든 게 낮게 엎드려 있고 바다도 키가 크고 하늘도 몹시 넓고 두꺼웠다. 포구에 닿자 연인들, 친구들, 단체 여행객들이 각각 포구 끝에서 말없이 바다를 바라보고 있었다. 절벽에서 내려다보자 해안가로 들어와 있는 바닷물은 어두운 초록빛이 돌다가도 투명했다. 바다가 거기 있다는 걸 확인하고 다시 돌아섰다. 갑자기 자세히 보기에는 바다가 너무 컸다. 오르랑 내리랑 걷다가 슬리퍼를 벗어 들었다. 아스팔트 바닥이 선선하고 딱딱해서 발이

가볍고 부드럽게 느껴졌다. 마을회관에 도착하자 종아리가 뻐근했다.

전시날짜가 잡혔다. 10월 22일부터 11월 1일까지. 서귀포 시내 갤러리 '하루'에서 개인전을 하기로 했다. 애초에 단기 거주라 전시까지 할 생각은 없었는데 레지던시가 끝나면 전시를 하는 게 의례이기도 한 모양이고 와서 작업을 해보니 실제로 전시를 하면 좋을 것 같았다. 집앞 마당에서 전시를 해도 좋을 것 같고 갤러리에서 전시를 해도 좋을 것 같다. 작업을 하고 있어도 조금 막막한 느낌이 있었는데 고무적이다.

09.08.31

수업을 마친 양원석 작가와 저녁을 먹으러 서귀포 시내에 나왔다가 작업실에서 그림을 보여주어서 구경을 했다. 제주도의 돌을 그렸는데 자세히 보니 얼굴들이 숨겨져 있었다. 처음 만났을 때 도록에 실린 그의 나무 그림을 보았는데 소나무잎이 별모양을 한 풀잎처럼 그려져 있었다. 거구에 강한 인상이지만 그가 여리고 섬세한 사람일 거라고 생각했다. 이야기 할 수 있는 사람을 만나서 좋다고 그는 또다시 말했다. 그는 2인전을 해보자고 했다. 지난번에 내가 죽음에 대해서 말하겠다고 하자 그는 그럼 삶에 대해서 말하겠다고 했었다. 이번에 만나 작업 계획에 대한 이야기를 듣고는 내가 웃으며 해프닝 같다고 하자 그는 삶이 해프닝 같은 거요 하고 말했다. 가장 예민하고 어정쩡한 오후 3시에

울리는 수많은 시계들의 알람소리. 그는 이번에 그런 작업을 하고 싶다고 말했다. 가장 좋아하는 꽃이라며 제주의 갈대에 기생한다는 꽃 사진을 한참 보여주었다. 난꽃처럼 생기기도 했는데 이름이 '야고'라고 했다. 나무에 기생하는 겨우살이처럼 몸체가 좀 희멀겋고 꽃머리가 몸에 비해 비대했다. 꽃은 중앙에 적나라하게 구멍이 나 있었는데 음문처럼도 보였다.

바람에 또 사납게 나무들이 소리를 낸다. 강 하나가 공중에서 부서져 내린다. 마을 하나가 이미 다 파괴되고 무섭게 휩쓸려 나가고 있다. 오래돼 헐거워진 간유리를 끼운 문이 덜컹거린다. 성애의 컴퓨터 속에서 집시가 노래를 부른다. 성애가 드디어 제주도에 월평마을에 우리집에 도착했다.

09.08.31

09.09.01

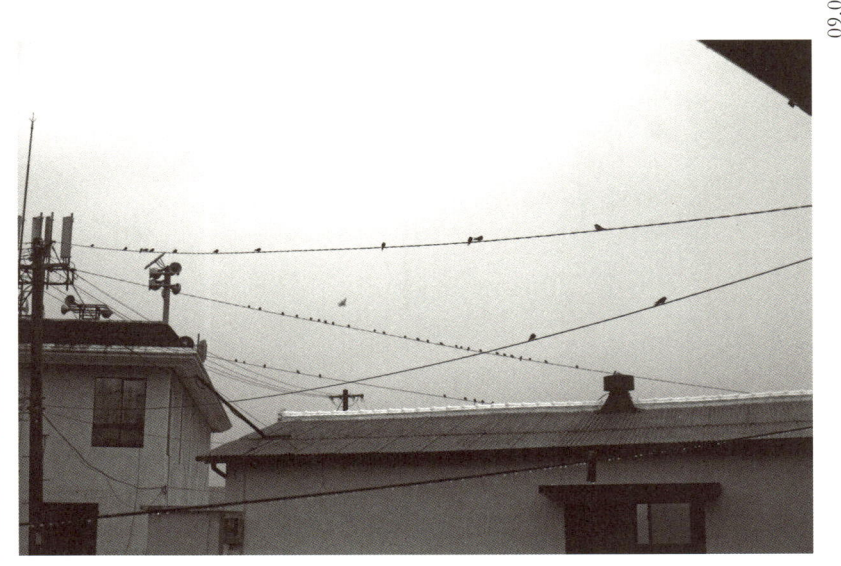

아침에 일어나 문을 열자 시원한 바람이 훅 들어왔다. 따뜻한 느낌이 들었다.

바람이 부니까 해변에 와있는 것 같지 않니? 성애는 그렇지는 않은데 하고 대답했다. 아침을 먹고 있는데 돈휘 씨가 불쑥 나타나서 서울에서 친구들이 자전거 여행을 왔는데 여기서 자고 갈 수 있는지 물었다. 낯선 사람이 좁은 이곳에 머무르고 잔다는 것이 선뜻 받아들여지지가 않았고 이미 이곳은 만남의 장소로 여러 번 활용되어서 스트레스가 쌓이고 있었다. 이곳은 1차적으로 내 사적인 공간이므로 만남의 장소나 여관으로 이용하지 말았으면 좋겠다고 했다. 엊그제도 같이 술을 마시고 집으로 돌아오는데 2차로 술판을 벌이려는 것을 막았다. 그 손님들은 <빈집>이라는 공동체를 하고 있다는데 한 집에서 열 명이서 산다고 했다. 수시로 사람이 드나들고 하루 숙박자에서부터 장단기 거주자들이 골고루 있고 집값은 쪽방보다 싸다고 했다. 여럿이 그렇게 살아본 적이 없어서 처음엔 신기하게 느껴졌지만 불편할 것 같았다. 사는 게 원래 계속 불편을 겪는 것이기도 할테지만 밖에서 돌아와서도 계속 혼자 있을 수 없다면 정말 힘들어질 것 같았다.

돈휘 씨가 내가 처음 왔을 때 해주었던 것처럼 나도 성애에게 제주도 지도를 펼쳐놓고 월평마을과 서귀포시와 제주도에 관해 브리핑을 해주었다. 월평마을의 주종 농사가 백합과 귤·한라봉이라는 것, 이 마을에서 벌어지고 있는 생활 공동체예술프로젝트, 서귀포 시내와 중문으로 가는 버스, 아케이드 시장, 이중섭 거리, 한라산의 위치, 서귀포의 올레 코스 등등. 서귀포 시내 오리엔테이션을 위해 밀짚모자를 나란히 쓰고 성애와 버스를 타러 마을 입구로 나갔다. 돈휘 씨는 아왜낭목 정류장이 한국에서 가장 아름다운 버스 정류장이라고 했었다. 정류장 옆 정자나무 아래 비석거리가 있고 그 뒤로는 소나무 숲과 너른 바다가 보인다. 낮이나 저녁이나 마을 남자들이 사랑방처럼 정자나무 아래에 앉아 있는데 얼마 전에는 사진을 찍으러 갔다가 그 곳에서 생맥주도 한 잔 얻어마셨다. 정말 맛있었다. 이 비석은 무슨 비냐고 여쭤보니까 이 마을 출신의 재일동포가 전기를 마을에 보급한 공로를 기린 비라고 했다. 충효비도 있었다.

버스가 너무 오지 않아 벤치에 가방을 베고 누워 잠을 잤다. 대신 성애가 버스를 열심히 기다렸다. 월평마을 앞으로 한 종류 밖에 다니지 않는 5번 버스를 타자마자 제일 앞자리에 앉았다. 나는 이 버스 타고 시내 나가면서 바깥 보는 게 정말 좋아. 그러려면 맨 앞에 앉아야 돼. 나는 성애한테 떠들어댔다. 정말 그랬다. 일차선으로 조금 천천한 듯이 달리는 버스의 맨 앞자리에 앉아서 구경을 하면 앞이며 양옆으로 서귀포의 낮은 풍경들이 빠르고 경쾌하게 나를 통과해 가

09.09.01

는 것 같았다. 어느새 바다도 다가왔다가, 멀리에 있는 한라
산도 옆에 다가왔다가 물러나고 그런다. 방안에 앉아 있거
나 동네를 어슬렁거리는 것과는 완전히 다른 경험이다. 승
용차는 공간이 협소하고 속도도 빠르니까 버스만 못 하다.
코끼리 열차를 타고 싶으면 서귀포에선 버스를 타야 한다.
차를 얻어 타면 금방 도착하고 차비도 안 들어 좋지만 운전
자와 얘기를 하느라 풍광을 받아들이지 못 한다.

성애를 이중섭미술관에 보내고 나는 미술관 옆 미루나
무 카페에 가서 기다렸다. 중섭이 담배 은박지에 그림을 그
렸던 것처럼 성애도 카페 주인이 준 담배 은박지에 그림을
그리고 나왔다. 성애는 이중섭 생가에서 집주인 할머니가
노래를 부르는 걸 듣다가 왔다고 했다.

성애와 아케이드 시장에 가서 손두부를 사고 오메기떡,
보리빵, 양초 스무 자루, 자른 호박을 샀다.

작품에 대한 글이 필요해서 조금 쓰다가 말았다.

해안에 누워있는 것들은 검고 희고 잿빛이었다. 바다가
바깥으로 밀어내놓은 파편들을 비닐봉지에 넣어 집으로 가
져왔다. 밤이 되어 나는 철자처럼 가느다란 윤곽만이 남은
그 시체들을 나열해 본다. 화살촉처럼 앙상하게 불에 타고,
비늘처럼 투명한 그 부스러기들. 삶과 죽음이 끊임없이 반

09.09.01

복되는 어지러운 파도와 흰 거품 속에서 우리는 이미 오래 전에 태어난 게 아닐까. 그리고 우리는 오래 전에 죽었었고 매번 여러 모양들로 치환되며 삶이 반복되어 온 게 아닐까.

09.09.01

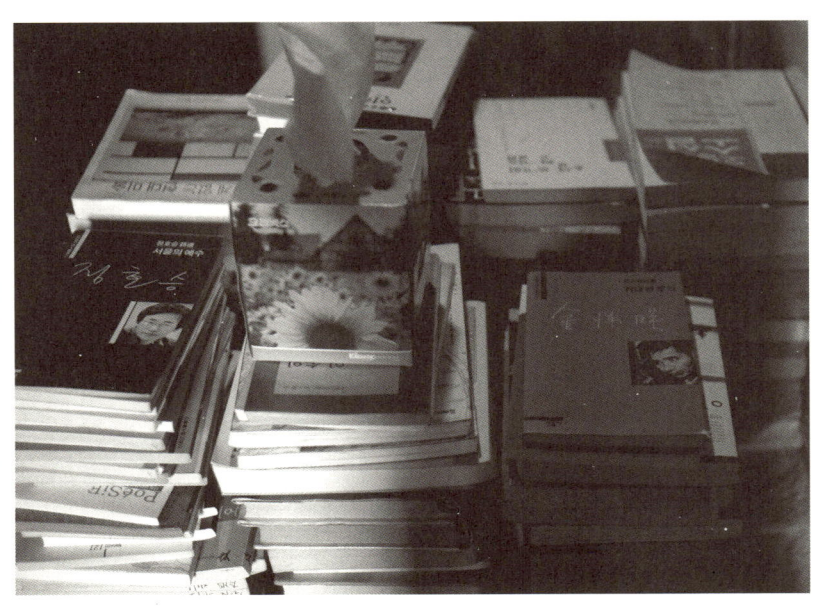

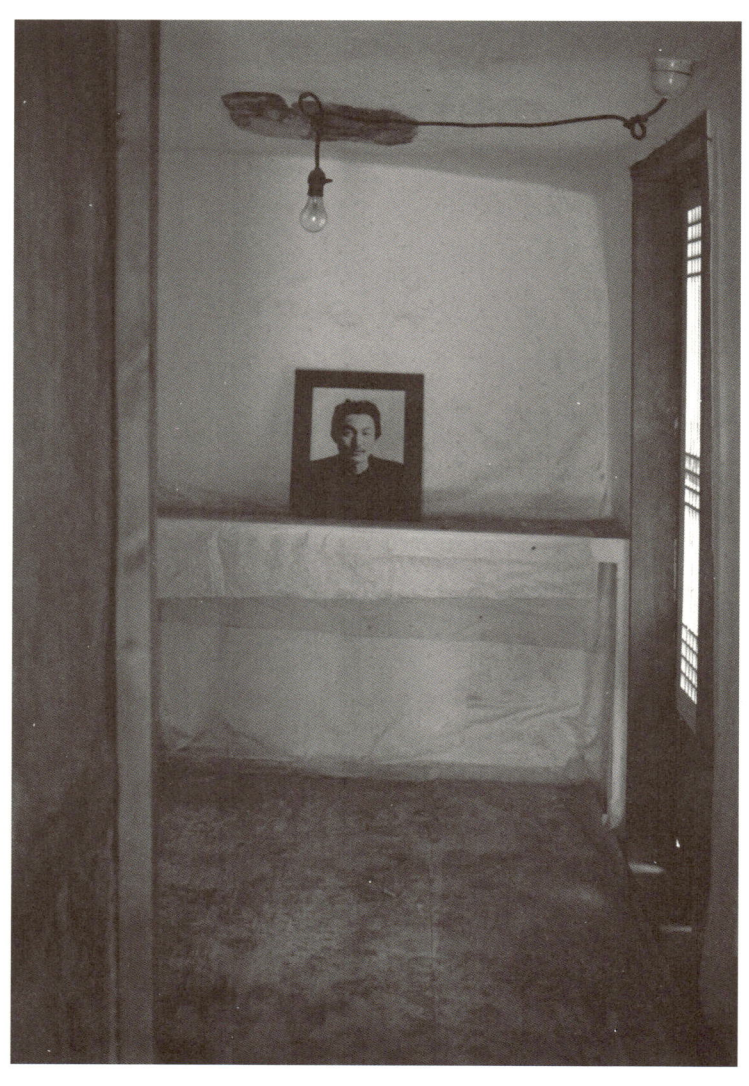

09.09.01

일어나자마자 들은 것은 바람의 기척이었다. 어제처럼 바람이 불고 있었다. 창문을 열고 뒷문까지 열고 앉아 있으니 옆집 돌담의 돌 사이로도 바람이 불고 있는 것 같았다. 구멍자국 난 돌 속으로도 바람이 불고 있을지도 몰라. 주인집에서 널어놓은 빨래도 반쯤 후두둑 떨어져 있었다. 빨래를 하러 욕실에 갔더니 고쳐놓은 문이 떨어져 반쯤 기울어져 있었다. 공사하고 남은 큰 스티로폼이 입구를 막고 있었는데 뭔가 해서 들어갔더니 성애가 임시로 입구를 막고 씻고 나간 모양이다. 고친다고 그 난리를 쳤는데 떨어져 버리고 그냥 이렇게 쓰는 것도 괜찮을 것 같았다. 성애 노트북을 켜놓고 어제 들은 집시 음악을 다시 들었다. 성애한테 노래는 이런 거야 하고 중얼거렸었다. 집시들은 노래하는 동물 같아. 슬프면 슬퍼서 울고 기쁘면 기뻐서 배가 고프면 배가 고파서 우는 동물처럼 고뇌와 감상으로 부르는 게 아니라 본능적인 소리로 노래하는 것 같다.

바람 때문에 방안에서도 모빌이 계속 빙글빙글 돌아간다. 모빌을 보다가 문득 약천사에서 본 거대한 불상이 생각났다. 아무 것도 쳐다보지 않는 눈으로 불상은 번쩍이며 나를 쳐다보고 있었다. 내가 석가모니란다. 갑자기 눈물이 핑 돌았다. 그의 시선은 낯설고 건조한데 나는 그 시선을 모조리 흡수하고 있었다.

점심을 먹고 냉장고에 남아있는 맥주를 성애와 한 잔씩 마셨다. 시원한 맥주를 마시니까 해수욕장에 와 있는 것 같지 않니? 하고 물으니까 성애가 야, 하고 볼멘소리를 냈다. 해가 좀 약해지면 오후에 해수욕장에 같이 가자. 해수욕장은 가까워? 버스 타고 십 분 쯤? 나는 해수욕장에서 나뭇가지를 좀 줍고 있을게. 해수욕장 끝으로 계속 가면 올레길이랑 연결돼 있어. 너는 올레길을 걸어. 버스를 삼십 분 넘게 기다리고 있는데 마을로 들어가는 마을 청년이 나를 알아보고 차를 돌려 해수욕장 앞까지 우릴 데려다 주었다. 늦게 출발해서 해가 져가고 있었다. 저녁이라 그런지 물이 해변으로 많이 들어와 있었고 나뭇가지는 보이지 않고 흰 조개 파편들만 보였다. 사람도 거의 없었다. 성애가 해안선을 따라 멀리 걸어갔다. 나는 슬리퍼를 벗어들고 싸박싸박한 모래 위를 걸었다. 파도가 들어왔다 빠져나갈 때마다 발이 모래 속에 빠졌다. 모래 위에 듬성듬성 박힌 흰 상아 같은 조개껍데기를 줍다가 멀리에 주저 앉아있는 성애한테 가서 옆에 앉았다. 나도 가만히 바다를 보고 싶은데 주워가야할 게 너무 많았다. 나는 이걸 다 주워야 하는데 사방이 조금씩 어두워져 가고 있었다. 엉금엉금 네 발로 기어가면서 조개껍데기를 줍다가 문득 그냥 엎드렸다. 파도는 재난 같고 모래밭은 금방 도착한 잠수부의 땅이다. 작년 여름에 해수욕장에 오고 싶어했던 게 생각났다. 그 때 나는 모래 위에 엎드려서 음악을 너무 듣고 싶었다. 피는 식어서 천천히 돌고 꼬리처럼 해안을 덮쳐드는 밤바다. 누워있으니까 떠내려갈 것 같아서 문득문득 고개를 들고 파도를 쳐다보았다. 성애야 이리로 와. 성애는 아까보다 파도가 더 다가왔는데도 죽은 사람처럼 누워 있었다. 어느 순간 성애는 앉아있고 나는 모래 장난을 치고 난 것처럼 주변 모래를 다 뒤집어 놓은 채 모래 속의 나뭇가지와 조개껍데기를 찾아냈다. 잘 안 나오는데도 모래 속에 손을 집어넣고 헤치며 구멍을 내는 게 좋았다. 조개껍데기가 부서져 흰색·붉은색·검은색·노란색으로 된 이 신기한 모래의 감촉을 계속 느끼고 싶었다. 사방은 눈을 깜박일 때마다 계속 어두워져서 손과 모래 뿐인 것 같았다. 성애가 있으니까 괜찮았다.

09.09.02

오후 네 시에 마을 입구에 있는 아왜낭 식당에 가서 갤러리 앞으로 달아놓고 성애와 점심을 먹었다. 튀긴 옥돔도 동그랑땡도 차갑게 식어 있었는데 배가 고파 다 먹었다.

어제 발견한 삼나무 골목에 가서 길고 곧은 삼나무의 잔가지들을 잘라 왔다. 잘려진 가지에서 오렌지 향이 났다. 삼나무의 생가지는 유연하고 잘 구부려져서 둥근 환을 만들기 좋을 것 같았다. 커다란 반지처럼 둥글게 양쪽을 연결해 묶은 것을 빨랫줄에 매달아 놓았다. 크리스토핀이 가르쳐 준 노래에 <하루밤에 피지 못하고 지는 삼나무 꽃>이란 게 있는데 삼나무 꽃은 정말 하루밤에 못 피나?

마른 재료들을 모두 분류하고 검은색으로 칠할 것들은 칠해 두었다. 매일 바람이 많이 부니까 이틀 만에 건너편 집 앞에는 새로운 동백 열매들이 떨어져 있었다. 주워와서 흙과 껍질을 털어낸 다음 햇빛에 말리려고 바구니에 넣었다. 오래된 바구니들을 집안 창고와 쓰레기장에서 찾아냈는데 여기선 차롱이라고 한다.

서귀포 시내 이중섭 거리에 있는 창작스튜디오 전시실에서 열릴 양원석 작가와의 2인전 날짜가 정해졌다. 10일부터 15일까지. 내일 시청에 가서 담당자를 같이 만나기로 했다. 전시는 엿새 동안 할 수 있다고 한다. 전화를 끊기 전에 문득 엿새는 짧지 않을까요, 했더니 여기는 서울과 달라서 그 정도면 볼 사람은 다 봅니다 하고 그가 말했다.

09.09.03

오전에 양원석 작가를 만나 서귀포 시청 문화예술과장을 만나러 갔다. 그는 양원석 작가가 먼저 주고 왔다는 mue 1호를 들어보였다. 그는 감물과 먹물을 들인 삼베로 지어 만든 정장을 입고 있었다. 명함을 주자 글씨가 안 보인다고 다들 불평했지만 형식을 재밌어 했다. 명함은 300그램 정도 되는 흰 브리스톨지에 잉크 없이 요철만 주어 활자가 눌리게 해서 언뜻 보면 아무 것도 보이지 않는다. 이거 마음으로 보아야 하는 겁니까? 물어보길래 네 하고 대답했다.

그곳은 좀 큰 동사무소 같았다. 국기가 걸려 있고 중심에 과장의 책상이 놓여 있고 우리가 둘러앉은 공용 테이블을 빼고 모두 다닥다닥 붙어 컴퓨터를 앞에 두고 일을 하고 있었다. 이런 곳에서 일을 하면 어떨까. 이 사람들은 어떤 사람들일까. 월급을 받고 일하는 사람들은 일하는 게 어떨까.

시청에 가기 전에는 약속 시간이 남아 서귀포 오일장에 갔다. 강아지랑 고양이도 정말 팔아요? 제주 올레 책에서 오일장에는 오리랑 고양이 강아지도 판다고 했던 걸 인상적으로 봐두었었다. 마음 붙일 데가 필요한가 봐요. 내가 못 놀아줘서 미안하네. 시장은 경매장처럼 노란 백열등을 켜고 상인들이 한곳에 블록 단위로 빽빽이 밀집해 있었다. 국수집에 들어가 책에서만 본 고기국수도 먹고 제주막걸리도 한 잔 마셨다. 제주막걸리는 탄산이 풍부하고 걸쭉한 질감이 좋다. 돼지고기를 삶은 국물에 고기와 국수가 말려 나왔다. 반찬으로 나온 양하 무침도 먹었는데 자주색 양파 비슷하게도 생긴 양하는 제주도에서는 양애라고 한다. 마늘 같이 껍질이 씹히고 즙이 나오는데 야릇한 향이 났다.

시청에 가기 전에는 서귀포 시내로 진입하기 전에 있는 삼매봉 도서관에 들렀다. 옆에 있는 저것은 기당 미술관이라고 했다. 양원석 작가를 보증인으로 세워 서귀포 시민도 아니면서 책을 세 권 빌렸다. 그 곳은 지역마다 하나씩 있을 법한 오래된 시립 도서관처럼 어두컴컴한 느낌이 있지만 도서관 특유의 권위가 있어 마음에 들었다. 도서관을 다니며 책을 읽고 뭘 공부해야할지는 모르겠지만 수험생처럼 공부를 하고 싶다는 생각이 들었다.

저녁에는 부산의 오픈스페이스 배에서 레지던시를 하고 있는 작가 열 명이 노인회관에서 인사를 하고 간략하게 작품 소개를 했다. 사흘간 지역의 공공미술에 대한 세미나가 월평마을과 갤러리 하루에서 열린다. 일요일에 있을 마을체육대회 준비를 하던 마을 주민들도 모였다. 서울에서 돌아온 관장님이 서귀포 칠십리 축제가 신종 플루 때문에 무기한 연기되었다고 알려주었다. 아빠는 전화를 걸 때마다 신종 플루를 조심하라고 했는데 문제이긴 한가보다. 사실 칠십리 축제가 연기되어 일주일간 같이 하기로 한 축제 미술일을 안 해도 되니까 나에겐 오히려 다행스러웠다. 두 달간 있으면서 전시를 두 개 무사히 마치는 것만으로도 모자란 시간이다. 집안에 유물관 방도 만들어야 하면 정신을 못 차릴 것 같다. 프리젠테이션이 끝나고 마을회관 식당에서 부녀회에서 차려준 고기 국밥을 먹었다. 식당에서 먹은 고기국수의 육수보다 걸쭉하고 담백했다. 고기국밥이나 고기 국수는 원래 겨울철 음식이라고 옆에 앉은 분이 말씀해 주셨다.

밤에는 문득 걷고 싶어서 월평 포구로 난 길로 성애와 나섰다. 검은 나무 검은 그림자, 악몽 같지 않니? 길은 밝고 바다는 어두웠다. 한참 걸어 포구에 닿자 파도소리가 낮에 왔을 때보다 훨씬 크게 들렸다. 조수 때문인지 바닷물이 훨씬 출렁거렸다. 이렇게 밤에도 좀 걷고 싶었던 거야.

09.09.04

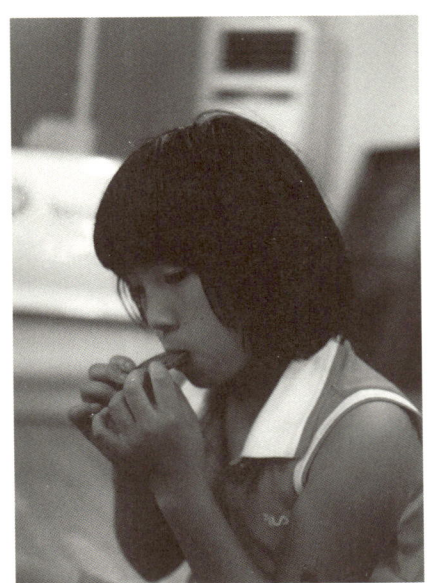

09.09.04

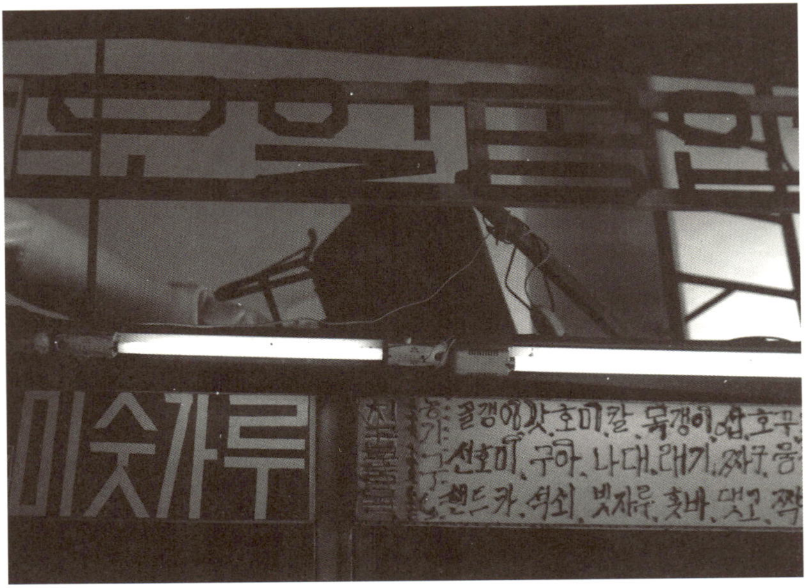

미숫가루

골갱이삽 호미 칼 묵갱이 삽 호무
선호미 구아 나대 래기 쫘구 웅
핸드카 열쇠 빗자루 촛뵈 댓고 쫙

성애가 어제 생수병에 오미자를 몇 알 넣어두더니 오전에 오미자차를 만들어 주었다. 달지 않고 시고 쓴 맛이 강해 매실 엑기스를 타서 마시니까 카페 수카라에서 마시던 매실 오미자차 맛과 비슷해졌다. 오미자차 만드는 게 이렇게 쉬운 거였어? 오미자차는 카페에서 제일 비싼 차였는데. 색깔도 예쁘고 맛있으니까 비싸도 사먹곤 했었다. 얼마 전에 성애가 호박죽을 만드는 걸 보면서도 호박죽 만드는 게 이렇게 쉬운 거야? 하고 허탈해했었다. 호박을 잘라 과감하게 씨를 걷어내고 밥을 할 때 같이 밥솥에 넣고 익혔다가 다시 물에 넣고 으깨서 밥이랑 끓이면 호박죽이 된다는 게 신기했다. 음식을 만드는 건 때로 이상하다. 음식 재료가 되는 식물이나 동물을 손질하기 위해 칼을 들고 도마 위에서 대면하는 것도 좀 그렇다.

늦게 일어나서 아침을 먹고 나자 해가 방안으로 길게 길어져 있었다. 어제 항공우편으로 도착한 잡지 교정지를 받아 교정을 보았다. 서울에서 보던 일을 다시 보자 그 때로 돌아간 것 같다. 선풍기를 틀어놓고 날리는 교정지를 돌로 눌러놓고 원고를 꼼꼼이 읽었다. 내일 프리젠테이션 준비도 해야하는데 편집장님은 갑자기 그림책 작가 섹션 앞에 넣을 서문을 써보내라고 했다. 나는 지금 온통 설치 작업에 대한 관심뿐이고 여기서 매일 벌어지는 일에 가담해야 하는데 다 끝내고 온 줄 안 일을 끄집어내서 해야 하니까 갑자기 갑갑해졌다.

오후에 마을회관 2층에서 오픈스페이스 배에서 공공미술프로젝트 사례를 발표했다. 서울의 낙산에서 본 벽화와 계단에 그린 그림들도 나왔다. 공공미술 프로젝트에서는 흔히 동네에 벽화를 그리거나 조형물을 만드는데 부산의 어느 동네에서 타임캡슐을 만들고 기억의 도서관을 만들어 동네와 주민들의 기억을 수집하고 보존하는 사례가 퍽 인상적이었다. 프로젝트를 시작할 때 멤버들은 동네 주민들과 사귀는 것부터 시작하고 작업도 함께 진행한다고 했다. 나는 이제 좀 마을분들과 조금씩 얼굴을 익혀서 밥도 같이 먹고 내 이름을 부를 줄 알게 된 분들도 생겨났는데 두 달은 개인 작업과 마을 프로젝트를 같이 병행하기엔 너무 짧게 느껴졌다.

09.09.05

발표가 끝나자 마을회관에 모여 저녁을 먹고 모두 함께 포구로 걸어가서 둘러앉아 술을 마셨다. 나는 문득 레지던시를 전전하며 사는 삶은 어떤 거냐고 물어봤다. 옆에 앉은 남자 작가가 레지던시 생활이 자기와 맞으면 하는 거라고, 자신은 내성적이라 잘 안 맞는다고 했다. 그리고 페인팅보다 설치 작업하는 작가들이 레지던시에서의 작업에 더 유리한 것 같다기에 나도 그런 것 같다고 대답했다.

설치 작업은 공간 자체를 재해석하고 공간을 포함시키

는 작업이니 자기가 온 새로운 공간은 작품의 주제이자 무대가 된다. 경제적인 문제는 어떻게 해결하느냐고 물었더니 없는대로 살고, 돈을 벌어도 술값이나 이동비로 금세 다 써버린다고 한다. 작업을 판매하기 시작한지 얼마 안 됐고 지난 개인전에서 다섯 점을 판매했다고 한다. 여러 뉘앙스로 판단하건대 내가 보기에 작품의 판매 경력이 작가 의식에 큰 영향을 미치는 것으로 보인다. 돈휘 씨도 물어보지 않았는데 작품을 판매했다는 말을 한 적 있었다. 부산에 있는 오픈스페이스 배는 배나무밭의 우사를 고쳐 스튜디오를 만들어서 이름이 <배>가 되었고 겨울엔 추워서 봄·여름·가을만 입주해 쓴다고 했다. 수압이 낮아서 온수기를 설치할 수도 없고 늘 찬물로 샤워를 해야 한다고. 개방적인 가옥 구조를 제외하곤 불편한 것이 그닥 없는 내가 사는 집이 새삼 단란하고 편하게 느껴졌다.

09.09.05

악몽을 꿨다. 어느 저택을 개조해 만든 갤러리에 내 모빌들이 거미줄처럼 걸려 있었다. 전시를 할만한 작품이 아닌 엉성하고 마음에 안 드는 모빌들만 죄다 걸려있는데 이걸 치워야지 생각만 하다가 장면이 바뀌어 어느 새 전시가 열리고 있는데 내 하찮은 모빌들이 그대로 걸린 상태에서 다른 사람들의 작품과 함께 전시가 되고 있는 것이다! 어쩌지, 어쩌지 하는데 이미 관객들은 보러 왔고 그들은 다름 아닌 오픈 스페이스 배의 사람들이었다. 정말 창피하고 숨고만 싶었다. 일어나자 체육대회 개막식 시간이 지나 있었다. 갑자기 서울에서 밀려온 일을 여기서도 하게 되니까 악몽을 꾸게 된 것만 같았다.

인근 마을 여섯 개가 대항하는 체육대회가 있었다. 성애와 경기장에 도착하자 축구 경기가 막 시작할 참이었고 우리는 오자마자 잔치 음식을 받아서 먹기 시작했다. 체육대회 때문에 사흘 가까이 삶은 돼지고기를 먹고 있다. 돼지고기를 찍어먹으라고 쌈장이 아닌 간장이 나오는데 그렇게 먹으면 깔끔하고 맛있다.

왁자한 가운데 전화를 받았더니 편집장님은 왜 이렇게 시끄럽냐면서 작업하러 갔으면서 농활 갔느냐고, 이리저리 끌려다니지 말고 일정을 잘 조절해서 지내라는 충고를 했다. 교정지를 익일특급우편으로 월요일에 꼭 보내야 한다는 당부도 빠뜨리지 않았다. 서문은 수요일까지 써서 메일로 보내야 한다. 음식을 먹는데 마음이 편치 않았다.

경기장을 나와 죽 걸어나오는데 아무리 걸어도 버스 정류장이 안 나왔다. 우리도 오름 좀 올라볼까. 다리는 아팠지만 성애와 산 쪽으로 향했다. 물어보니 고근산이라고 했고 오십 분 정도면 정상에 도착할 수 있고 분화구 주변을 한 바퀴 돌아서 내려오면 된다고 했다. 분화구란 말을 듣자 흥분이 됐다. 여태 살면서 분화구란 말을 실제로 쓸 일도 없었거니와 그나마 어렸을 때 과학책에서나 봤었는데. 우리는 고근산을 올랐다. 삼나무 길을 한참 지나 정상에 다다랐다. 나는 왜 그랬던 건지 분화구란 말을 들었을 때 달 분화구처럼 거대한 치즈 구멍을 상상했다. 근데 그 곳은 구덩이라기보다 산 정상에 나무가 없는 넓은 초원이 평평하고 완만하게 들어앉아 있는 형태였다. 안으로 들어가기는 힘들고 주변은 나무로 빽빽해 잘 들여다 보이지도 않았지만 분화구 둘레를 한 바퀴 둘러서 나올 수는 있었다. 중간중간 만난 올레코스의 파란 화살표를 따라 정상에서 내려오자 올라올 때의 등산길과는 완전히 다른 올레길이 나타났다. 올레꾼들을 위해 만든 올레길이었는데 길이 없던 곳에 만든 조그만 오솔길이었다. 경사가 심한 곳은 나무를 박아서 계단을 만들어 놓은 곳도 있었는데 우리는 나무가 없는 민둥한 오름을 나선형으로 내려왔다. 지형들이 다 내려다보이니까 속이 탁 트고 올

54

라갈 때 본 경치보다 풍광이 아름다웠다. 고근산에서 내려
오자 산에 올라가기 전과 마찬가지로 버스가 다닐 것 같아
보이지 않았다. 마침 산으로 올라오는 차에 다가가 가까운
버스 정류장이 어디냐고 물어봤는데 아저씨가 버스가 안
다닌다며 차를 돌려 서귀포 시내까지 데려다 주셨다.

성애와 아케이드 시장에 가서 그 맛있었던 털보네 손두
부를 사고 신발 가게에서 플라스틱 신발도 하나씩 사신고
국수를 먹으려고 분식집에 갔는데 모닥치기란 게 있어서
시켜서 먹었다. 떡볶이에 김밥·오뎅·만두·전 이런 걸 모두
넣은 건데 모듬을 여기선 모닥이라고 하나보다. 사람들이
모두 모닥치기를 먹고 있었다.

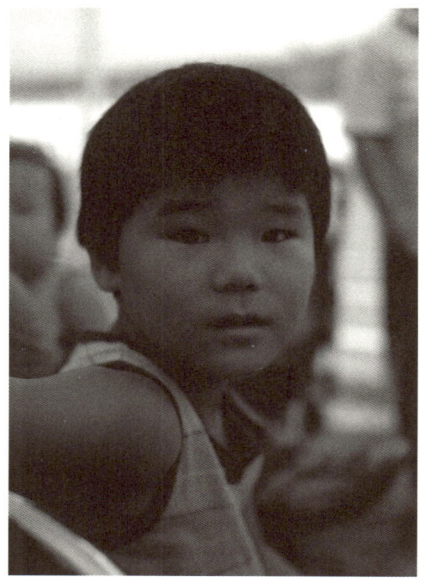

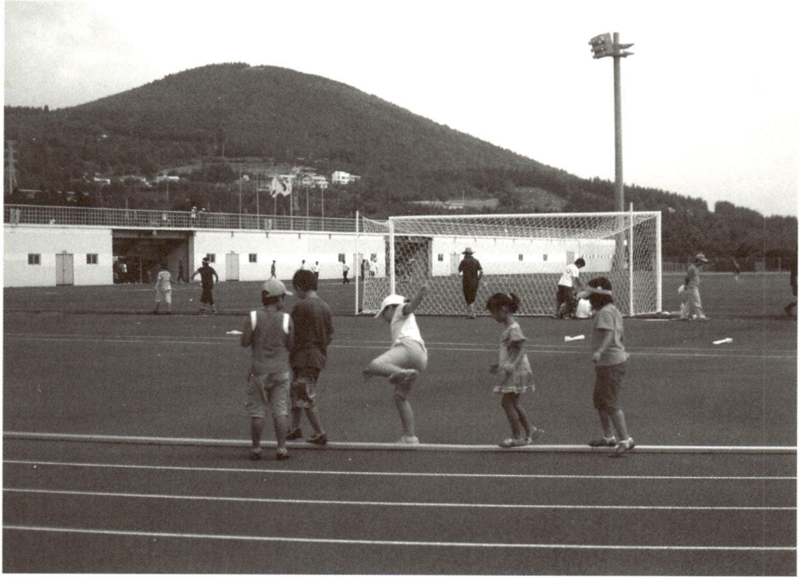

09.09.06

교정지를 보내러 버스를 타고 법환 마을에 있는 우체국에 갔다. 난생 처음 들어보는 익일 항공우편으로 소포를 보내고 나오자 법환 포구란 팻말이 보여서 마을 안으로 걸어 들어갔다. 마을 청년들과 갈치국과 한치물회를 먹으러 어느 마을에 왔을 때 보았던 범섬이 보였다. 바로 이 마을이었구나. 배추와 호박을 넣은 갈치국은 시원하고 고소했다. 한치물회는 된장을 푼 제주식 냉국에 양념을 더해 한치회를 넣은 것이다. 갈치도 한치도 싱싱하고 맛있었다. 밤바다에 떠 있는 배들은 무슨 배냐고 물어봤을 때 포구 가까이 있는 건 한치잡이 배고 멀리 떠 있는 건 갈치잡이 배들이라고 했었지. 해수욕장에 갔던 날도 그 배들을 봤었다. 어두워지자 어느 샌가 흰 불빛들이 수평선에 일정한 간격으로 나타나 떠 있었다.

 바다로 가려고 골목을 걷는데 내 어깨보다 낮은 돌담들이 이어졌다. 돌담 안에 들어앉은 집들이 어떤 모양을 하고 있는지 다 보였다. 집안에 있는 사람들도 다 보이고. 집들은 거북이처럼 낮고 넓었다. 법환 포구는 월평 포구와는 다르게 마을 입구에서 무척 가까웠다. 대신 부서진 바위 무더기들이 온통 해안가에 깔려 있었다. 개펄도 모래도 없이 검은 현무암 바위들이 가득 찬 땅을 보자 이상한 기분이 들었다. 안내판을 보니 법환은 해녀가 많아서 잠녀(해녀)마을이라고 한다. 바다엔 아무도 없고, 범섬이 가까이 있었다. 덥고 지쳐서 길가에 앉아 파도가 칠 때마다 포말이 일어나는 바다를 멍하니 쳐다보았다. 흰 여우떼들이 수면 위로 튀어나와서 우루루 쫓아오다 다시 바다 속으로 들어갔다. 계속계속 흰여우들이 갈 데가 있다는 듯이 빠르게 쫓아왔다. 귀가 뾰족하고 눈도 꼬리도 뾰족했다. 무서움이 드는데 일어나기는 싫고 바다를 보는 것도 무감각해졌다. 자연은 그저 무심하게 계속해서 움직이는데 그게 불가항력적이고 나를 무감각하게 만들었다. 집에 돌아와 부서져 비뚜르게 기울어져 있던 욕실 문의 잠금고리를 드디어 돌멩이로 쳐서 고쳤다. 방에 들어온, 온몸에 기름을 바른 것처럼 반짝반짝한 지네를 빗자루로 쓸어다 돌담 아래로 던졌다. 허술한 집이나 문을 보면 나도 이런 것을 만들 수 있을 것만 같다. 허술한 글을 보면 나도 글을 쓸 수 있겠다 싶은 것처럼. 부엌에 쌓아둔 목재를 꺼내 톱으로 잘라서 문 사이 벌어진 틈에 갖다대고 신문지를 말아 끼웠다. 이리로 지네가 들어왔나 보다. 집 안 여기저기 빈틈이 많다. 이제 문도 좀 안 덜컹거리겠지.

09.09.07

09.09.08

저녁에 아왜낭목 정류장 옆 체육공원에서 베어진 삼나무 가지를 주워왔다. 땔감꾼처럼 끙끙대며 안고 가는 나를 보고 아기를 안고 있던 아주머니가 모깃불 지필거우꽈, 하면서 허허 웃었다. 아니요, 뭐 만들려구요. 어두운 골목길에서 푸르고 샛노란 불빛 점이 휙 지나쳐 사라졌다. 아, 반딧불이구나. 명멸하면서 반딧불이가 날아갔다. 똥구멍에 저런 신기한 걸 달고 있는 희귀한 벌레를 볼 수 있다는 게 뿌듯했다. 집앞에서 또 한 번 보았다. 아, 좋은 동네야. 꺼슬꺼슬한 삼나무 가지를 내려놓고 집으로 들어왔다. 올레 10코스를 간 성애가 돌아와 있었다. 버스에서 잘못 내리고 내릴 곳을 또 놓치고 하다가 산방산이랑 알뜨르 비행장을 본 이야기를 해준다. 말이 풀을 뜯어먹는 초원도 보았다고 했다. 비슷할 줄 알았더니 올레길은 다 다르구나.

09.09.09

저녁에는 서울에서 잠시 내려온 한별 씨와 동철 삼촌, 돈휘 씨와 포구에 한치 낚시를 하러 갔다. 새우 모양의 찌를 달아 한치를 잡는데 결국 모두 한 마리도 못 잡고 숯을 피워서 대신 돼지고기와 고구마를 구워 먹었다. 오랜만의 한량질이라고 돈휘 씨가 신나했다. 술을 마시니까 피로가 몰려와서 바닥에 누웠더니 별들이 보였다. 엇, 갑자기 별이 하나 하늘에서 흘러버리는데 보니까 반딧불이었다. 반딧불이랑 별빛이랑 크기나 색이 똑같았다. 동철 삼촌이 포구 근처의 크고 작은 바위에는 모두 이름이 있다는데 삼지덕, 생이덕, 팽도덕, 볼레낭 도랭이… 이름이 외국어처럼 신기했다. 한별 씨는 건축학과 박사과정을 밟고 있는데 마을 연구에 관심이 많아서 이곳에 올 때면 월평 마을을 조사했다고 한다. 여러 지방에서 시나 도의 지원을 받아 마을 만들기 프로젝트가 진행되고 있는데 지역의 마을이 보존되고 특성화되어서 도시로 간 사람들이 다시 마을을 찾아 돌아오는 일들이 벌어지고 있다고 한다. 마을 조사단은 주민들을 만나 구술사를 정리하고 스캐닝하듯 마을 현황에 대한 보고서를 작성하고 있다고 한다.

완전히 어두워지자 자리를 정리하고 우리는 동철 삼촌네에 놀러갔다. 마을 근처 황금농장에 하우스 귤을 사러 갔더니 그냥 한 봉지 주셨던 안주인님이 냉동실에 있던 한치회를 내어 주셨다. 돈휘 씨는 오늘 우리가 냉동 한치를 잡았다고 생각하고 먹자고 했다.

09.09.09

서울로 다시 돌아가는 한별 씨와 성애와 동해물 가든에서 점심을 먹었다. 동해물 가든에서 마을로 돌아오는 길에 찻길 말고 지름길이 어디엔가 있을 것 같아 차도가 아닌 샛길로 들어갔는데 가도가도 감귤밭 뿐이었다. 검푸른 감귤나무 사이를 한참 걸어가는데 어떻게 된 건지 밭 가장자리 쪽으로 가도 길이 없고 비닐하우스 쪽으로 가도 길이 없었다. 햇빛은 뜨겁고 돌들은 열기를 내뿜는데 되돌아가기엔 멀고 계속 가자니 확신이 없고 원초적인 절망감이 엄습했다. 성애야, 내가 잘못 했어. 톰 소여와 허클베리 핀이 따로 없었다. 그 와중에 나무 아래 떨어져 있는 귤을 주워서 까먹었다. 귤이 뜨거웠다. 새콤하고 조금 달콤한 맛도 있었다. 먹을 수는 없지만 바닥에 점점이 떨어진 조그만 귤들이 아까웠다. 뽑아놓은 나무뿌리 더미도 보고 쓸만한 게 없나 베어진 삼나무 가지들을 유심히 살피다 몇 개를 주웠다. 갖다 쓰면 좋을 새로운 관목도 발견했는데 봐두기만 했다. 성애가 거미줄을 피하고 있길래 나뭇가지로 거미줄을 휙 잘라주었다. 지금은 거미보다 우리가 비상사태다. 이리 가서 갈 수 없으면 다시 저리 가고 하면서 계속 갔더니 한참 뒤에야 길을 발견했다. 지나가는 차를 보니까 반가웠다. 길가에 버려진 것처럼 덩굴에 혼자 남겨져 있는 큰 참외를 성애가 발견했길래 내가 내려가 주저 없이 땄다. 열매를 따면 역시 뿌듯하다. 그 곳에서 조금만 더 걸어오니까 집이었다. 정신이 들면서 이렇게 집에서 가까운 곳에서 헤매고 있었다는 게 요술 같았다.

집에 도착하자마자 쓰러져서 잤다. 일어나자 햇빛이 집 안으로 절반 넘게 들어와 있었다. 상에다 놓고 유리에게 계속 쓰지 못한 엽서를 썼다. 해수욕장에서 주워온 흰 조개와 고둥 껍데기, 작은 현무암, 나뭇가지와 검은 동백 열매의 씨앗, 검은 삿갓조개를 달아 만든 목걸이도 넣었다. 마당에서 낮에 주워온 가지들을 정리하고 일정한 길이로 톱으로 잘랐다. 마른 나무일수록 톱질이 쉬웠다. 나무가 더 필요하고 해가 떨어질 때도 되어서 낮에 나무를 봐둔 곳으로 다시 걸어갔다. 길가에 떨어진 동백 열매를 주우면서 갔다. 하늘에는 흰 구름들이 수제비를 뜯어놓은 것처럼 온통 둥둥 떠있었다. 배가 고픈 것 같았다. 보기 좋은 나뭇가지가 하나 있어서 주워서 끌면서 갔다. 끄는 소리가 경쾌했다. 손에 쥔 느낌 때문에 개를 한 마리 뒤에 데리고 가는 것 같았다. 이제 길을 좀 알 것 같았는데 오리무중으로 헤매다 나무를 발견한 곳은 다시 찾을 수가 없었다. 그러다 좁은 포장 도로 옆에 잔뜩 베어놓은 굵은 삼나무 가지들을 봤다. 반듯하고 길이도 길고 아주 훌륭했다. 죽은 삼나무는 녹이 슨 것처럼 붉었다. 나무를 한 쌍 길 한가운데로 질질 끌어내서 나란히 놓았더니 거의 대칭을 이루었다. 그동안 덤불더미 속에 쑤셔박혀 있느라 가지 끝은 둘 다 한쪽으로 휘어져 있었다. 두 개를 맞댔더니 아치를 이루었다. 훌륭했다. 사람이 누울만한 간격으로 나무를 서로 눕혀놓고 그 사이에 들어가 누워보았다. 밀감밭에 서 있는 삼나무들 사이로 어두워져 가는 하늘이 보였다. 한쪽 길이를 좀 더 자르면 내 키에 딱 맞았다. 내가 원했던 게 이거야. 땔감을 장만하는 나무꾼처럼 톱으로 나무를 정리하고 모두 포개서 한 짐으로 묶었다. 하나씩 툭툭 흘리다가 길에 떨어진 노끈을 주워서 한 번 더 아래를 묶었더니 얌전해졌다. 아주 큰 개처럼 정말 무거웠다. 너도 우리 집이 좋을 거야. 어느 새 모두 어두워지고 하늘만 아직 밝아서 붉게 융단처럼 넓게 펼쳐진 하늘을 계속 올려다보면서 집으로 갔다. 집도 나무도 나도 모두 어두워서 어두운 바다 속의 해초들 같았다. 국처럼 둥둥 뜬 수면만이 밝았다.

이 나무는 구름 아래에서의 행진,
내 손의 수고에서 나온 것이다.

『어린왕자』, 생텍쥐페리

09.09.10

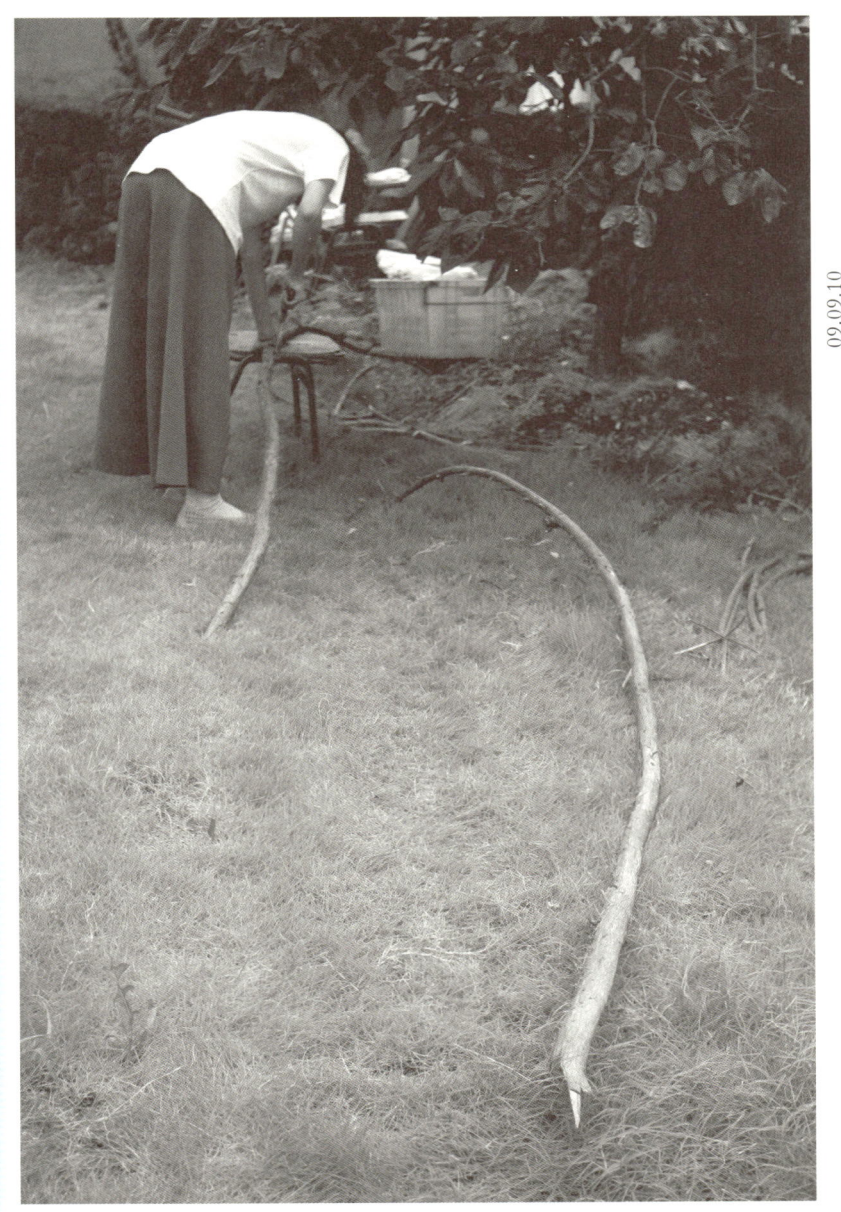

09.09.10

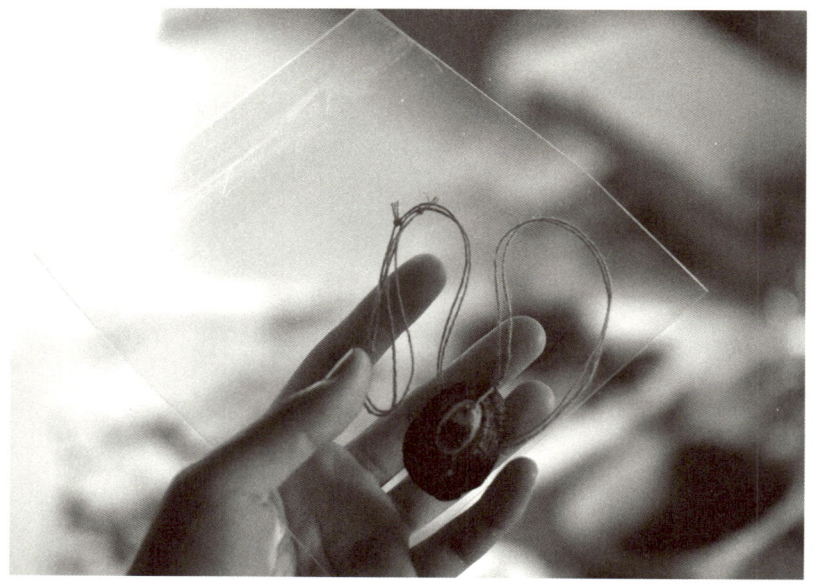

09.09.10

09.09.11

오전부터 마을회관 앞에서 홍보람 작가가 진행하는 마음의 지도 프로젝트가 벌어졌다. 성애와 마을회관으로 가서 내가 중요하게 생각하는 장소의 지도를 종이에 그렸다. 내게 중요한 장소는 집근처 골목의 동백나무가 있는 돌담 앞이다. 종이에 한라산을 그리고 월평마을회관 뒤의 우리집, 농협건물을 그리고, 동백나무들이 심긴 담벼락을 그렸다. 생각날 때면 그 곳으로 가서 동백나무를 점검하고 바닥에 떨어진 동백 열매를 줍는다. 나는 꽃에게 꿀을 얻는 벌처럼 동백열매를 얻어서 집으로 돌아간다.

마당에서 나무를 눕혀놓고 가지가 나있던 자리마다 생긴 옹이들을 톱으로 모두 쳐냈다. 낫으로 껍질을 벗겨내자 붉고 선명한 속껍질이 드러났다. 톱을 놓자 손에 물집이 잡혔다. 열매들을 이용해 스톱모션으로 만들 애니메이션 촬영장치도 조금씩 완성되어 간다. 며칠 전에 카메라 릴리즈를 주문해 받았고 카메라를 고정시킬 박스도 성애의 조언을 받아가며 만들었다. 이제 화면으로 옮겨질 무대장치만 비닐과 나무로 만들면 된다.

마당에 열려 있는 참외를 두 개 따왔다. 동그란 참외는 잔털이 나 있고 따뜻했다. 노랗고 작은 아기를 손에 받쳐든 것 같았다.

서귀포 시내에 나가 성애에게 맛보여 주려고 동문로터

리 근처에서 전복해물칼국수를 먹고 회의 때문에 갤러리에
갔다. 월평 마을 레지던시에 관한 전체 회의가 있었다. 빈집
프로젝트 진행자인 돈휘 씨와 다퉜던 것은 이미 정리가 되었
고 괜찮아졌지만 입장 표명과 전체적인 조율이 필요하긴 했
다. 관장님은 레지던시가 첫 회라 아직 체계가 안 잡혀서 할
수 없이 내가 시행착오를 다 겪을 것이라고 했다. 할 수 없죠.
스텝인 민정 씨와 주현 씨가 볼 때마다 열심히 작업한다기에
나는 정말 작업하고 싶었다고, 두 달 동안 돈을 벌지 않고 작
업만 하려고 오기 바로 전 두 달 동안은 돈만 벌었다고 했다.
그리고 이곳은 작업하기에 참 좋다고, 작업하는 사람들이 제
주도를 몰라서 그렇지 알면 다들 오고 싶어할 것이라고 했다.
회의를 마치고 모두들 미루나무 카페에서 술을 마셨다. 미루
나무 사장님인 광희 씨가 빔 프로젝트로 뮤직비디오를 보여
줬는데 감동적이었다. 전세계 곳곳의 민속음악, 거리음악가
들이 함께 노래를 부르는 프로젝트 공연을 편집한 영상물이
었다. 프로젝트 이름은 playing for change. 그들은 세계의 거
리에서, 자기 동네의 들판에서, 바로 사람들 곁에서 노래하고
있었다. 악기를 연주하고 노래하는 것이 숨쉬는 것처럼 자연
스러워 보였다. 그들 여러 팀의 공연은 거리에서 녹음되었고
국경이나 인종·종교를 넘어서 한 밴드의 음악처럼 하나로 흘
러들고 있었다. 음악은 모두를 쉽게 친구로 만든다. 공연을 보
는 동안 우리는 같은 소리를 듣고 같은 감동에 매료되었다.

09.09.11

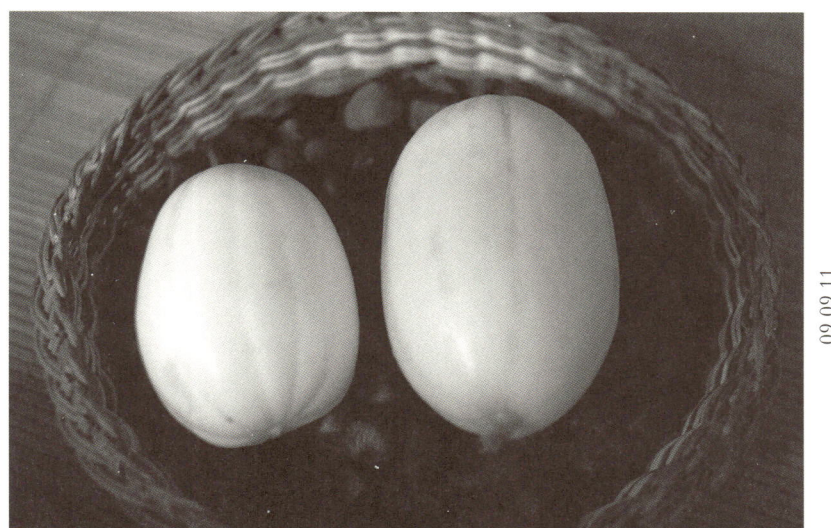

09.09.11

09.09.12

아침 일찍 깨자 비가 오고 있었다. 화장실에 가려고 문을 열자 전깃줄에 제비들이 서른 마리쯤 앉아 있었다. 비를 맞으면서 날개랑 꼬리를 탈탈 털고 있었다.

서울에 살 때 어느 날은 좁은 욕실에 의자를 들여놓은 적이 있었다. 집안이 답답해서 집 밖에 좀 앉아있고 싶어서. 집 밖에 나무가 있는 것도 아니지만 방안을 벗어나고 싶었다. 정말 집 밖에 나간다고 하면 집을 나서서 버스를 타고 수고로이 또 어딜 갔다가 버스를 타고 돌아와서 먹히듯이 다시 집안의 뱃속으로 들어오는 것이다. 집 안과 집 밖이 너무 명확해서 그리고 소수의 친구를 제외하면 모두가 철저히 타인들이라서 서울에서 사는 건 답답하고 외로웠다. 여기선 문을 모두 열어놓으니까 방안에서도 날아가는 새도 잠자리도 보이고 하늘도 보이고 돌담이 가슴께밖에 오지 않아 돌담 밖의 나무도 보인다. 창고가 앞을 가리지 않았으면 길도 보였을 것이다.

오후 늦게 제도용 잉크와 DVD를 사러 시내에 나갔다. 버스를 타고 가면서 지나는 마을들이 이제 낯설지 않다. 법환마을도 가봐서 이제 포구가 있는 법환 마을이 어떤 곳인지 아니까 지날 때마다 친근하다. 중앙로터리에 내려서 큰 문구점을 찾아가는데 양원석 작가의 작업실 곁도 지났다. 같이 갔던 식당을 지나는데 얼핏 식당 안에 있는 양원석 작가가 보였다. 다른 사람들도 있었다. 나를 볼까봐 빨리 지나쳤다. 아는 사람을 나만 보고 그냥 지나치면 기분이 이상하다. 보통 때 나와 이야기하던 모습과는 다르고 내가 유령 같아서 기분이 야릇하다. 시내를 돌아다니는데 벌써 어두워졌다. 바람 때문에 조금 춥고 인적도 없이 상점들뿐인 어두운 거리를 혼자 걷는 게 조금 쓸쓸했다. 배가 고파 양원석 작가를 봤던 식당에 들어가 혼자 밥을 시켜 먹고 집으로 돌아왔다.

09.09.12

09.09.13

해수욕장에 가고 싶어서 성애와 하모해수욕장에 갔다. 어젯밤 어디를 갈까 지도를 펼쳐놓고 보자 월평에서 중문해수욕장 다음으로 가까운 곳이 화순해수욕장, 그 다음이 하모해수욕장이었다. 하모해수욕장과 화순해수욕장은 올레 코스의 일부라서 해수욕장에서 해수욕장을 향해 걸어보면 좋을 것 같았다. 모슬리에서 버스를 내려 모슬포항의 식당에서 점심을 먹었다. 자리구이와 회덮밥을 먹는데 제주에서 자리 젓으로 유명한 자리 물고기는 실제로 보니 모양이 좀 열대어 같아서 한 마리 먹고 나니까 맛은 좋아도 기분이 좀 이상했다. 그래서 자꾸만 성애의 회덮밥을 뺏어 먹는데 성애가 고기 머리를 자르면 된다는 아이디어를 내서 나머지를 먹을 수 있었다. 모슬포항에서 하모해수욕장으로 가는 길에 있는 하모리의 바다는 월평이나 법환에서 본 바다와는 또 달랐다. 아스팔트처럼 검은 현무암 바닥으로 이루어져 있었는데 불규칙하고 거칠게 생긴 법환 포구의 현무암 바위들과는 다르게 화산암이 식거나 융기할 때 어떤 특별한 고생을 한 것인지 주상절리처럼 육각형이나 일정한 모양으로 지반이 분열돼 있었다. 하나하나 작은 무대처럼 느껴져서 작은 오브제를 설치하고 사진을 찍으러 다시 오면 좋을 것 같았다. 좀 걸어서 힘들어지려고 하는데 해수욕장이 나왔다. 와 하고 소리가 절로 나왔다. 아무도 없는 작은 해수욕장. 내가 본 해수욕장 중에서 가장 작고 가장 평화로웠다. 아무도 오지 않았던 건지 고운 모래에 사막처럼 온통 쌀쌀쌀 바람 무늬가 나 있었다. 조금 멍해 있었다. 조금 걸으면 끝나는, 늦여름의 작은 동네 해수욕장. 매일 와서 앉아 있다 가면 좋을 것 같았다. 바다도 낮고 해변도 낮고 해변 뒤의 솔숲도 듬성듬성 작고 야트막했다. 모래도 바다도 모든 게 다 야트막했다. 보니까 바람이 계속 불어서 내 발자국을 고운 모래 바람이 천천히 지우고 있었다. 사람이 닿지 않은 건가 했더니 해변은 스스로 계속 풍화작용하고 있었다. 더운데 작은 조개껍데기들을 한 봉지 줍고 한참 앉아 있었다. 멍청하게 앉아서 지루한 바다를 보면서 모래 속에 발가락을 게으르게 꼼지락거리면

09.09.13

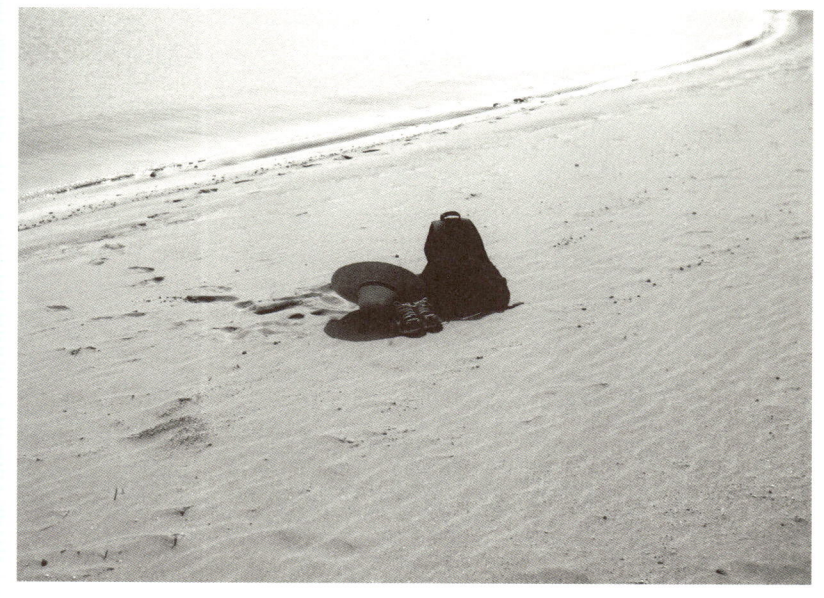

73

서 세상이 풍화작용 하는 것을 느끼면서 아무런 중요성 없이 아무런 방해 없이 멍청한 권태를 즐기는 것이다. 세상의 오목한 한 귀탱이에 앉아있는 작은 짐승처럼 마음 없는 돌멩이처럼 아직 죽지 않은 식물처럼. 일어서서 올레길을 따라서 알뜨르 비행장을 향해서 갔다. 가는 동안 감귤밭이나 비닐하우스는 하나도 없고 갈아놓은 밭의 흙은 검고 고왔다. 벼논도 더러 있었는데 논에는 물이 없고 벼는 키가 작았다. 알뜨르 비행장은 넓은 평지에 벙커식의 비행장이었다.

밤에 화장실에 가려고 나왔는데 마당에서 반딧불이를 봤다. 집안으로 들어왔다가 내가 쳐다보니까 골목으로 다시 나갔다. 반딧불은 별똥을 보는 것처럼 짧은 순간이라서 사라질 때까지 꼭 봐야 한다.

골목길의 대추나무에서 대추를 따먹었다. 돌아다니면 아직도 덥지만 이제 정말 가을인가 보다. 연한 대추에 붉은 얼룩이 생기더니 그게 점점 커지고 있다. 가을이 점점 커지고 있다. 해야 할 작업이 많다.

09.09.13

74

09.09.14

어제 다녀온 하모 해수욕장이 계속 생각난다. 파라솔을 매일 들고 가서 하루종일 앉아서 작업도 하다가 집으로 돌아오면 좋을텐데. 바다에 매일 가면 좋을 것 같다. 해수욕장 전체가 작업실이면서 마당이면 아, 너무 좋을 것 같다. 다음에 제주도에 오면 하모리에 집을 정하고 살아볼까. 강아지도 키우고 강아지랑 같이 해변에서 하루종일 놀다가 저녁에 집으로 돌아오는 거다.

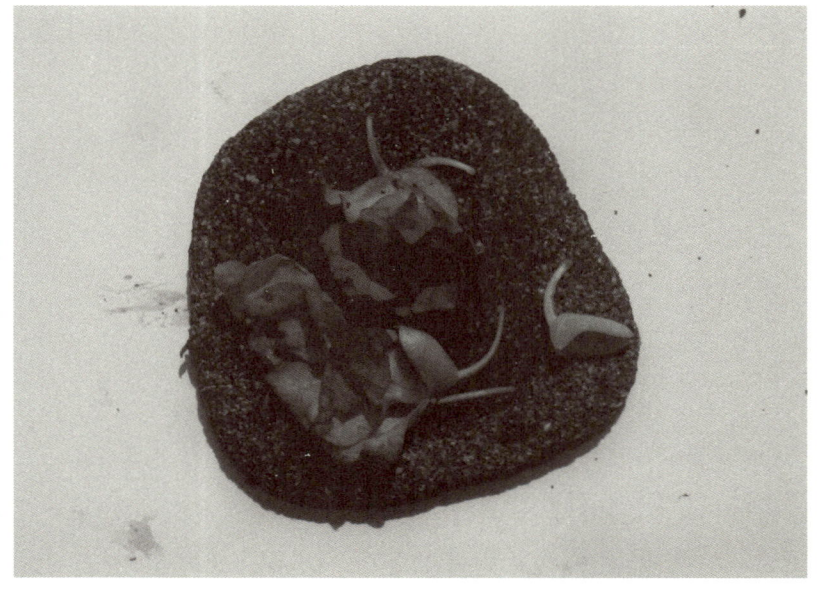

75

골목에 나가 어정어정 걸어다니면서 동백 열매를 줍는데 전화가 왔다. 아직 미처 마치지 못한 단행본 표지 일러스트를 발주한 디자이너의 전화. 여러 차례 그림은 확정되지 못 했고 나는 좀 지쳐 있었다. 그래도 책임감 때문에 여기 와서도 새로 그림을 그려보겠다고 했는데 그림을 그리지 않았었다. 솔직히 그림을 그리고 싶지 않아서 나는 낙서도 하나 제대로 하지 않았다. 그림을 못 그릴까봐 그림을 안 그렸다. 반대급부인지 계속 오브제 작업만 했는데 아, 드디어 나를 자르기로 한 건가 아니면 그 때 검토하고 있다는, 나로서는 납득이 안 가는 내 옛날 그림을 쓰기로 한 건가 고뇌가 교차하는데 망설이다 전화를 받았다. 그녀의 밝고 따뜻한 목소리. 아직 제주도냐고 잘 지내냐고 했다. 나는 그녀에게 잘 지내고 있냐고 안부를 물을 심적인 여유가 없었다. 편집자나 디자이너 앞에서는 여유가 없어진다. 일 얘기를 해야 하기 때문인데 그 일 얘기 내용은 내가 일을 얼만큼 했냐 안 했냐이기 때문이다. 그러니까 나는 여유가 없다. 나는 전시 준비를 하고 있다고 말한다. 그녀는 여자애가 스케이트를 타고 있는 그림으로 시안을 잡기로 결정됐다고 했다. 웃어야 할지 울어야 할지 이때까지 그린 내 마음에 든 그림들은 다 초벌 그림 같다고 퇴짜를 맞았는데 그 스케이트 그림이야말로 초벌 그림 느낌이고 그 책과 어울리는지도 잘 모르겠는데 어떻게 이해해야 할지 정말 잘 모르겠다. 내가 잘리지야 않는다면 잘 된 일이지만, 아 그래 디자이너도 내가 아닌 다른 작가에게 그림이 갈까봐 노심초사했다고, 잘됐다고 말하는데 그 목소리가 참 따뜻하기까지 했다. 전화를 끊고 나서도 어안이 벙벙했다. 내가 학교를 그만두고 집을 떠나오고 한 것들이 주마등처럼 스쳤다. 일러스트 일을 그만두려고 결심했던 올 초의 사건들도 떠오르고. 엄마는 나를 좋아했지만 엄마는 나에게 상처를 주었다. 선생님들도 나를 좋아했지만 선생님들도 그러했고, 같이 일을 한 사람들도 마찬가지다. 나는 뭔가 잘못된 걸까. 나는 모든 걸 그만두고야 만다. 그리고 새로 시작한 일도 그만둔다.

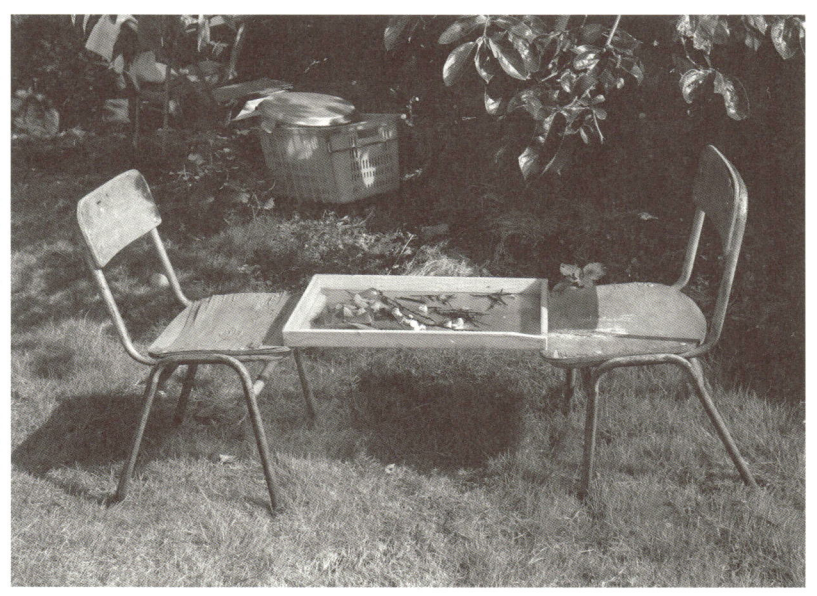

낮부터 촬영장치의 다리를 만들어 붙이고 카메라를 고정시키기 위한 작업을 밤늦게까지 했다. 내 머리와 몸에서 땀냄새가 나는 것 같았다. 주인아저씨가 뭘 만드냐고 구경하러 왔다 쑥떡을 주셨다. 촬영장치 만드는 것은 성애가 가르쳐준 것이다. 성애는 추가 학기를 지나고도 아직 졸업작 애니메이션을 만들고 있다. 너무 잘하려고 하면 못 하게 되고 시간이 많이 걸리면 진이 빠진다고 어서 만들라고 쉽게 재촉하지만 마음속에서 계속 키우는 그 마음을 내가 다 알리는 없다.

촬영장치는 내 키만 하고 벽에 세워놓자 가구 같았다. 왜 가구가 중요한지 알 것 같았다. 가구의 부피에서 오는 존재감은 의외로 크다. 얘를 내 친구로 만들면 되겠다. 기분이 좋아져서 성애한테 말했다. 성애는 사흘 뒤에 서울로 돌아간다.

09.09.15

촬영장치를 마당에 놓고 시험 촬영을 했다. 촬영장치 밑으로 들어가 누운 다음 위를 향해 설치된 카메라 화면을 보는데 그 속이 굴처럼 편안했다. 잔디가 따끔따끔해서 창고에 가서 백합 포장상자를 가져와 바닥에 깔았다. 뙤약볕 때문에 덥기도 하고 감나무 그림자가 언뜻 화면에 잡히는 것도 괜찮아 감나무 아래로 위치를 확정했다.

　돈휘 씨 차를 타고 성애와 대평 마을에 갔다. 대평은 올레 8코스의 끝인데 성애가 다녀오고 정말 좋다고 했었다. 대평 마을에는 작가들이 많이 입주해 있고 마을 자체적으로 예술 프로젝트를 하고 있다고 돈휘 씨가 말했다. 대평에는 왜 작가들이 많아요, 물어보자 대평 바다는 서귀포에서 가장 화려하기 때문이란다. 대평 마을로 들어서자 박수기정이라는 큰 절벽이 있는 바다를 배경으로 나지막한 평지와 집들이 눈에 들어왔다. 월평마을과 달리 풍경이 압도적이다. 집주인이 북을 치는 사람이었는데 낮부터 모두 막걸리를 마시기 시작했다. 저녁에는 방에 앉아있는데 혹시 이거 파도 소리예요? 라고 물어봤더니 그렇다고 했다. 멀리 떨어진 바다의 파도소리가 집안까지 들렸다. 해변을 때리는 파도는 힘이 정말 셌다. 그 집에는 북이나 장구 말고도 여러 가지 아프리카 민속 악기들이 있었다. 분위기가 무르익어 노래판이 벌어졌다. 기타를 치면서 누군가 노래를 부르기 시작하자 누군가는 젬베를 치고 누군가는 젓가락으로 홈을 긁으며 소리를 내는 악기로 리듬을 넣고 있었다. 서로 붉어진 얼굴을 보면서 웃고 눈을 맞추며 흥을 돋구었다. 노래가 끝나면 다른 사람이 또 노래를 불렀다. 다같이 노래하는 건 고등학생 때 마지막 음악시간 이후로 처음이었다.

09.09.16

성애는 마당 풀밭에 손수건으로 얼굴을 가리고 누워있고 나는 방바닥에 누워있었다. 누워있으니까 집안에 바람이 들어왔다. 머리 속이 부드러운 바람으로 시원해졌다. 이런 곳은 나한테 다시 없을 거야. 이곳이 집보다 더 편하다.

대평 집에서도 땅과 하늘이 보여서 좋았다. 여긴 대문도 없고 나갈 때 문을 잠그지도 않는다. 서울에서는 문을 잠가두고 또 늘 닫아두고 있어야 하니까 답답하다. 창문을 통해 보이는 것도 건물에 가려진 하늘이고. 나무와 흙과 하늘과 집에서 사는 사람들을 골목에서 늘 만날 수 있으니까 좋다.

촬영을 했고 성애가 premier와 mirage 프로그램으로 편집해주고 있다.

저녁에는 성애가 서울 가기 전에 한 번 더 먹고 싶대서 법환 마을에 가서 갈치국과 한치물회를 먹었다. 배가 불러 버스를 안 타고 강정마을을 지나 월평으로 걸어왔다. 길가에서 작은 호박도 따고 콩도 땄다. 성애가 있어서 밤길이 하나도 무섭지 않았다. 둘은 좋은 거구나. 우리는 걸을 때 보통 나란히 걷지 않았지만 앞서거니 뒤서거니 하면서 그동안 같이 다녔다. 혼자선 이렇게 못 다녔을 거다. 오래 전부터 밤늦게 이렇게 사람이 없는 길을 쏘다니고 싶었다. 벌레소리가 새소리처럼이나 컸다. 가로등이나 바다에 뜬 갈치잡이 배가 밝히는 불빛, 띄엄띄엄 집에서 밝힌 불빛이 있었다. 차들이 지나가도 무섭지 않았다.

성애가 서울로 갔다. 오메기떡과 한라산 소주, 감귤 전병과 감귤 초콜릿 같은 것들을 시장에 사러 갔다 오느라 바빠져서 짐을 싸고는 비행기 시간에 쫓겨 후다닥 가버렸다. 성애는 아케이드 시장에서 샀던 오천 원짜리 플라스틱 슬리퍼를 신은 채 기다리고 있는 차를 향해 쫓아 나갔다. 가고 나니까 작은 집이 허전했다.

새벽까지 성애와 편집을 하느라 졸려서 낮잠을 자고 오후에는 큰 단호박을 들고 집에 놀러온 대평의 인호 삼촌네를 따라 다시 대평 마을에 같이 갔다. 돈휘 씨는 마을 입구 송이 슈퍼에 세상에서 가장 작은 갤러리를 만드는 데 필요한 대나무를 구하러 가고 나는 인호 삼촌집에 가서 민속악기를 이것저것 가지고 놀았다. 그 집에는 온갖 민속 악기들이 있다. 물을 넣고 불면 새소리가 나는 피리도 불고 막대기로 등을 긁으면 개구리 소리가 나는 것도 있는데 특히 그 개구리 악기가 너무 귀여웠다. 안이 비어 있거나 구멍이 뚫려 있는 것은 모두 소리 나는 악기가 될 수 있나 보다. 이국적인 여러 가지 타악기들은 조형적으로도 아름다워서 어떻게 만든 건지 유심히 봤다. 그리고 대나무를 어떻게 깎고 구부리고 구멍을 뚫는지도 인호삼촌한테 물어봤다. 타악기 강사들에게 타악기 수업을 하고 있다는 인호 삼촌은 악보를 보고 젬베 치는 것을 가르쳐 주셨다. 눈으로 보고 아는 것은 제일 쉽지만 제일 정확하지 않으니 소리를 귀로 듣고 리듬을 느끼라고 했다. 손바닥으로 치는 젬베는 북처럼 소리가 컸다. 서울에선 연습 못 하겠네요. 인호 삼촌은 산에 가서도 연습을 하고 바다에 가서도 연습을 한다고 했다. 연습하는 모습을 보고 동네 청년들이 형님이라고 하면서 잡은 고기를 가져다 주고 동네 어르신들도 당신에게 고개 숙여 인사를 한다고 했다. 왜요? 하고 묻자 연습을 시작하기 전에 목탁을 실컷 두드려서란다.

09.09.19

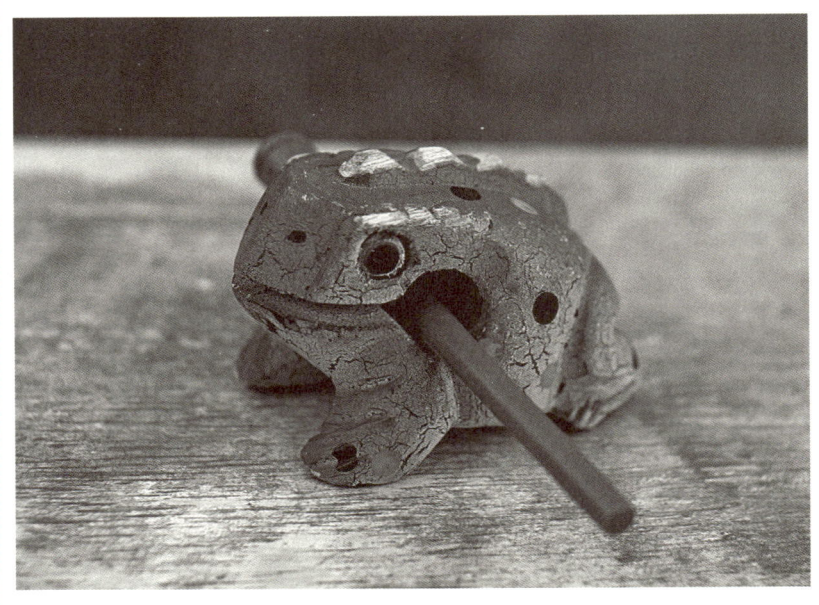

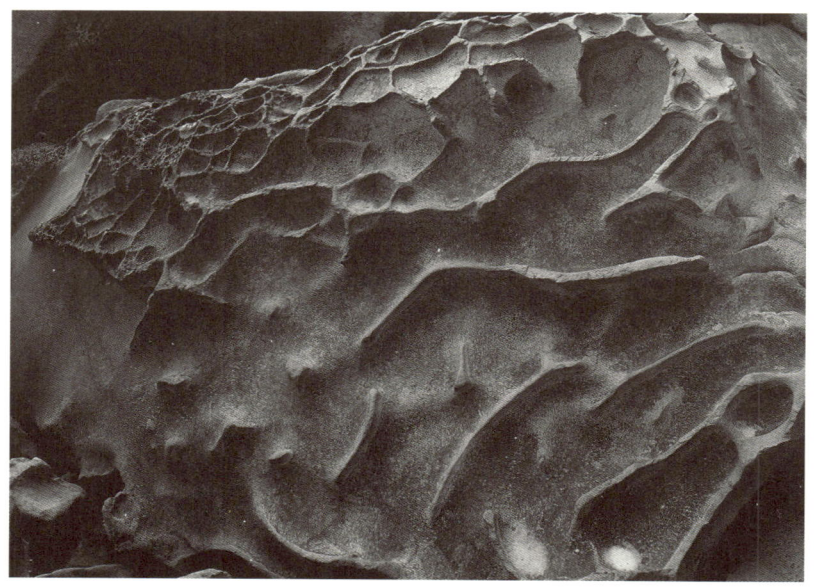

09.09.19

09.09.20

어젯밤부터 또 바람이 거세게 불기 시작했다. 성애가 오기 전에 바람이 몹시 불던 날과 같았다. 창문이 덜컹거리고 밖에서는 나무가 바람에 휘말리는 소리, 부스럭거리는 소리들로 잠에 깨서는 한참 동안 다시 잠들지 못 했다.

낮에 강일이와 통화를 하다 오늘은 밖에 안 나가냐고 물어보길래 여긴 문만 열면 밖이라고, 서울과는 다르다고 했다. 바람이 너무 많이 부는데 집안에 있어도 바람이 머리를 때린다고 했더니 우스운지 강일이가 웃었다.

친구는 갔냐고 물어보는 주인아저씨와 마당에 쭈그리고 앉아서 이야기를 좀 했다. 추석 때 내려오는 아들 내외에 대한 이야기, 백합 농사가 힘들어서 한라봉 농사로 바꾸려고 한다는 이야기도 들었다. 농사 지어서 자식들 대학 보내는 게 힘이 들었다고 하는데 엄마아빠 생각이 났다. 제주는 바람만 안 불면 살기가 참 좋은데 올해는 태풍이 무사히 지나갔지만 태풍 피해 때는 부서진 비닐하우스 복구하는 데 돈이 많이 들었다고 하셨다. 옛날에 마차로 부순 돌을 사와서 쌓은 돌담 이야기, 육지 노인들과 다르게 이곳은 칠십의 노인들도 일을 해서 돈을 번다는 이야기, 며느리 신세를 안 지려고 별채에 살며 따로 밥을 해먹는 노인들의 이야기를 해주셨다.

월요일에 서울에 가려고 하니까 기분이 뒤숭숭하다. 잘 적응하나 싶었던 이곳 생활이 갑자기 붕 떠버린 것 같다. 바람 때문인가. 안 그랬는데 어서 서울에 가고 싶다. 홍대에도 가고 싶고 친구들도 만나고 싶다. 건조하고 붐비고 익명의 공간이지만 서울은 10년간 나를 천천히 길들였구나. 늘 그곳을 떠나고 싶었다. 카페 말고는 사람들과 공유되는 장소가 없었다. 집은 너무 조그맣고 철저히 사적인 장소로 차단되어 있고 다른 사람의 집에 가는 것도 어려운 일이다. 식당에서 밥을 같이 먹거나 카페에서 차를 마시며 사람들을 만나는 건데 돈이 많이 들고 그마저도 매우 한정된 장소고 할 수 있는 행위가 제한돼 있어 단조롭다. 골목에서도 친구를 만나고 돈을 내는 식당이나 카페가 아니라 바다나 숲에 같이 놀러 가고 그러면 좋을텐데. 서울에서는 워낙 모두 멀리 살고 폐쇄적인 구조 속에 살고 있어서 그게 가능하지 않다. 조금 걸어가면 친구집이 나와서 같이 놀자 할 수도 있으면 얼마나 좋을까. 늘 그게 아쉬웠다. 초등학생 때 이후로 좋은 시절은 끝나버렸다.

09.09.20

어제 불던 바람이 오늘 새벽도 낮도 계속해서 분다.

새벽에는 바람 소리 때문에 깨어서 다시 억지로 잠을 청하는데 폭포 아래에서 자는 것 같았다. 자연은 영화 같지 않구나. 말이 좋아 폭포지 바람 소리는 집요하고 무서웠다. 짙은 어둠도 무섭고 나 말고 아무도 없는 게 무서웠다. 밤중에 뚜껑 없는 상자 속에 누워 격풍이 부는 사막에 누워있는 것 같았다.

선물 받은 단호박을 삶아서 호박죽을 만들었다. 혼자 먹으니까 성애랑 먹을 때보다 맛있지 않았다. 개미가 다니는 길이 있는 건 아닌 것 같은데 집안으로 잘못 들어와 하루종일 방안을 헤매고 다니는 개미와 함께 살고 있다. 여기 와서 개미한테 몇 번 물렸는데 개미는 모기나 하마한테 물리는 것보다 아프고 오래 간다. 보이지 않는 곳으로 벌레들이 집을 드나들고 있다.

거미도 이 집에서 내가 보 것만 해도 다섯 종류나 돼.

흰 거미처럼 투명하고 몸빛의 점들이 척척 기다린 거미,

파리만하고 통통한데 촬촬촬 뛰어다니는 거미,

개미처럼 반질반질하고 작은데 삼금삼금 기어 다니는 거미,

배에 새둔 같은 무늬가 있는 거미……

그리고 욕실에서는 참새만한 거미도 봤다.

그런데 그 거미들은

각자 자기 몸에 꼭 맞는 옷을 입고

생겨먹은 거랑 절 어울리게 춤추이고 있었다.

3장

서울

09.09.23

어제 서울에 왔다. 스케이트 그림을 찾아서 디자이너에게 갖다주러.

엉뚱한 그림이어도 표지 작업이 확정된 건 다행스럽지만 문제는 있을만한 곳을 다 뒤졌는데도 그림이 어딨는지 도대체 모르겠는 거다.

오랜만에 온 집은 정말 답답했다. 짐이 너무 많아서 한숨이 계속 나왔다. 나는 어디로도 못 갈 짐들을 싸짊어지고 살고 있었구나. 나도 대단하다. 어떻게 그동안 이렇게 살았지. 책은 왜 이렇게 많은 거. 쓰레기 같은 그림을 많이도 쳐그렸구나. 이게 내 인생에 도움이 됐나. 불쌍하다. 답답하니까 어떻게든 숨을 쉬어보려고 그림을 그린 거야. 5년전 그림을 못 찾을만도 했다. 짜증이 나서 눈물이 나올 지경이었는데 자면서는 악몽도 꿨다.

오전에는 곧 서귀포에 와서 작품 사진을 찍어줄 홍에게 전화가 왔는데 도무지 찾을 수가 없는 그림을 어제부터 찾고 있다고 했더니 원하지 않으면 얻어진단 말을 태평스레 했다. 그는 계룡산에서 마음수련을 하고 있는 중이란다. 없는 것이 있는 것이고 있는 것이 없는 것이라나. 참내, 그 누구더라, 앤디 워홀이랑 똑같은 말을 하네요. 무언가를 얻으려면 그것을 원하지 않아야 한다고 워홀도 그러던데. 그는 바로 그거라고 말했다.

근데 마침내 그림을 찾았다. 홍에게 메시지를 보내서 그림 찾았다고, 내가 열심히 찾았기 때문이라고 했다.

이 일을 처음 받았을 때 정말 꿈만 같았었는데 내가 일러스트 일을 한 이후 전무후무하게 영광스러운 일일 거라고 생각했었다. 예를 들자면 마르케스 소설을 읽고 자란, 소설을 쓰고 싶었던 콜롬비아의 소녀가 화가가 되어서 자기가 처음 읽은 마르케스의 잊지 못 할 그 책의 표지 그림을 그리는 것과 같은 일인 거다. 근데 막상 일을 하니까 마르케스고 나발이고 내가 좋다고 생각하는 것과 출판사에서 생각하는 것이 달라서 역시 난 안 되나봐 하고 포기를 하게 되었다. 어렸을 때 이미 수차례나 읽어서 내가 너무나 잘 알고 있다고 생각한 텍스트인데도 그랬다. 디자이너는 처음 그림을 발주하면서 이미 그려 놓은 내 아무 그림이나 그 책과 잘 어울린다고, 마음대로 그리라고 했는데, 마음잡고 그림 좀 그렸더니 다 퇴짜를 맞았다. 뭐 아무튼 지금은 매우 우회적이지만 일이 수습되려고 한다. 시안이 확정됐고 찾아낸 그림 넘겨주고 부가적으로 필요한 약간의 작은 컷들을 같은 기법으로 그리면 된다.

내가 좋아하는 그림이 아니어서 어리둥절하지만 이게 마치 나와 내 작업을 보는 사람들의 간극을 보는 것 같기도 해서 심경이 좀 복잡하다. 하지만 일을 완성한다는 건 중요하니까. 그리고 돈을 번다는 건 좋은 거니까.

09.09.23

아, 겨울엔 어떻게 살지. 서귀포 집에서 빨랫줄에도 방안에도 기어다니는 개미들을 보면서 내가 커다란 베짱이로 느껴졌는데 좋아하는 것만 하려고 하는 사람은 개미에게 퇴짜를 당해도 싸다는 생각은 했었다.

09.09.23

벌써 시월이 됐다.

제주에 있을 시간이 앞으로 얼마 없다. 거기서 산 지 한 달밖에 안 됐는데 서울에 잠깐 온 시간이 답답하고 조급하고 그랬다. 여름 동안 작업한 잡지가 저렴한 종이에 버석버석하게 힘알이 없이 인쇄돼 나온 것을 봤고 사무실에 새로 온 디자이너에게 전시 홍보 엽서를 부탁했다. 애니메이션을 플립북으로 만들어 보는 건 어떨까 얘기했더니 시간을 두고 진지하게 만들고 싶어하길래 전시 날짜도 임박한데다 진지하게 만들면 왠지 짜릿하지 않을 것 같아서 다시 생각해보기로 했다. 한 달 동안 서귀포에서 전시를 두 개 하고 앞으로의 작업 계획서, 포트폴리오를 만들어야 하는데 그게 가능할지. 애니메이션도 하나 더 만들고 싶은데 난 정말 욕심이 많은 걸까.

돈휘 씨가 자기꺼라고 전기밥솥을 가져가 버렸다는데 가서 냄비에 밥 끓여먹어야 되나. 밥솥은 세팅돼 있어야 하는 거 아니냐고 하니까 알아보겠다던 관장님은 아직도 연락이 없고. 도착하면 추석인데 정말 기분이 좀 스산하다.

우리가 사는 땅 가장 아래에 있을법한 신비로운 광물의 결정,
대기권 바깥 천공층은 어둠 속에 고독하게 조재할 것은
밝고 푸른 어스름한 빛,
한 조개나 딱딱한 돌멩이가 기억할만한 물질의 유년기 같은 것이
그의 작업 속에 있었다.

순수하다는 것은 이런 것이 아닐까 하고 생각했다.

그리고 이런, 말로도 표현할 수 없는,
혹은 말의 쓰임에 잘 맞지 않는
순수한 작업을 해야하는 게 아닐까 하고,
그리고 싶다는 생각을 했다.

살고 싶지 않다고 느끼는 것과
순수한 상태로 경험하거나 자기에 도달하고 싶다고 느끼는 것은
결국 것은 욕망에서 오는 게 아닐까.
순수한 광물이 되고 싶다.

94

4장

서귀포

.

협재 해수욕장은 바다색이 정말 에메랄드빛이었다. 조개가 부서져서 모래가 온통 하얗다. 흰 모래 때문에 물이 투명하고 맑아 보이나. 같이 간 기석 씨가 바다 건너로 보이는 섬이 비양도라고 했다. 전시가 일주일 뒤로 다가오는 바람에 전시 홍보 엽서에 넣을 작품 사진을 찍어야 해서 방에 있는 것들을 다 거둬서 해변에 놓고 사진을 찍었다. 전부터 파라솔을 사서 해수욕장에 하루종일 머무르면서 그림도 그리고 누웠다 앉았다 그저 놀다가 오고 싶었는데 파라솔은 커녕 땡볕에서 작업을 설치하고 사진 찍고 하느라 마음이 바쁘기만 했다. 협재 해수욕장에서 집으로 돌아오는 길에는 서귀포 남서부 관광을 했다. 언덕 위에 풍차가 서 있는 것처럼 풍력 발전기가 서 있는 곳이 나타나길래 차를 세워 구경을 했다. 멀리서 볼 때는 지평선의 바람개비들 같았다. 마치 바람개비 모양의 식물들처럼 살아있는 느낌이 들었다. 가까이 가니까 아주 컸는데 계속 볼수록 수많은 바람개비들이 최면을 거는 것 같고 그 풍경 자체가 몽롱했다. 폐교를 고쳐 도예공방으로 만든 곳도 있어서 들어가 구경하고 네덜란드인 하멜이 표류했던 장소에 커다란 배를 만들어 놓은 용머리 해안에도 가서 검은 돌멩이들을 주웠다. 바다마다 특징이 있는데 그 곳은 검은 현무암이 부서져서 만들어진 해변이라 모래가 검은 색이었다. 용암이 식어 침식했다가 융기

되는 화산활동을 겪은 흔적들이 마치 수많은 산과 계곡을 축소한 모양 같았다. 돌멩이를 한아름 담아 가는데 바다한 테 공짜로 뭔가를 잔뜩 얻어가는 것 같았다. 모래와 자갈이 돈은 아니지만 망망한 바다 가운데 금은보화가 쌓여있는 보물섬에서 금화를 허겁지겁 담는 해적들의 행복하고 정신 나간 기분을 알 수 있을 것 같았다. 이곳은 돈이 있든 없든 어딜 가든 자연을 마음껏 누릴 수 있어서 좋다. 자연이 거세 된 서울에서는 쾌적한 무슨 짓을 하려면 돈을 쓰게 만들어 놨는데 이곳은 원래 있었던대로 놔두니까 그걸 누릴 수가 있는 거다.

대평에 다다라 인호 삼촌네에 가서 저녁을 먹고 젬베를 다시 조금 배웠다. 인호 삼촌은 박수기정 절벽 위의 연습실 에서 다시 연습을 시작했다고 한다. 그동안 북을 못 쳐서 화 가 났다고 했다. 서문당에서 나온 제주도 신화 책이 있어서 보고 있었더니 빌려주셨다. 이번 주말에 자리젓 밴드의 마지 막 공연이 있는데 연습해서 같이 합류하라고 미니 젬베도 빌 려주셨다.

저녁에는 중문의 하얏트 호텔에 갔다. 인호 삼촌이 기석 씨 가 인물화를 그리는 데 바람잡이를 하라고 했다. 호텔 안은 으 리으리했다. 손님이 어서 오길 기다리며 인물화 모델을 했다. 그림 그리는 모습을 투숙객들이 구경하다 가곤 했다. 그림이 내 얼굴과 무척 닮아서 신기했다. 정말 나 같아요, 라고 했다.

09.10.04

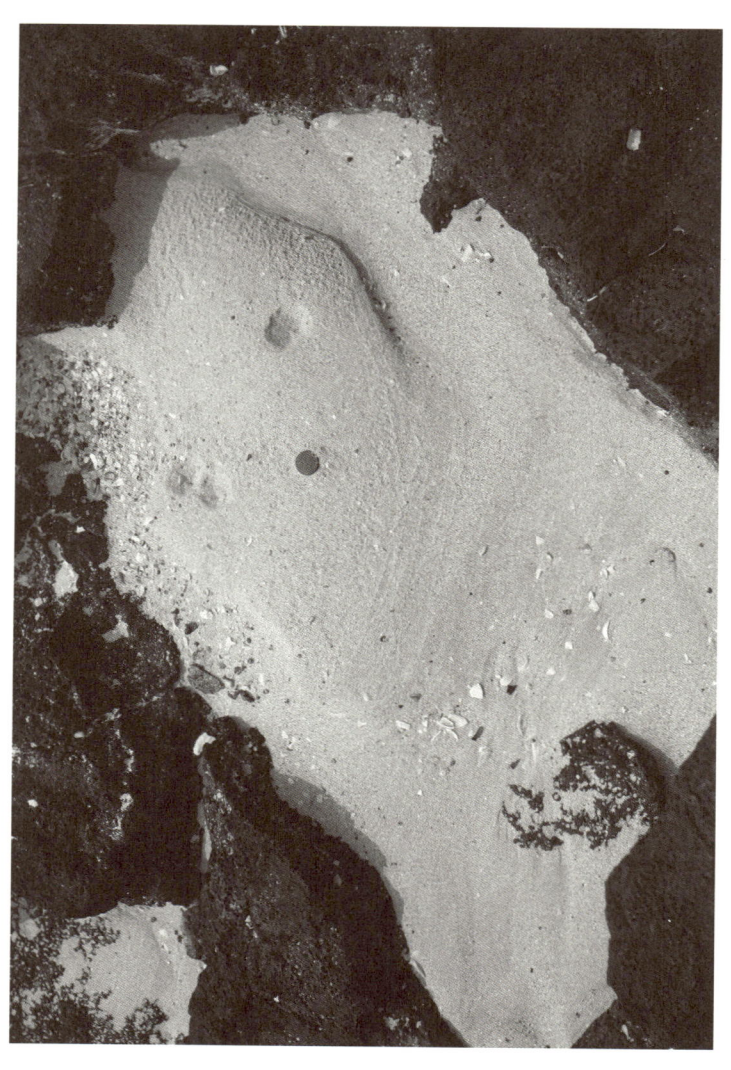

09.10.04

춥다. 서울에서 가져온 짐과 어제 해수욕장에서 가져온 모래와 돌들로 집안이 창고처럼 돼버렸다. 아침에 눈을 뜨자 방안이 너무 밝아서 이곳이 월평이라는 것을 새삼 실감했다. 일어나서 인호 삼촌이 빌려준 미니 젬베를 한참 두드렸다. 둥– 두두 웃웃 케–. 두두 웃케 두두 케–. 아프리카 박물관에 잠깐 놀러 갔다. 인호 삼촌이 아프리카 박물관에서 공연 하는 세네갈 연주자들과 그들의 숙소에서 같이 연주를 하고 있었다. 지하였는데 웅장한 박물관 규모에 비해서는 연주자 숙소는 변변한 가구도 없이 창문도 없고 궁색했다. 박물관 뒤뜰에는 세네갈에서 가져왔다는 새로운 염소 가죽으로 북을 교체한 인호 삼촌의 젬베가 건조되고 있었다. 인호 삼촌은 아프리카 박물관에서 1, 2 년씩 계약이 끝나고 본국으로 돌아가는 아프리카 연주자들에게 여기서 구하기 힘든 아프리카 민속 악기를 싸게 사거나 얻는다고 했다. 인호 삼촌은 아프리카 민속 악기 코라를 배우고 기타를 한 세네갈 연주자에게 가르쳐주었다. 오늘은 일주일에 한 번 연주자들이 연주를 쉬는 날이다. 나보고도 오늘 일 쉬냐고 물어보는 세네갈 남자의 피부는 석탄처럼 검고 이빨은 상아처럼 무척 하얬다. 나는 언제나 쉬고 있다고 대답했다.

오후에는 전시 공간을 확인하려고 이중섭미술관 창작스튜디오 전시실을 보러 갔다. 창작스튜디오 건물은 이중섭미술관 바로 옆에 있는데 새로 리모델링한 5층 건물이었다. 예상보다 넓어서 어떻게 공간을 채우나 걱정이 됐다. 전시 타이틀도 아직 못 정해서 서귀포 구시가지의 새섬 공원을 걸으면서 양원석 작가와 전시 개념에 대해 이런저런 이야기를 했다. 제주도에 와서 가장 인상적인 게 뭐였냐고 물어보길래 대문이 없는 것이라고 했다. 대문이 없는 것도 특이할 뿐더러 문을 열면 바로 바깥과 하늘과 땅과 통해 있는 느낌이었다.

어디서 많이 본 것 같은데 저 섬이 뭐냐고 했더니 범섬이란다. 아, 범섬은 법환 포구 앞에 떠 있던 섬이다. 범섬은 가까이서 보니까 콧구멍처럼 동굴 두 개가 뚫려 있었다.

건조해서 입술이 계속 마른다. 정말 가을인가 보다.

황금농장에서 월평 밴드가 연습하는 걸 구경하고 돌아왔다.

09.10.05

밥솥을 구했다. 동철 삼촌이 어디서 안 쓴다는 압력전기밥솥을 갖다주었다. 고마워서 황금농장에서 연습하던 전원에게 술을 샀다. 그리고 노래방에서 노래를 부르고 새벽에 멸치국수를 먹고 집에 돌아왔다.

오후 내내 나무와 집들이 뽑혀 나갈 정도로 바람이 많이 불었다. 컴퓨터를 쓰러 마을회관으로 가는데 마을회관 앞에 쌓인 모래들이 뿌옇게 날아가고 나뭇가지라도 부러져 내릴까봐 플라타너스 밑을 뛰어서 지나갔다. 전시 홍보 엽서에 들어갈 데이터를 디자이너에게 다시 보내고 장소 특정 미술에 대한 논문을 찾아보고 집청소를 했다.

심보선의 시에서 본 개인적 기후란 말이 가끔 떠오른다. 가면이 변해 가듯이 우리는 그저 중심의 기후 같은 존재인 걸까.

마당 풀밭에 누워 기후에 대한 촬영 작업을 하나 했다. 쌓아놓은 삼나무 부식토가 바람 때문에 나중에는 다 날아가버렸다. 천천히 그리고 결국엔 모두 날아가버리는 그것을 촬영했다. 누군가 입김을 불듯 바람이 불면 중심을 둘러싼 기후가 비껴나간다. 감정처럼 세계도 불안하게 계속 변한다. 그런데 그것을 보는 나, 방패막이처럼 촬영장치 속에 들어가 누운 나는 텅 비어있는 것 같았다. 바람이 불고 나서 다음 바람이 불 때까지 누워서 기다리는데 하늘이 파랬다. 파란 폐허. 구름은 잘 빨아놓은 흰 행주 같이 풋풋하고 사방이 조용했다.

추워서 잠을 설쳤다.

남준 삼촌이 다음주에 미깡밭에 미깡(밀감) 따러 오라고
했다. 극조생 감귤이 이제부터 슬슬 나온다고 한다. 모레가
전시 시작인데 전시 엽서 디자인이 아직도 안 끝나서 최종
데이터를 기다리다가 설치 준비 작업을 하다가 중문에 사
포를 사러 나갔다. 나성 찐빵집에서 찐빵도 사고 커피를 한
잔 마신 다음 하나로마트에 가서 감귤 초콜릿을 한 상자 사
서 버스를 기다리는데 버스가 삼십 분이 넘도록 안 왔다. 버
스를 기다리는 일은 서울이나 여기나 무척 지친다. 디자이
너도 여태 연락이 없고, 오지 않는 버스처럼 나는 차가 없고
돈이 없으니까 기다리는 수밖에 없다. 기다리지 않으려면
돈을 벌어야 한다는 생각이 든다. 돈이 없어 발주를 못 하고
부탁을 했으니 디자이너가 시간을 내줄 때까지 기다려야
하는 거다. 제대로 연락도 안 받고 기다려도 제때 연락을 해
주지도 않네. 애가 탄다. 나라면 연락이라도 해줬을텐데. 애
태워 하는 내 모습이 줌아웃되면서 이러고 있는 것이 한심
해서 다시금 힘이 빠진다. 아무리 바빠도 그렇지 메시지 보
낼 시간도 없나. 역시 이러저러한 좀스러운 감정이 들기 시
작하면 배워서 내가 그냥 해야한다는 생각이 든다. 나는 언
제나 기대를 하는데 또 언제나 실망을 한다. 이제는 내가 원
래 그런 스타일인가 보다 한다. 앞으로도 기대를 할 거고 또

103

실망을 하겠지마씸.

　　오후 늦게 디자인 수정이 모두 끝나고 인쇄소로 데이터가 넘어갔다. 한시름 놓고 계속 작업을 했다. 삼나무 껍질을 벗겨내고 나사로 엮은 나뭇가지를 연결했다. 내일은 강일이가 서귀포로 온다. 시간이 잘 간다.

09.10.08

항공우편으로 받아도 전시 엽서를 전시 시작일보다 늦게 받게 돼서 강일이에게 부탁해 충무로에서 엽서를 받아오게 했다. 강일이와 함께 도착한 엽서를 보자 왜 그렇게 기다리고 전전긍긍 난리를 쳤는지 힘이 빠졌다. 종이는 생각보다 얇고 푸른 기까지 돌아서 흑백 인쇄 엽서는 복사지에 복사한 종이를 잘라놓은 것만 같았다.

오후부터 전시장에서 설치 작업을 했다. 양원석 작가는 풀이 많이 필요해서 같이 전시장 가는 길에 공동묘지에 들러 띠를 한 차 베었다. 풀각시 만들듯이 한 묶음씩 묶어서 대나무 꼭대기 위에 얹어 전시장 사방에 설치를 했다. 나는 전시장 한가운데 관 모양으로 껍질을 벗기고 다듬은 큰 삼나무를 눕히고 그 위에 비닐을 씌운 삼나무 프레임을 공중에 매달았다. '안에 들어가 누워서 보실 수 있습니다' 라고 인쇄한 종이를 바닥에 붙였다. 프레임 안에 애니메이션에 사용한 오브제— 흙, 조개껍데기, 나무열매, 돌멩이, 나뭇가지— 들을 올려두어서 바닥에 누워서 보면 공중에 뜬 그 재료들이 어른어른 보인다. 관 속에 누워서 관 위로 텅텅 떨어지는 흙소리와 그 영상을 보는 느낌을 표현하고 싶어서 작업을 했는데 애니메이션도 설치도 정작 해보니 모두 유희적인 느낌으로 돼버렸다. 아마도 나는 아직 살아있으니까. 죽음은 어떤 걸까.

가장 쉬운 것은 매일 바뀌는 날씨를 느끼고 관찰하는 것. 제일 어려운 것은 사람을 겪는 것. 사람들이 내곁으로 와서 바람을 일으키고 건드리고 후려치고 하는 것을 견디는 것이 가장 힘들다. 내가 시니컬해지는 것은 사람들에게 처음부터 덜 호의적이고 나중에 덜 상처받기 위해서이지 않나. 실망하는 일은 서로에게 언제나 너무 힘든 일이다.

오늘은 전시장에 가지 않아도 돼서 하예동 바다에 가서 강
일이의 뮤직비디오를 찍었다. 귀여운 채소밭에 앉아서, 귤
과수원 가운데 앉아서도 찍었다. 강일이가 화면이 예쁘다
며 흡족해 했다. 하예동에는 논짓물이라는 곳이 있는데 논
에서 흘러내려온 깨끗한 물이 바다로 흘러드는 곳이다. 올
레꾼들이 앉아서 발을 벗고 놀고 있었다. 하예동에 있는 기
철씨 댁에 가서 강일이가 가져간 사운드 편집 프로그램을
설치하고 설명해주었다. 여러 개 설치하느라 시간이 많이
걸렸다. 기철씨는 나처럼 밖거리(바깥채)에 세를 얻어 살고
있는 육지에서 온 그림 그리는 사람인데 오아시스와 콜드

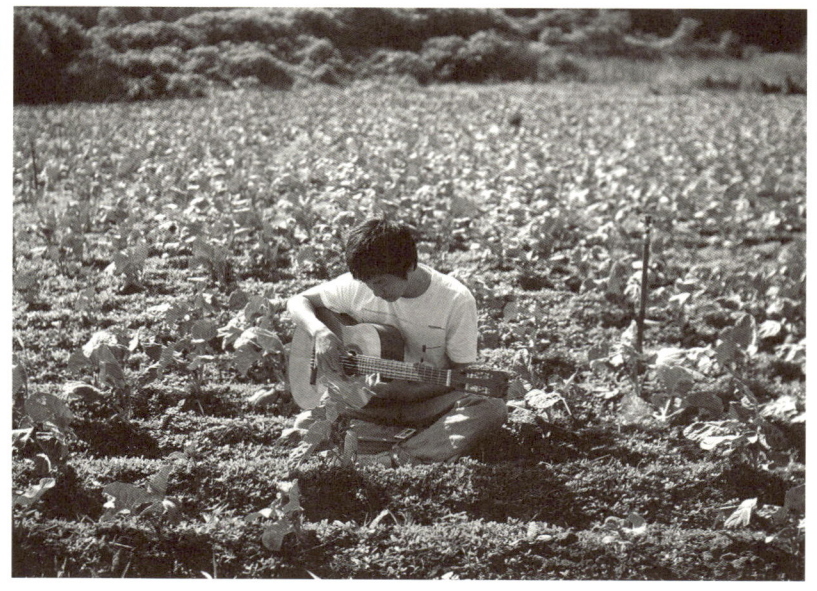

플레이를 좋아하고 홈레코딩 시스템을 만들고 싶어서 프로그램을 독학하려고 한다. 서울에 가면 팔다리가 저리기 시작하고 소음 때문에 버스를 기다리다가도 결국은 빨리 벗어나고 싶어 목적지로 바로 가는 택시를 타게 된다는 이야기가 공감이 됐다. 그도 내가 알고 있는 몇몇 화가와 마찬가지로 인물화가이다. 이곳저곳 떠돌아다니며 살았다. 거리 인물화를 낯빤대기라고 하던데 몽상가에겐 그 시장 바닥도 녹록치 않다고 한다. 몽상가가 뭐죠? 현실을 직시하지 못 하는 사람이 몽상가지. 그 말도 맞다고 생각했다. 하지만 또 몽상가는 하고 싶은 것을 하는 사람이 몽상가라고 생각했다. 몽상가는 남들 참고 살 때, '이렇게 하면서까지 살아야 하나.' 하면서 혼자 그만 못 참아서 매번 그만두고 여기저길 떠돌아 다녔다고 했다. 이렇게 하면서까지 살아야 하나, 하는 독백이 내 마음속에서 동시에 울렸다. 조금 슬프고 조금 두려웠다.

저녁엔 승구한테서 갑자기 메시지가 왔다.

S : 이젠어떻게하지?

J : 뭘

S : 나를

J : 나도계속그생각을한단다 지켜봐야지

S : 지켜보자

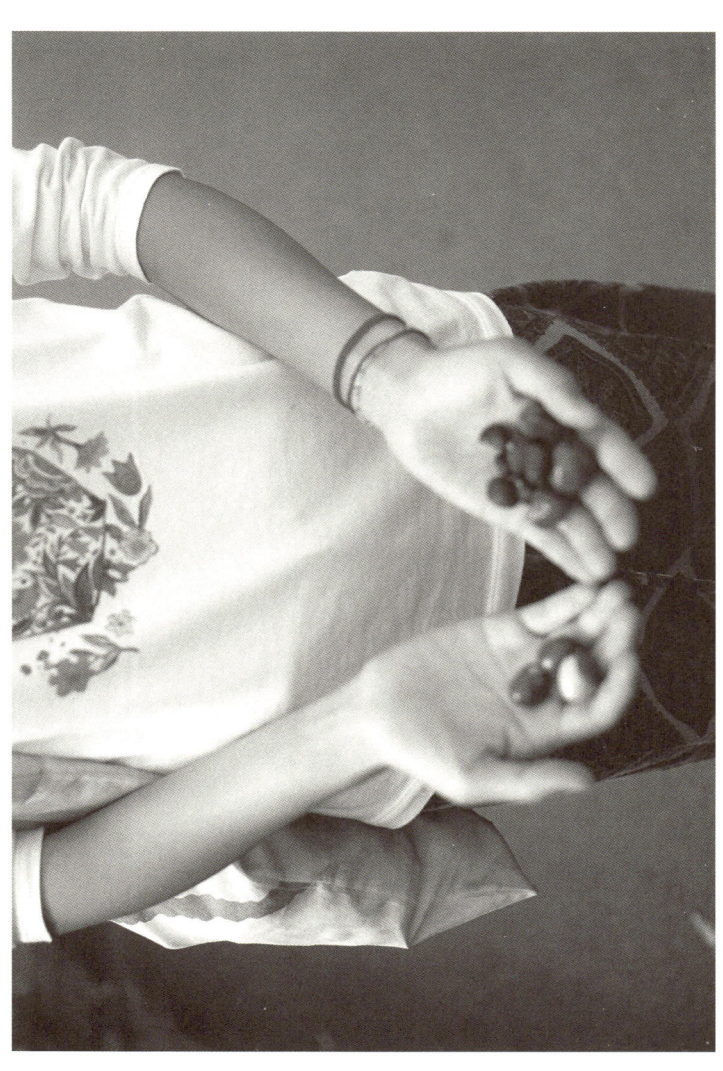

09.10.12

09.10.13

오랜만에 저쪽 골목으로 걸어나가 동백 열매들을 주워가지고 집으로 돌아왔다.

전시 종료가 이제 이틀 남았다. DVD 플레이어가 작동되지 않아 애니메이션을 못 틀고 오늘에서야 플레이어에 맞는 포맷의 파일을 만들어서 오후에 전시장에 갔다. 전시 기간이 이틀밖에 안 남았는데 나만 아직 전시 준비 중인 것 같다. 양원석 작가가 제민일보의 현순실 기자가 친구들과 다녀갔다고 세 사람이 설치작업 안에 들어가서 좋아라 하며 한참 놀다갔다고 했다. 그 세 사람이 누군지 알 것 같아서 피식 웃음이 나왔다. 어른들이 그렇게 애들 같기는. 한 달 전쯤 그들은 마을 레지던시 관련해서 취재를 하러 갑자기 왔는데 나는 밖에서 바가지에 물을 담아 쭈그리고 앉아 세수를 하고 있었다. 월평에 산 지 한 달도 안 되고 작업실도 아닌 사적인 공간을 갑자기 공개하는 것은 무리라고 했더니 잘 이해하고 돌아갔었다. 방에 매달아둔 모빌을 아이들처럼 구경하고 갔었다.

홍이 공항에 내려 제주시에서 바이크를 빌려서 서귀포까지 왔다. 두 시간을 달려온 홍은 오자마자 지치고 춥다며 국물을 찾길래 꽃게 짬뽕이 맛있다는 서귀포 시내의 덕성원에 데려가 짬뽕을 먹였다. 문을 닫은 전시장에 다시 가서 전시 사진을 찍고 바이크를 같이 타고 집으로 돌아왔다.

오전에 홍은 우도를 가겠다며 바이크를 타고 집을 떠났다.

기획서를 조금 쓰다가 전시장 지킴이를 해야 해서 버스를 타고 서귀포 시내로 갔다. 이중섭 거리 근처에 있는 vetro coffee에 가서 아메리카노를 마실까요, 카푸치노를 마실까요 하고 물어보고 아메리카노를 들고 전시장에 갔다.

오후엔 마을 분들인 동철 삼촌과 영철 삼촌, 은경 씨가 전시장에 다녀갔다. 양원석 작가는 관객들에게 성심성의껏 작품 설명을 해준다. 그가 관객에게 내 작업을 설명해달라고 요청하면 나는 난색을 하고 그냥 보면 된다고 하거나 간략히 설명을 하는데 아무튼 그는 관객을 대하는 태도가 몹시 적극적이다. 관객뿐 아니라 사람을 대하는 모든 태도가 그렇다. 나는 똑같은 말을 반복하는 것을 너무 싫어하고 시각예술을 굳이 말로 다시 설명한다는 게 불필요하다고 생각해서 꺼렸는데 사실 관객에게 무관심한 탓도 크다. 모든 것들과 늘 거리를 유지하는 내 태도와는 다른 양원석 작가를 보면 신기하다. 나는 사람들에게 뭔가를 받아들이고 있는 걸까. 아니면 그냥 구경만 하는 걸까. 홍은 내가 너무 자기중심적이라고 했는데 그렇지 않으면 내가 하고 싶은 것을 할 수 없었을 거라고 발끈해서 대답했던 기억이 난다. 남에게 폐를 끼치지 않는다면 자기중심적인 것이 무슨 잘못이 될 수 있을까.

전시를 마치고 저녁에는 미루나무 카페에 앉아 차가 끊길 때까지 다원예술프로젝트 신청 기금 기획서를 썼다.

09.10.14

아침에 일어나자 홍이 없었다. 오토바이를 타고 공항으로 떠난 것 같았다. 시계를 보자 열 시였다. 어제 전시를 마치고 마신 술 때문에 머리가 조금 아팠다.

일주일간의 전시가 드디어 끝났다. 어제 작품 철수를 하고 차에 탔는데 해가 기울어지고 있었다. 양원석 작가가 보여줄 게 있다며 차를 달려간 곳은 보목리라는 마을의 바다였다. 건너편 보이는 섬 이름은 섶섬과 문섬이라고 가르쳐 주었다. 섶섬과 문섬 위로 하늘이 연보라색과 연주황색으로 부드럽게 흐르고 있었다.

해가 져서 집으로 돌아와 쓰레기를 버리러 나갔다 골목을 걸어 들어오는데 문득 내가 유령처럼 느껴졌다. 나는 앞으로도 아무도 없는 어둡고 아늑한 길 위에 혼자 서서 검은 집들과 늘어지는 그림자들을 보고 있을 것 같았다.

마을 주민인 정호 삼촌에게 안 쓰는 스쿠터를 빌렸다. 스쿠터 키를 받고 시동을 걸자 부르릉거리는 소리와 함께 온몸이 짜릿해지는 것 같았다. 후려치는 바람 속을 가르고 가는데 쾌감이 들었다. 낡아서 매연이 심한 스쿠터를 타고 중문해수욕장까지 갔다 왔다. 중문해수욕장은 그날그날 물색깔이 달라진다던데 오늘은 아주 파랬다. 외국인 몇 명을 빼고는 해수욕을 하는 사람은 아무도 없었다. 그들은 물속에서 나오면 모래 위에 엎드려 햇볕을 쬐며 각자 책을 읽는다. 전에 협재 해수욕장에서 봤던 독일인들도 그랬다.

어제 황금농장에서 빌려온 파라솔을 마당에 설치하고 의자를 가져다 놓고 앉았다. 바람이 많이 불어서 처음엔 파라솔이 날아가 버렸는데 무거운 시멘트 블록을 낑낑대며 가져다 파라솔 테이블 다리에 눌러놓았더니 이제 안 날아간다. 서울에 갔을 때 M 출판사의 디자이너가 준 『파리를 생각한다』를 읽었다. 나는 불문학과에 들어간 이후로는 왜 그렇게 프랑스에 관심이 없었을까. 책을 읽자 파리의 일상이 눈에 그려졌다. 걷기 예찬을 읽으면서 예술가는 모두 산보객이 아닐까 하고 생각했다. 자기만의 장소와 순간을 경험하는 것은 모든 창작에 필요한 일이다. 이렇게 한가하고 좋은 곳에 사는 주민들은 정작 일 때문에 모두 차나 오토바이를 타고 분주히 다닌다. 골목을 어슬렁거리는 사람은 나 말고는 아무도 없다. 여행객들도 방향을 가지고 행선지를 향해 걷는다. 나는 일정치 않게 가고 사실 뭐 사는 것도 그렇다.

저녁에는 마을 잔치가 있었다. 드디어 월평 밴드가 첫 공연을 했는데 감격적이었다. <나 어떡해>와 <빗속의 여인>은 노래 자체가 심금을 울리는 데가 있고 연습을 많이 한 덕에 밴드 공연은 거의 완벽했다. 관객들도 호응이 폭발적이었다.

행사가 다 끝나고는 집으로 돌아와 모빌을 만들었다. 초반에는 규칙적으로 리듬감 있게 했던 작업이 손님 방문에,

전시에, 행사 구경에 흐름이 끊기고 나서는 다시 손에 잡히지 않았었다. 눈앞에 두고도 무얼 해야할지 고민스러웠는데 별 생각 없이 다시 작업을 시작했다. 방에다 죽 매달았는데 전시를 갤러리가 아니라 바로 이곳에서 해야겠다는 생각이 들었다. 자는 방은 처음 왔을 때 떼어놓은 문짝을 다시 달아서 닫아두고 작은 방과 그 옆의 곡물창고 그리고 그 사이를 잇는 방 이렇게 세 개를 전시 공간으로 쓰는 거다. 좁고 어두운 곡물창고 안에는 애니메이션을 빔 프로젝트로 상영하고. 그럼 나한테 꼭 맞는 장소가 될 것 같다. 나는 마당 파라솔 아래에 앉아 책을 읽거나 놀면서 한가로이 관객을 기다리는 거다. 의자 몇 개를 더 놓고 방문객이 앉아서 이야기하고 놀다 갈 수도 있게 하고. 마을 주민들과 아이들도 초대하고. 아!!

09.10.18

모빌을 만들고 개인전 보도자료를 썼다. 전시를 갤러리가 아니라 집에서 일주일간 하기로 했다. 관장님도 좋은 생각이라고 했다. 시내 전시장에서 전시할 때는 전시를 급작스럽게 준비하고 해치운 탓도 있지만 마을과 그곳은 정말 동떨어지게 느껴져서 마음이 편하지 않았다. 웹 홍보는 관장님이 해주고 마을에는 내가 화살표가 그려진 전시 정보 전단지를 붙이기로 했다. 올레 코스 몇 곳에도 붙여서 주말엔 육지 사람들도 보러 오면 좋을 것 같다.

지민희 개인전 <Epitaph>

2009.10.24(토) — 10.31(토)

서귀포시 월평동 월평로 171

지민희 개인전 <Epitaph>는 모빌과 영상, 설치 작품으로 이루어진 복합 설치 전시로 묘비명을 뜻하는 'Epitaph'란 제목은 전 작품을 관통하는 주제인 '죽음 바깥의 삶'을 의미하기 위해 역설적으로 쓰였다. 바람이 많고 사방이 바다로 둘러싸인 제주섬은 육지 작가에게 생성과 소멸이 반복되는 근원적인 생명활동이 벌어지는 원초적인 공간으로 다가왔다. 모든 작업은 제주 바다의 돌과 흙, 나뭇가지와 나무열매 등을 이용해 만들어졌다.

야외에서 설치하고 촬영한 스톱모션 애니메이션 작품 <Epitaph>는 관 속에 누워 있는 관찰자의 시점으로 만들어졌다. 관 위로 흙이 한 줌씩 떨어져 내리듯이 화면은 리드미컬한 오브제들로 점점 증가해 관객들로 하여금 일종의 가상의 죽음을 느낄 수 있도록 의도했다. 삶과 죽음이 끊임없이 반복되는 바다에서 채취한 돌멩이와 모래, 식물들이 만들어내는 자유분방한 화면은 죽음 바깥의 삶의 유희적인 운동과 흐름을 표현하고 있다.

같은 재료를 이용해 바닥에 동심원을 따라 만다라 모양으로 설치된 같은 제목의 작품은 순환 구조의 생명원리를 의미한다. 공중에 파편들이 떠 있는 모빌 작품들은 중력을 거슬러 삶과 피안 사이에서 약동하고 부유하는 생명체처럼 보인다.

'문화도시공동체 쿠키'가 주관한 <예술인 서귀포> 레지던시로 서귀포 월평마을에서 거주하며 두 달 동안 작업한 작품들을 일주일간 오픈 스튜디오로 전시한다. 작가가 살고 있는 작업실은 제주 전통가옥구조의 소규모 낡은 집으로 설치 작업의 특성상 어디서 무엇으로 작업할까가 중요했던 작가에게 작품을 보여주는 방식과 장소까지 새로 고민할 수 있게 만들었다. 삶의 현장에 작품을 설치함으로써 일상이라는 공간적 상황과 작품이라는 예술적 속성을 결합시키는 시도를 선보인다.

09.10.19

일어나자마자 모빌을 만들었다. 검은 모빌. 검게 칠한 동백 열매들을 매달자 까마귀들처럼 보였다. 모빌을 방안에 걸어 전시 보도자료에 넣을 사진을 촬영하고 보도자료 글을 완성해서 갤러리에 보냈다. 애니메이션 스틸컷을 보정했는데 아, 내일은 영화제에 낼 애니메이션 포맷 전환을 하러 가야하고 정말 바쁘네.

춥다. 여름에 와서 가을을 보내고 이제 겨울을 맞이해야겠네. 점심 때는 동철 삼촌과 정호 삼촌 이렇게 셋이 중문의 덕성원에 가서 꽃게짬뽕을 먹었다.

09.10.21

이제 점점 추워지나 보다. 발이 너무 시려서 못 쓰는 나뭇가지를 태우고 난 숯을 양철 바케스에 담아 집안으로 들여왔다. 발 사이에 끼우고 필요한 서류를 작성하는데 나무 타는 매운 냄새가 모락모락 올라왔다. 이 집은 난방도 안 되는데 앞으로 밤에는 어떻게 잔담. 찜질팩을 사든지 고타츠를 만들든지 무슨 방법이 필요하다. 오늘은 바람이 잠잠해서 마당에 탁자를 내놓고 밖에 나와 있었다. 발등에 내리는 햇빛, 햇빛으로 따뜻해진 잔디 때문에 발을 비비자 따뜻했다.

주인 할머니가 솎아서 바닥에 버려놓은 배추 모종을 다듬어서 라면에 넣고 끓여 먹었다. 어느 때부턴가 서울에서처럼 한 그릇 음식으로 끼니를 때우기 시작했다. 한 그릇 음식에 축복을. 파라솔 아래서 라면을 씹어 먹으면서 의자에 기대 있는데 그런 내 모습을 본 동철 삼촌이 차를 세우고 경적을 울렸다. 벌떡 일어나 갔더니 무슨 생각을 하고 있냐며 백합 한 다발을 주셨다. 올해 첫 수확한 백합이란다. 고맙습니다. 헤헤. 전시 준비는 잘 돼가냐기에 좀 더 해야한다고 우물거렸다. 꽂을 데가 마땅치 않아 커피병을 비우고 물을 담아 꽂으니까 꽉 찼다. 아직 푸릇푸릇한 백합 꽃봉오리가 거위 주둥이 같다.

전시를 하기 위해 집을 치웠다. 방문을 달아서 방 하나를 폐쇄하고 그 외 공간에 있는 짐을 모두 옮기고 쓰레기를 내다버렸다. 모빌을 달 자리를 잡느라 천장에 드릴로 나사를 박았다가 뺐다가 했다. 빔 프로젝트가 또 말썽을 일으켜서 씨름을 하다가 밤늦게야 간신히 독학으로 세팅을 해놓고 설치를 완벽하게 하지도 못 했는데 무거운 것을 드느라 힘을 써서 그런지 너무 피곤하고 작업도 다 귀찮아서 일찍 잔다.

전시를 시작했다. 몸이 뻐근해서 아침 일찍 일어나는 게 너무 힘들었다. 어제 바닥에 설치 못 한 것을 설치하다가 그 와중에 매운탕을 끓여서 허겁지겁 먹고 오프닝을 도와주러 온 관장님과 어머니, 사진가 한 분이 오실 때까지도 설치를 계속 했다. 문 바로 앞에 소복하게 자라 있는 고구마까지도 작품으로 보였다. 곧이어 마을회장님도 오시고 노인회장님과 낯이 익은 여러 마을 분들이 다녀가셨다. 노인회장님은 애니메이션을 처음부터 끝까지 열심히 보아주셨다. 동철·남준·영철도 왔다 가고, 마을 입구 정도주택에 새로 이사온 육지분도 포스터를 봤다고 하시며 왔다가 한참 앉아 이야기하다 가셨다. 서넛의 손님이 가고 나면 또 서넛의 손님이 오고 하는 식이었다. 처음엔 혼자만 있던 집안에 여러 사람들과 앉아서 이야기하려니까 정신이 없고 전시 준비에 손님맞이에 얼이 빠져 있었는데 나중엔 낯선 손님들과도 전시라는 공통 관심 때문에 이야기하는 것이 재밌어졌다. 처음엔 작품에 대한 이야기를 하지만 작품 이야기를 하던 관객은 자기소개를 하고 이내 자기 이야기를 하게 된다. 우리가 사실 하고 싶은 건 자기 얘기니까. 보통은 주변 사람들에게 말할 일이 없는 형식과 내용으로 작가인 상대방에게 자신의 욕망과 갈구를 쑥스럽게 고백한다. 일반인들에게 예술가는 예술과 순수를 관장하는 전문가이며 사제인가. 정말인가. 나는 가짜 신부가 된 것처럼 장난스런 기분이 들었다. 벌써 오후 네 시 이십 분. 정신없이 시간이 흘렀다. 제주 올레 안내 책자의 사진을 찍으시는 서귀포 중학교의 미술선생님이 작품을 열심히 찍어주고 가셨다. 제주시 물뫼초등학교의 선생님은 작품을 정말 잘 이해하고 마음이 맞는 손님이 오면 나눠 마시라며 직접 만든 포도주 한 병을 주고 가셨다. 제주시에 놀러가야지.

09.10.24

09.10.25

씻지도 않았는데 한라일보 기자가 취재를 다녀갔다. 전시 시작 시간이 아니긴 하지만 일단 들어오라고 한 다음 빔 프로젝트와 스피커를 켜고 영상을 재생한 다음 양치질을 후다닥 하고 나왔다. 작업을 다 본 다음 이런 저런 이야기를 했다. 이야기 도중 지원은 받고 있느냐기에 이 집을 빌려준 것 외에는 지원이 없다고 했다. 지원이라, 기초생활대상자처럼 작가에게도 지원금이 나올 수 있는 걸까. 집에는 기초 의식주에 필요한 것 이외에는 아무 것도 없다. 이중섭미술관 창작스튜디오는 침대가 없어서 그게 말이 많았다고 하는데 나는 침대까지는 됐고 밥통이나 하나 있었으면 했는데 난생 처음 제주에 오는 것만으로도 고무적이라고 했다. 이런 작업실을 제공해준다면 오고 싶어하는 작가들이 많을 것이라고 하자 기자는 그래요? 하며 흥미로워 했다. 홍대는 지하 작업실도 한 달에 몇십만 원인데 여긴 그 돈으로 1년치 세를 낼 수 있다. 홍대에 작업실을 구하고 좁은 그마저도 조각조각 나눠 쓰느라 멤버를 구하는 게시물들이 미술 사이트엔 매일 즐비하다. 비싼 값을 치르고 쓰는데도 서울에선 그 공간에 갇히는 느낌이 들만큼 환경이 좋지 않다. 사용 인구는 많은데 집주인은 작고 엄청나게 많은 세입자가 사는 서울. 그 세를 감당하려면 또 일자리가 많은 곳 가까이 살면서 최저 임금의 아르바이트를 해야 한다. 서울을 못 떠나는 이

유는 한두 가지가 아니다. 기자가 가고 나자 마을 분이 찾아왔는데 전시를 보고 난 후 다 좋은데 돈이 안 되지 않느냐고, 먹고 사는 게 가장 중요한 게 아니냐고 무척 걱정을 해주셨다. 좋아서 하는 거지요. 라고 해도 먹고 사는 문제를 다시 얘기했다. 사실 나도 그게 제일 걱정인데 아니 근데 나보고 어쩌라고. 그럼 입장료라도 내시든지, 작품이라도 구입하시든지. 돈이 안 되는 이런 활동에 대해서 얘기하자 기석 씨는 나중에는 먹고 살 수 있을 거라고 했었지. 그냥 계속하라고 했었다. 좋아하는 작업을 할 때는 어떤 물질적인 보상도 바라지 않지만 전시를 할 때는 내 전시라도 전시를 제안한 사람한테 전시장 지킴이 아르바이트비라도 받았으면 좋겠다. 전시는 작업과는 달리 심리적으로 육체적으로 힘든 노동이라 관객을 기다리고 있으면 이게 뭐하는 건가, 나는 무얼 하고 사는 걸까 하는 생각이 든다.

오후에는 서귀포시에서 신사 두 명이 찾아왔었다. 마을 회관에서 전시를 하는 줄 알고 올라갔다가 헤매고 있던 분들을 집으로 데려갔다. 신사 아저씨들은 나란히 앉아서 눈 한 번 떼지 않고 영상이 끝날 때까지 집중해서 보는데 그 표정이 초등학생 아이들 같아서 웃음이 나왔다. 한 사람이 다른 사람에게 오기 잘했지? 라고 말하자 귀엽기까지 했다. 그분들은 영상을 보면서 떠오르는 것들, 옛날에 마당에는 검질(마른 풀)이나 보리짚을 깔아서 그 위를 밟고 다녔는데 그

것들이 이리저리 쓸리는 모양이 떠오른다거나, 그림자놀이가 생각난다거나, 의식과 무의식, 생물과 무생물의 경계를 왔다갔다하는 것 같다는 이야기를 진지하게 말씀하셨다. 처음엔 너무 진지하고 주의 깊은 모습이 코믹했는데 작품을 느끼고 이해하고 싶어하는 그 태도가 고맙고 신선하게 느껴졌다. 이런 영상 작품은 어떻게 소장되는 건지 물어보기도 하고 전에는 어떤 작업을 했는지 물어보기도 했다. 손님을 배웅하고 돌아와서는 이 곳 관객들은 왜 이렇게 성실한가 하고 생각했다. 내가 관객을 얕잡아 보고 있었던 걸까. 오히려 작업하는 사람들은 전시나 남의 작품에 대해 시큰둥한 경우가 많은데 이들은 얼마나 겸손하고 열의가 있는가.

09.10.25

일어나서 우유를 한 잔 마시고 마을회관 컴퓨터실에 가서 출력을 하고 돌아와 파라솔 아래 앉아 있었다. 늦게 잤는데 일찍 일어나서인지 따뜻한 햇빛 때문에 졸음이 왔다. 오전에 관객이 한 명 다녀간 후로 아무도 오지 않았다. 햇빛이 드는데도 졸려서 방에 누워 낮잠을 잤다. 점심을 먹을래야 먹을 것도 없고 어차피 식욕도 없어서 걸렀더니 힘이 없는 건가. 오후 늦게는 아예 이불로 창을 막고 저녁까지 잤다. 자도 자도 일어날 수가 없었다. 저녁에는 정신을 차리고 일어나 앉아 기대 있었더니 조용히 집이 나와 함께 있는 고즈넉한 느낌이 들었다. 이틀은 바람이 잠잠했는데 오늘은 낮부터 바람이 많이 분다. 이제 이 바람도 익숙해져 간다.

09.10.27

사흘 내내 낮동안 졸음을 주체할 수 없다. 집에만 붙박여 있
어야 하는 부담과 단조로움 때문에 아무것도 안 해도 피로
해지나.

어제는 올레꾼 한 사람이 마당으로 들어왔다. 이리 들어오세요. 동철 삼촌과 마을회관 컴퓨터실 관리자분과 마당에 앉아 막걸리를 마시고 있었는데 일어나서 집안으로 안내했다. 우리는 제주도에서 결혼식 때 신랑 신부를 돕는 부신랑 부신부 풍습에 대해 한창 이야기하고 있었다. 애니메이션을 유심히 보고 있는 손님에게 다가가자 그녀는 나를 안다고 했다. 어쩐지, 어디서 본 얼굴 같다 했었다. 그녀는 달리에서 우리 봤었다고, 올레길을 걷다가 동네로 들어와서 전시 포스터를 봤는데 그 사람이 맞겠지 하면서 신기하다고 생각하면서 왔단다. 나도 신기하고 반가워서 웃었다. 그녀는 어린이책 편집자였다. 달리에서 술 마시고 노래 부르는 자리에 우리는 같이 있었던 거다. 나는 그 때 누군가 부르길래 소월 시로 만든 개여울이란 노래도 알게 됐었지. 괜찮으면 자고 가라고 했더니 올레 코스에 있는 다른 동료도 집으로 불러서 하룻밤을 묵고 갔다. 닷새 여행을 하는데 책을 다섯 권 싸왔단다. 이 사람도 나처럼 책 욕심이 많구나. 그러고도 오자마자 서점에서 새 책을 한 권 사서 가져온 책은 다 읽지도 못 했단다. 사흘 올레 코스를 걸으면서 자연과 세계와의 일치감을 느꼈는데 중문 시내에 왔더니 다시 올레길로 가기가 싫어서 그 읍내 같은 좁은 시내를 오락가락 했더란다.

나도 요즘엔 서울에 가고 싶다. 단풍이 거의 없는 이곳에

09.10.28

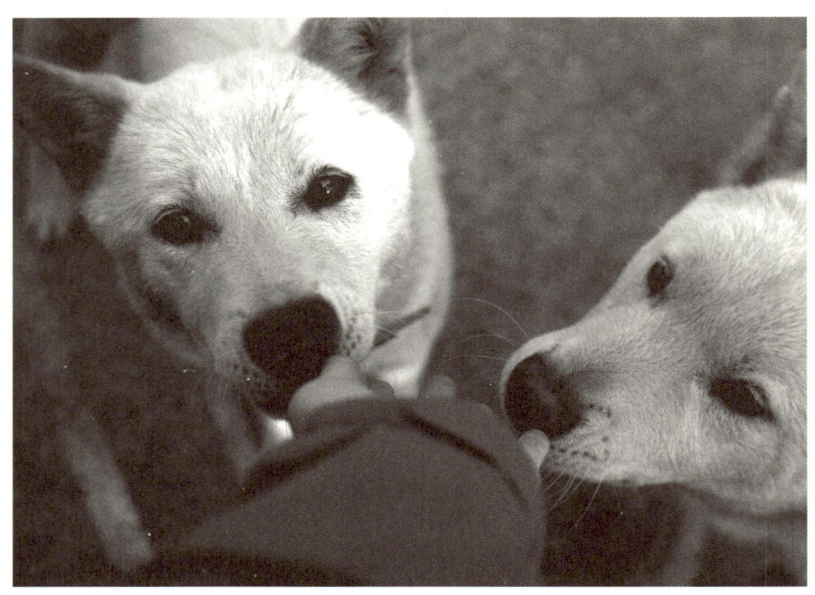

있으니까 가을인지 잘 모르겠고 혼잡하지만 건조하고 나른한 서울의 가을 풍경이 요새는 보고 싶곤 하다. 지겹던 홍대의 카페도 가보고 싶고. 서울에선 카페 말고 갈 데가 없었다.

정신없이 자고 있는데 법환 마을에서 왔다는 손님들이 전시를 보고 갔다. 전시장을 못 찾아서 마을을 계속 헤맸다고 불평을 했다. 죄송합니다. 그렇게 고생을 하며 찾아왔는데 전시가 너무 초라했던지 실망한 기색이 역력했다. 안에 들어와서 영상을 보고 집안에 앉아있으면서는 마음이 좀 누그러지는 것 같아 보였다. 문앞에 심겨진 동그란 고구마밭을 보면서 여자 관객이 이런 곳에서 자기도 살고 싶다길래 지금은 어디서 사냐고 했더니 법환의 큰 별장에서 산다고 했다. 이러고 싶을 수도 있고 저러고 싶을 수도 있는데 정정말로 여기서 살고 싶진 않을 것 같았다. 제주시의 아파트에 산다는 분들도 이런 곳에 살고 싶다고 아쉬워 했었는데 아파트에 사는 이유가 있고 별장에 사는 이유가 있으니까. 나도 이런 집에서 평생을 살고 싶진 않다. 어휴 지겨워.

집 근처를 걷다가 편백나무 가지를 하나 꺾어 와서 방 천장에 매달아 놓았다. 냄새가 좋았다. 집에만 있는 게 지겨워 스쿠터를 타고 올레 코스인 월평 마늘밭 쪽의 바다를 갔다. 마늘밭 시작 입구로 보이는 곳에 스쿠터를 대놓고 걸어가기 시작했는데 분분한 꽃향기가 났다. 가지를 촉수처럼 쭉쭉 뻗어놓는 볼레낭(보리수나무)에 아주 작은 꽃들이 피어 있었다. 생계를 위해 논두렁에 아무렇게 피어나 있는 부추를 좀 꺾고 바다를 향해 걸었다. 아무도 없어서 숨겨진 이 넓은 들판의 주인이 된 것 같아 살짝 흥분이 되려고 했다. 마늘밭을 가로지르자 돌더미가 가득한 해안이 나와서 떠밀려온 나뭇가지들을 주웠다. 이곳이 무인도라면, 내가 로빈슨 크루소라면 이렇게 나뭇가지를 주워서 집도 만들고 책상도 만들었을 거다. 나무들이 소금물 때문에 하얬다.

09.10.30

여기 와서 드물게도 흐린 날씨다. 밖에 나가 걸었더니 귓가로 바람이 가득히 후륵후륵 소리를 내며 지나갔다. 빈 공터에 난 억새나 덤불들이 이제 누렇고 어둡게 시들어져 간다. 자연이 쇠퇴하는 모습을 보면 사뭇 겸허한 감정이 든다. 주인이 집을 비운 집들, 빈 골목들, 담장 안의 동백나무들, 이제는 익숙해져 지루하게 가득 차있는 밀감나무들. 감나무의 감은 어느새 모두 따버렸다. 골목을 나갈 때마다 한두 개씩 따서 우적우적 씹어먹던 대추도 이젠 모두 따버리고 없다. 내가 그동안 못 봐서 그런 건지 마을회관 앞의 플라타너스도 이틀 새 갑자기 누레졌다. 담장 위 덩굴에서 바람개비 모양으로 솜털에 감겨있는 씨앗들을 보았다. 씨앗들은 왕국의 부드러운 벌레떼들처럼 아주 많아서 황홀했다. 하나씩 따서 조그만 봉지에 넣으니까 금방 부풀어 올랐다. 그 봉지는 아주 값어치가 있어 보였다. 그건 그냥 풀씨를 넣은 한 봉지에 불과했지만 이 식물종의 순수한 아름다움이 담겨있었다. 이렇게 생긴 씨앗이 있다는 걸 모르는 사람들이 엄청 많을텐데. 이 식물의 이름은 사위질빵이다. 어렸을 때 책에서 봤었다. 동백 열매도 같은 책에서 봤었는데 책에서 보았던 동백 열매와 씨앗을 나는 이곳에 와서 처음 보았다.

어제 대평에 갔을 때 광미 언니는 표정이 달라졌다며, 나보고 이젠 이곳에 완전히 적응한 편한 얼굴이 되었다고 했

133

다. 이곳에 처음 와본 강일이는 너에겐 재능이 있다고, 어딜 가든 네 방처럼 다 어지르고 영역화시키는 재능이 있다고 했었지. 그리고 마을 청년들은 짧은 시간 안에 적응을 잘 한다고 했었고. 그건 다른 게 아니고 나 자신과 나를 둘러싼 것에 대한 애정 때문일 거다. 나는 좋아하는 것과 생각하는 것을 실제와 일치시키고 싶었던 거야.

09.10.30

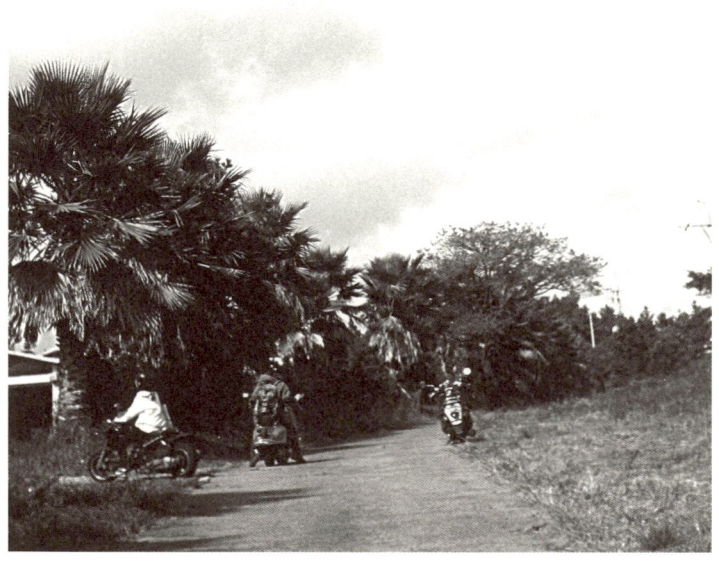

09.11.01

09.11.01

코리와 코리 친구가 와서 바이크 여행을 했다. 사고도 났었고 모두 한 번씩 자빠졌었고 신나고 청량감이 있었는데 전반적으로는 그닥 좋지 않았다. 짧은 시간 안에 여러 곳을 보려고 하니 사진 찍을 때 빼곤 앞만 보고 계속 운전만 한 셈인데 풍경들이 마음에 머무를 시간도 없고 많이 보아도 다 사진 같았다.

기석 씨가 군대식으로 올레길을 걷는 올레꾼들에 대한 이야기를 했었다. 그들은 가다가 잠시 멈추고 머물렀다 가는 게 아니라 정해진 길을 그저 계속 걷기만 한다는 거다. 머릿속에 이미 여정과 목적지가 정해져 있고 그걸 실행하기 위해 온다는 것이다. 하긴 내가 해수욕장에 앉아 노는데 배낭을 멘 올레꾼들은 해변에 잠시 앉아 쉬기는커녕 모래 한 번 밟지 않고 해수욕장 위로 앞사람이 간 길을 따라갈 뿐이었다.

어제 비가 오면서는 가을이 돼버렸다. 문틈에 아이소핑크를 잘라 메우고 틈이 벌어진 모서리를 종이테이프로 붙였다. 화장실 변기 안에는 검은 플라타너스 잎이 가득 고여 있었다. 마당을 막 뛰어서 집으로 들어왔다. 땅 속에 고구마를 캐면서 고구마 덩굴을 다 걷어내고 나니 고구마밭 자리는 무덤처럼 동그랗게 흙만 남았다. 방바닥에 전기장판을 깔았다. 따뜻한 가을이구나.

10.01.21

다시 월평에 왔다. 오늘 전까지 모든 게 다 그다지 마음에 들어오지 않았었다. 내 인생에는 언제 안정이 생기는 걸까. 끊임없는 불화들에 지쳐서 홧증과 무감각이 번갈아드는 며칠을 보냈다. 새로운 창작스튜디오 입주가 확정됐는데도 자신이 없었다. 모든 게 다 걱정스럽고 한 오십 년 어치 푸념을 누군가에게 늘어놓고 싶었다. 레지던스 프로그램이 아니라 나에겐 힐링 프로그램이 필요하다고 캐리어를 질질 끌며 생각했다. 서울이나 진주, 제주를 오가며 매달 작은 이사를 하는 것도 힘에 부쳤다. 독일로 매달 출장을 가던 선 본 남자가 이 일이 지겹다고 했던 말이 지난 달에 처음으로 이해가 됐다. 그를 좀 더 일찍 이해했다면 좋았을텐데.

내 인생에서 나는 뭘 기대했더라. 너무 좋은 것만, 나에게 좋은 것만 생각했었나. 그래서 나는 늘 지나치게 좌절하는 걸까. 고집이 히스테리로 발전해가는 것 같아서 심히 걱정스럽다. 혼자서도 잘 지내기 위해서는 철저한 자기 관리가 필요한 것 같다.

나는 집열쇠를 잃어버렸고 어느 달의 중요한 사진 폴더도 통째로 잃어버렸다. 어떤 경험에 대한 기억들을 그리고 중요한 단서들을 일순 아무렇지 않게 누락시키며 계속 살아온 것만 같다. 내 정신머리가 걱정스럽다. 숨쉬고 사는 것이 요 며칠은 무방비하게 두려웠다.

오늘은 잔칫집에서 잔치음식을 먹고 마을 청년들과 술을 마셨다. 나는 이제 술도 곧잘 마시고 내가 좋아하는 노래를 부끄럼 없이 잘 부른다. 사람들을 만나는 것에 관심이 없고 혼자 있어도 심심하지 않지만 내 이름을 부르는 소리를 들으면 안심이 된다. 외롭지 않았지만 외롭지 않다고 느낀다. 이 따뜻한 공기. 여름에는 달콤하고 겨울에는 따뜻한 제주도의 공기. 늦은 밤에 집으로 들어서면서 고개를 들고 공기를 냄새 맡았다. 가까운 공기 냄새. 밖에 나갔다 들어올 때 정말 좋다. 세상은 계속 살아있고 곧 더 따뜻해질 거고 내 방을 나갔다 들어오면 정말 좋다.

10.01.21

139

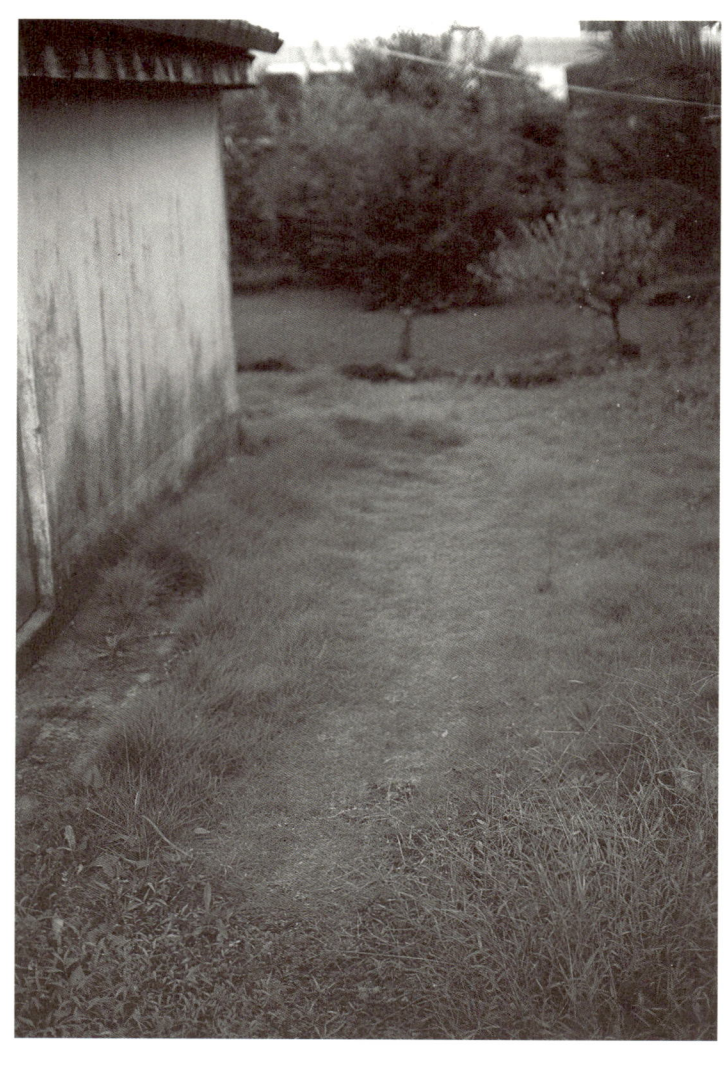

10.01.23

비가 온다. 중문 우체국에 가서 서류를 부치고 천천히 걸어 분식집을 찾아 김밥을 사러 갔다. 김밥을 주문하고 아주머니가 김밥을 싸는 동안 낙서로 어지러운 식당 벽 맨 위에 걸려있는 붓글씨를 무심코 읽는다. 내가 살고 싶은 집에 대한 긴 글이었는데 소박하고 진솔한 내용이 천천히 마음속으로 들어왔다. 지삿개도 내것처럼 이란 구절을 보고 여기 서귀포 분이 썼나보다 했다. 지삿개는 육각기둥 모양으로 생긴 바위들이 연쇄된 중문 바다에 있는 절벽이다. 돌돌 말린 김밥을 받아들면서 저 글은 누가 쓴 거냐고 아주머니한테 물었더니 대답을 머뭇거리신다. 아는 분이 쓰신 거예요? 저도 저런 집에서 살고 싶은데요. 근데 문득, 혹시 직접 쓰신 거예요? 하고 다시 묻는데 아주머니가 앉아있던 곳에 보다가 엎어둔 시집이 보인다. 그렇다는 대답을 흐리며 아주머니는 나를 똑바로 쳐다보지 못했다. 와, 좋네요. 잘 읽고 갑니다. 아주머니가 부끄러워해서 곧장 분식집을 빠져나왔다. 버스 정류장 시간표를 보니 월평으로 가는 버스는 바로 1분 전에 떠났다. 정류장을 지나쳐 그대로 월평 방향의 찻길을 걸었다. 집으로 가는 길이 멀었다. 비에 젖은 운동화 때문인지 내가 절뚝이며 걸어가는 것 같았다. 내 것 같기도 한, 살고 싶은 소박한 집에 대한 소망에 모처럼 감동을 느끼면서도 어느새 쓸쓸한 기분이 든다. 우리는 이렇게 불완전한 존재이구나. 우리의 소망은 어쩌면 우리를 더욱 불완전하게 만드는 게 아닐까. 바람이 모든 걸 휩쓸어버릴 듯이 아무리 불어도 집과 나무들은 굳건히 버틴다. 바람이 말한다. 이 바보야, 사람도 없는 곳에 혼자 무얼 하는 거야? 이 곳이 외로운 장소인 줄 몰랐단 말이야?

이곳에 처음 와서는 매 순간이 짧고 마지막이라는 생각 때문에 사진을 찍고 풍경을 기억해 두려고 했었지. 난생 처음 보는 색깔의 아름다운 황혼들, 톱니모양으로 벌어진 종려나무와 워싱턴 야자수들, 지금은 죽어버려서 믿기지 않는 화산이 바다에 검게 토해놓은 것들, 황금공처럼 둥글고 큰 노란 열매들을 매달고 평원에 서 있는 검푸른 나무들, 희귀한 동물의 등처럼 투명한 청록색의 바다. 흰여우처럼 길게 달음질치던 파도. 그리고 뭔가를 주우면 나는 주운 것들 모두에게 역할을 주었었다.

이곳의 나무들은 모두 빨리 자라고, 그래서 계속 베는데도 또다시 자란다. 집들은 낮은 돌담 너머로 바깥 거리를 내다보고 무덤도 야트막한 돌로 쌓아올린 상자에 담긴 것처럼 들어 있다. 거리에서 집으로 들어가는 길을 올레라고 부르고 그 길은 좁고 집을 옆으로 돌아서 들어간다. 이렇게 바람을 막는 길을 따라서 나는 집으로 들어간다. 길을 걸으면 살아있다는 느낌도 들지만 왜 수로를 따라 흘러가는 가두어진 물고기 같은 느낌이 들까. 처음엔 수면과 가까운 것 같

10.01.23

은 야트막한 돌담들 때문이라고 생각했는데 이제는 그것이

내가 살아있기 때문이라는 생각이 든다.

10.01.23

설치는 정말 재미있다.

바닥에 물건을 하나 덩그러니 놓아보는 것부터 재미가 있다.

공기가 차 있는 공간 속에

물건을 떨어뜨려 놓을 때 혹은 불어 놓을 때

그것은 또 다른 그림이 된다.

돌멩이 두 개로 대문을 만드는 것처럼

금세 뭔가 만들어져서 신기하고 재밌는 것 같다.

공간은 얼마나 많은 자극들로 가득 차 있는지!

그리고 무수한 구성으로 이루어져 있다.

온통 무대이고 화면이다.

만들고 싶은 게 너무 많다.

컬렉션을 하나씩 차례로 만들어서 보고 즐거워해야지.

하느님이 이 세상을 컬렉션으로 갖추었듯이

나도 그렇게 할 거야.

144

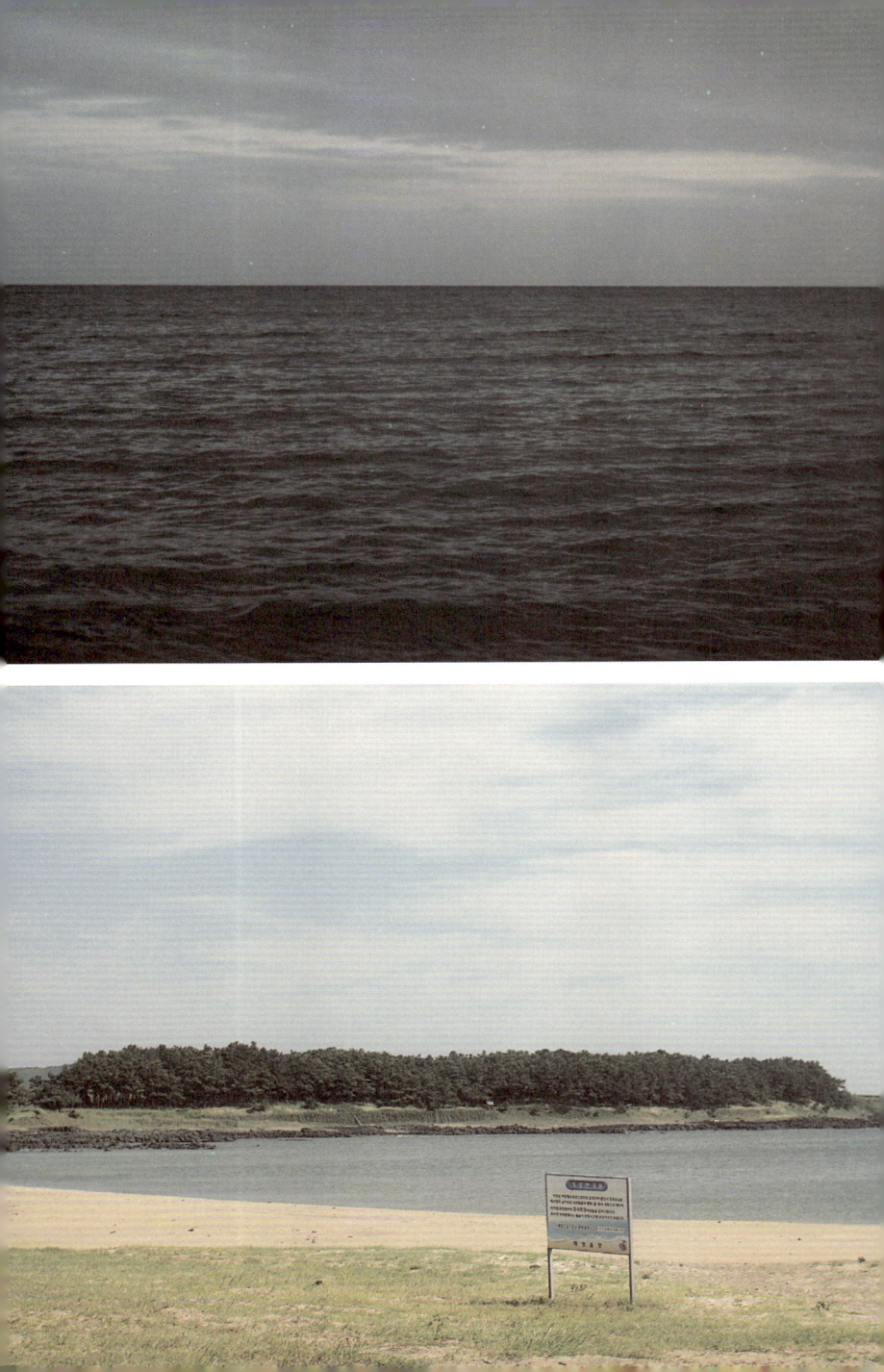

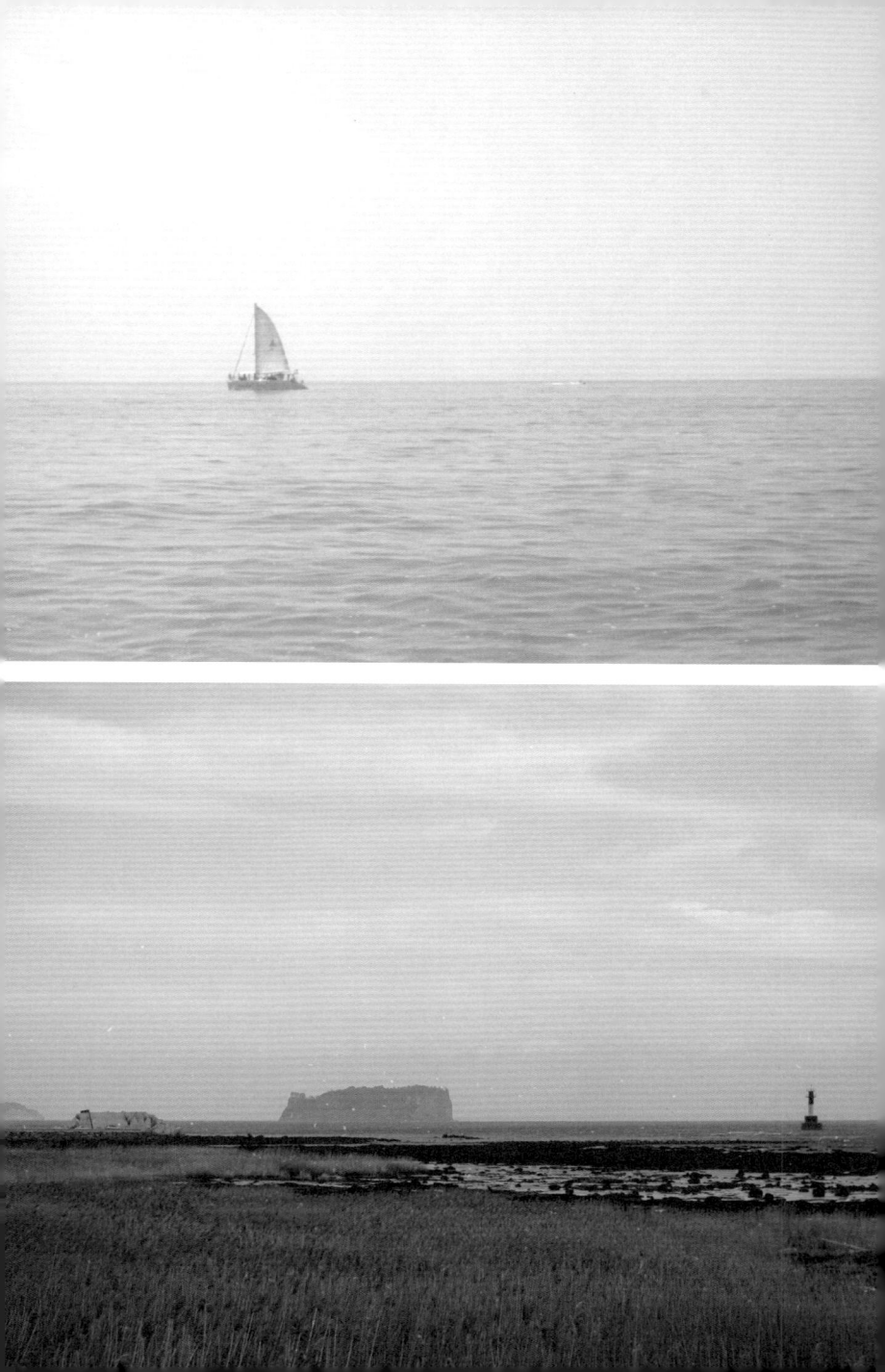

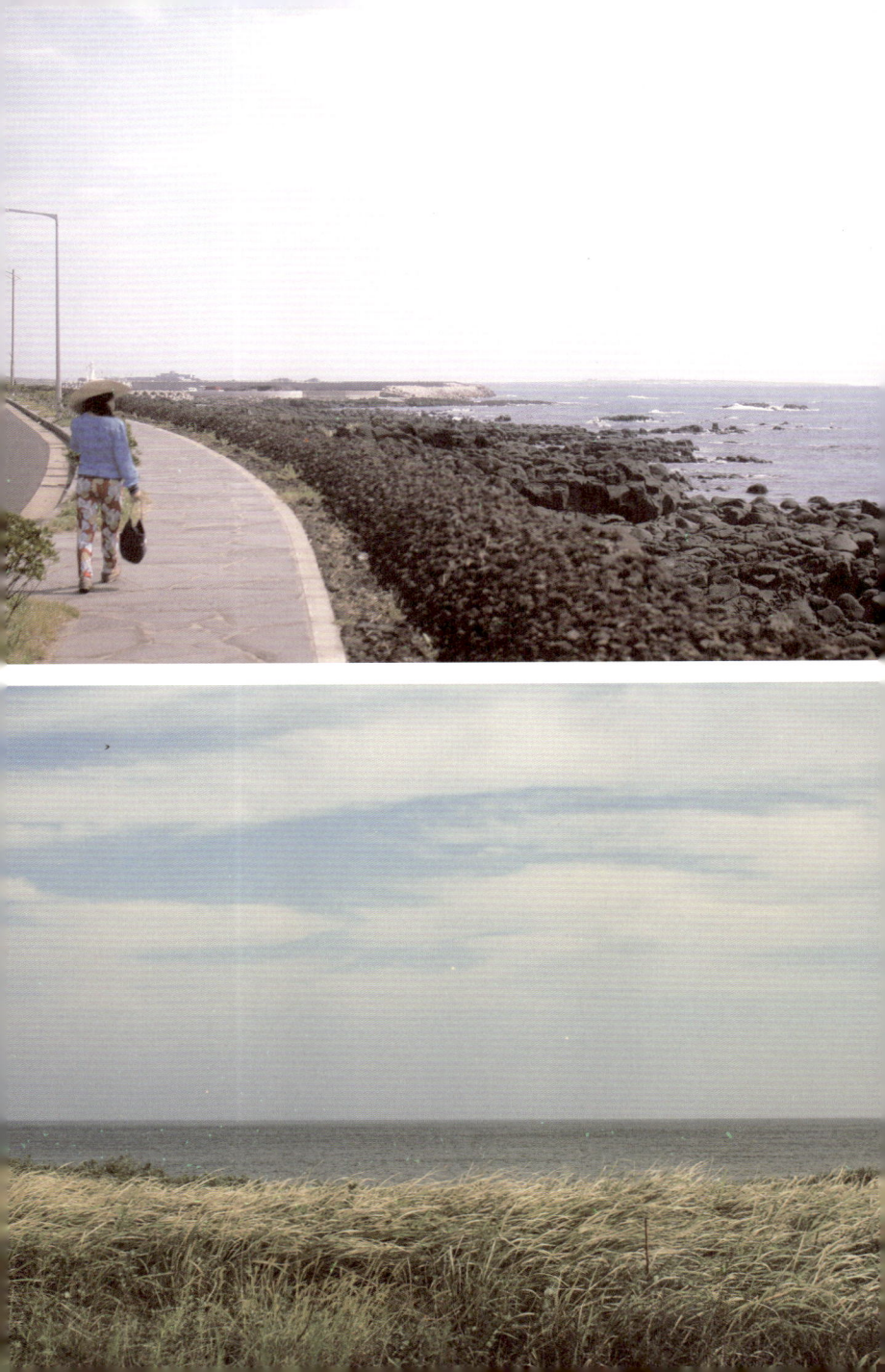

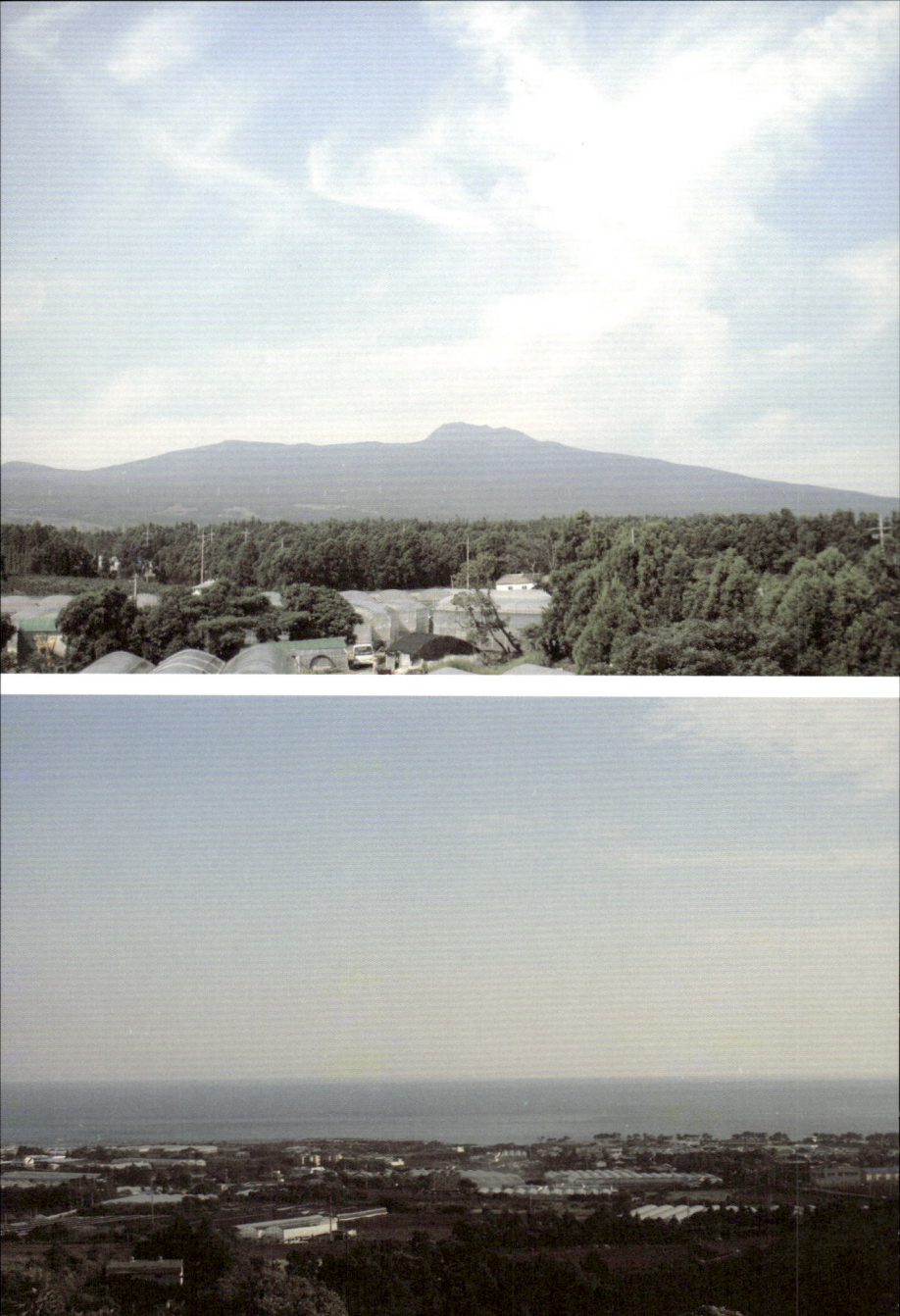

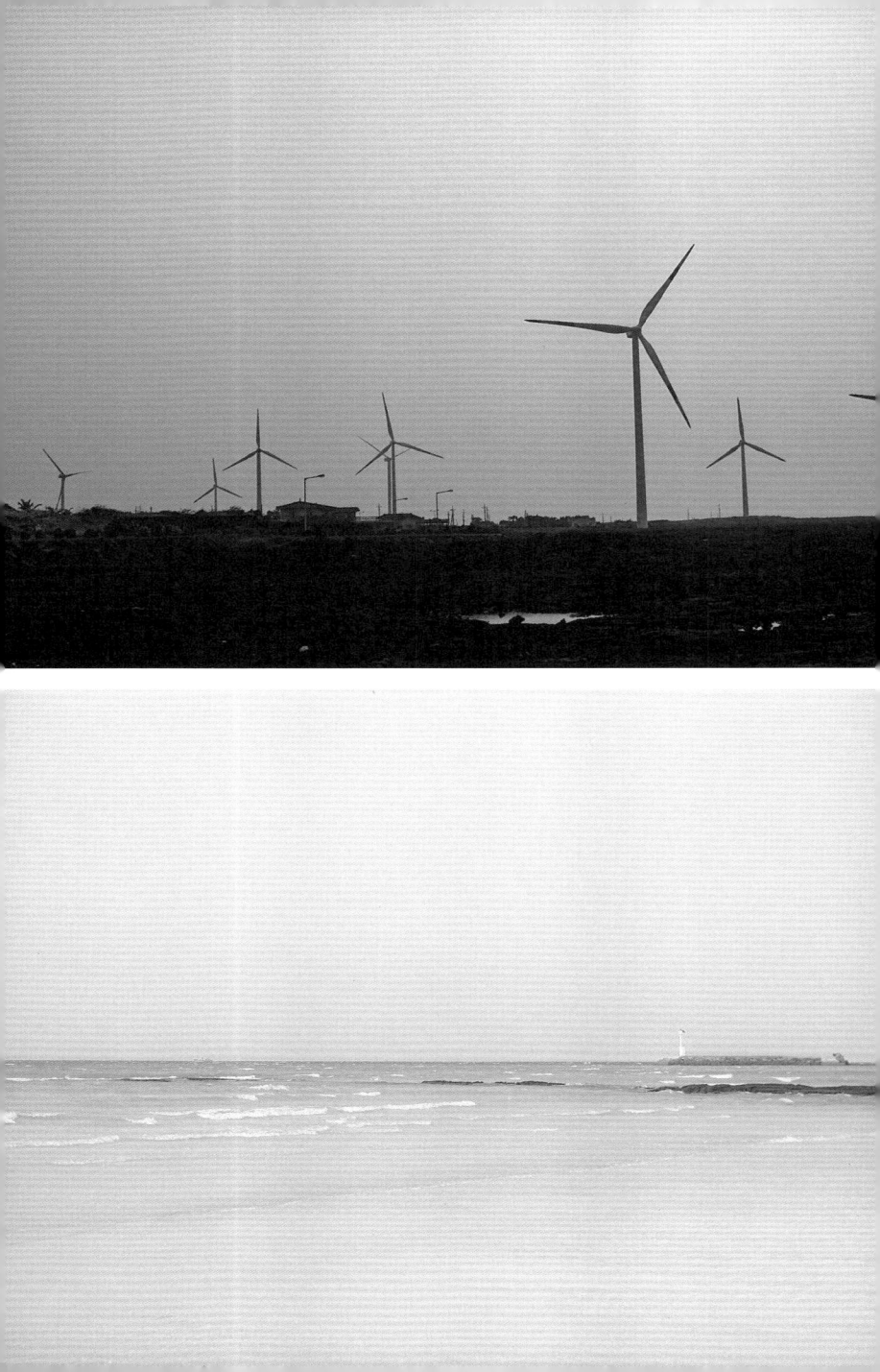

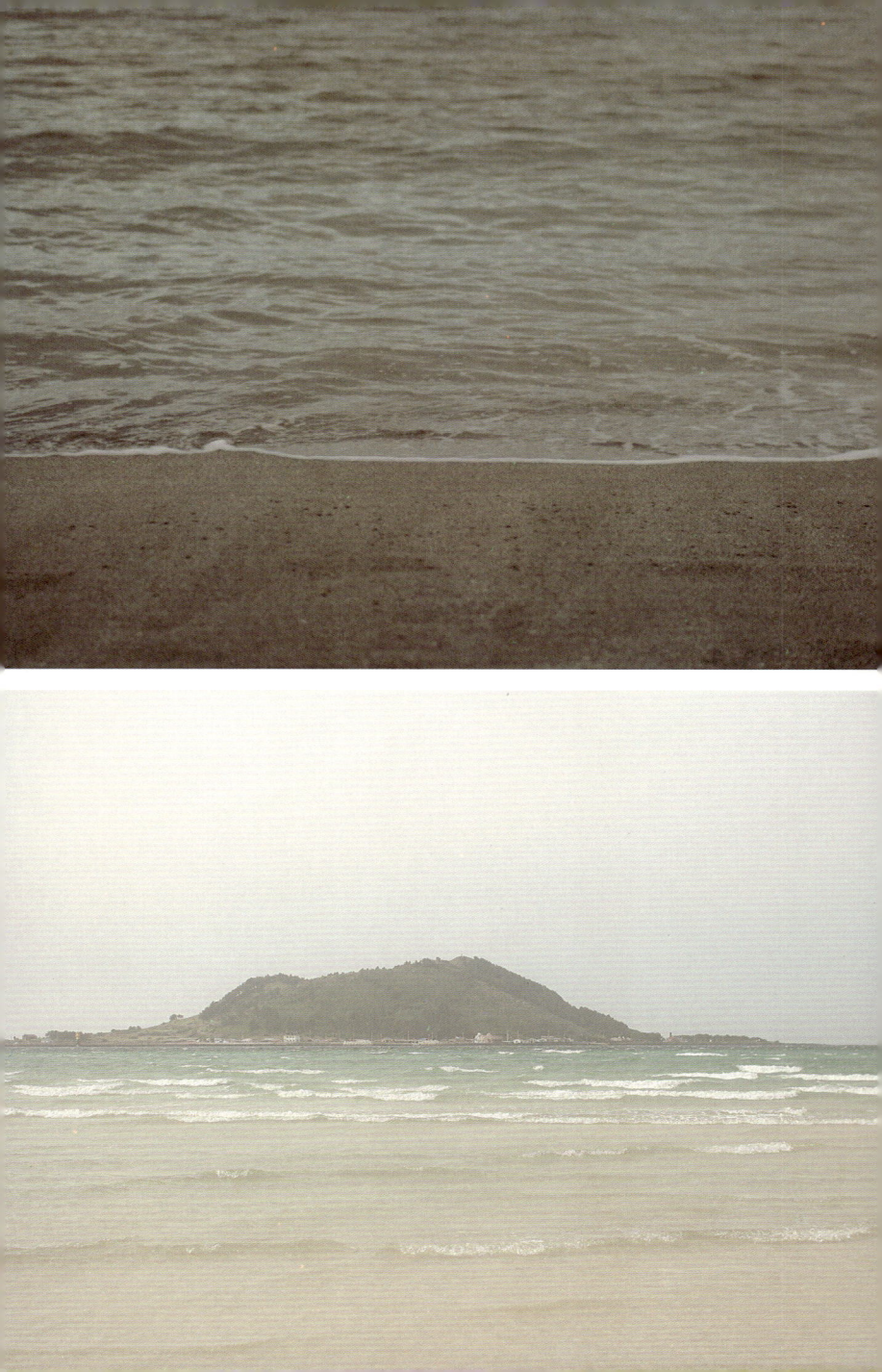

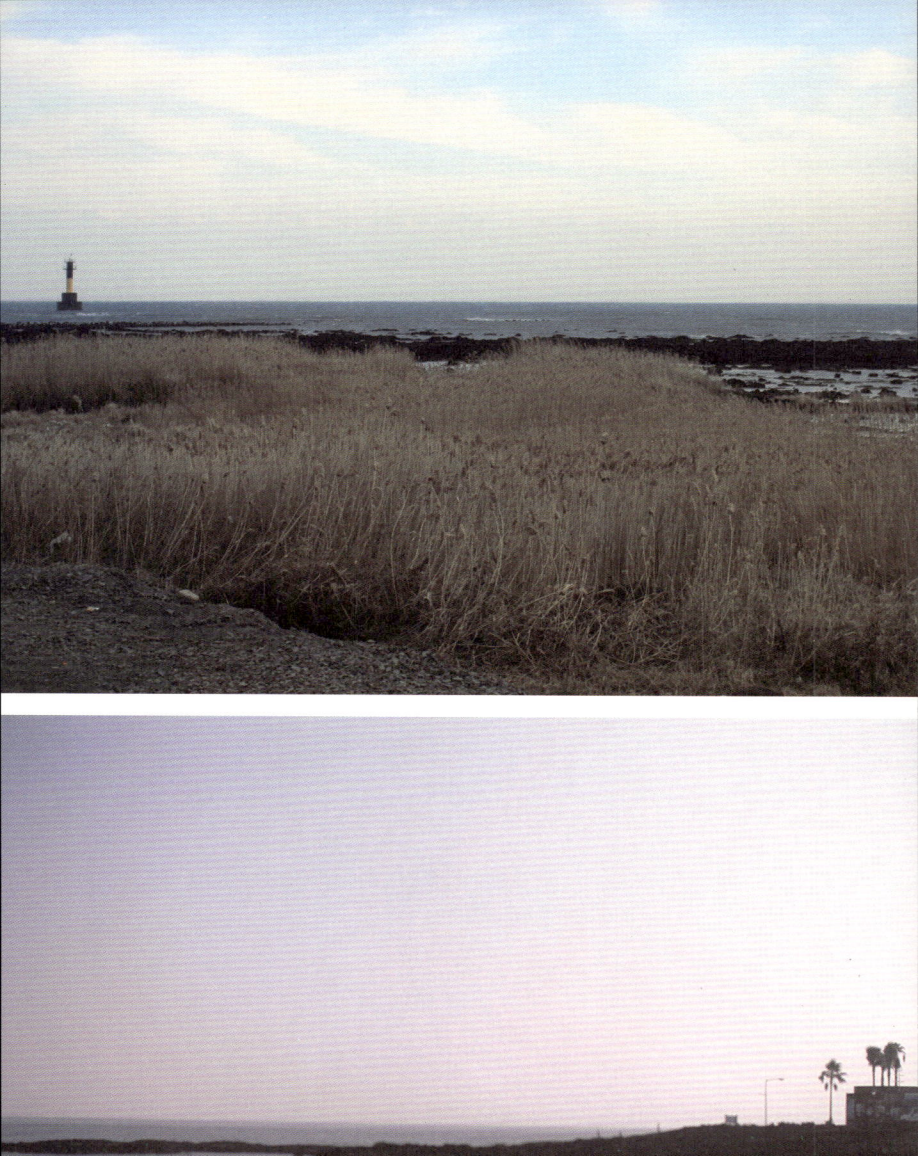

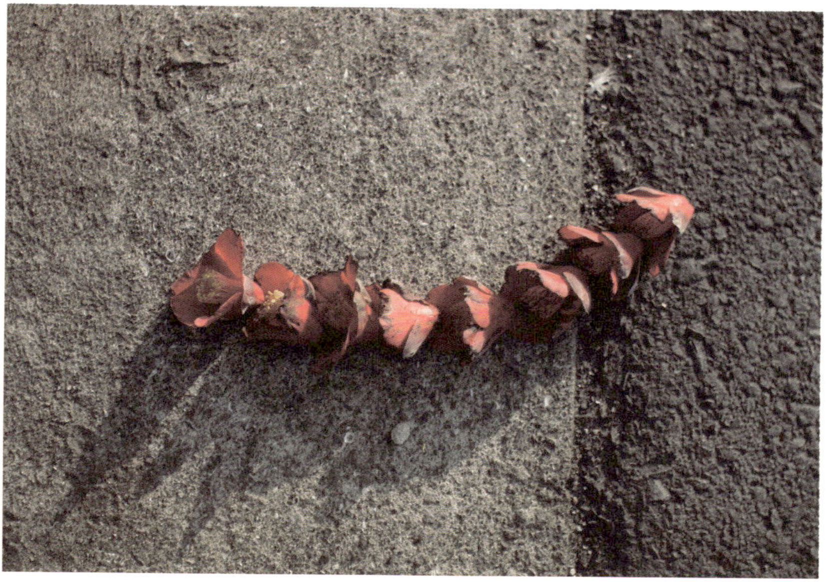

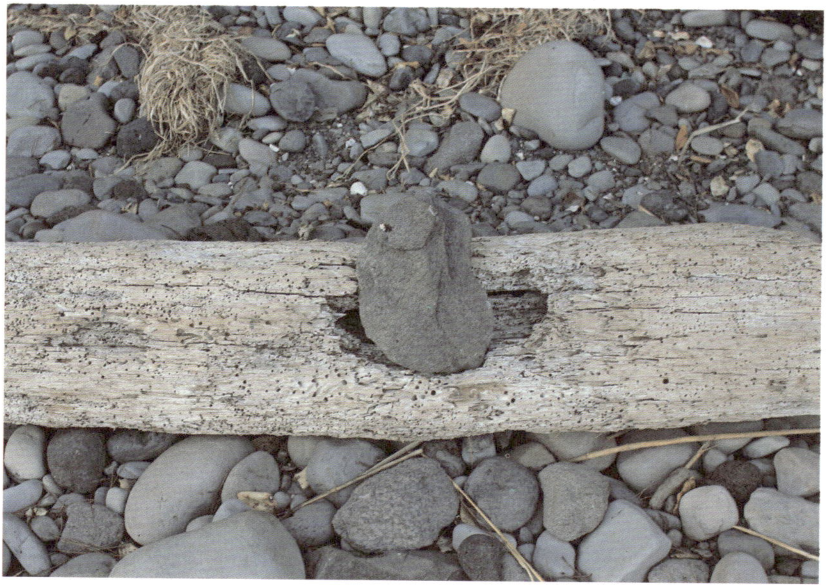

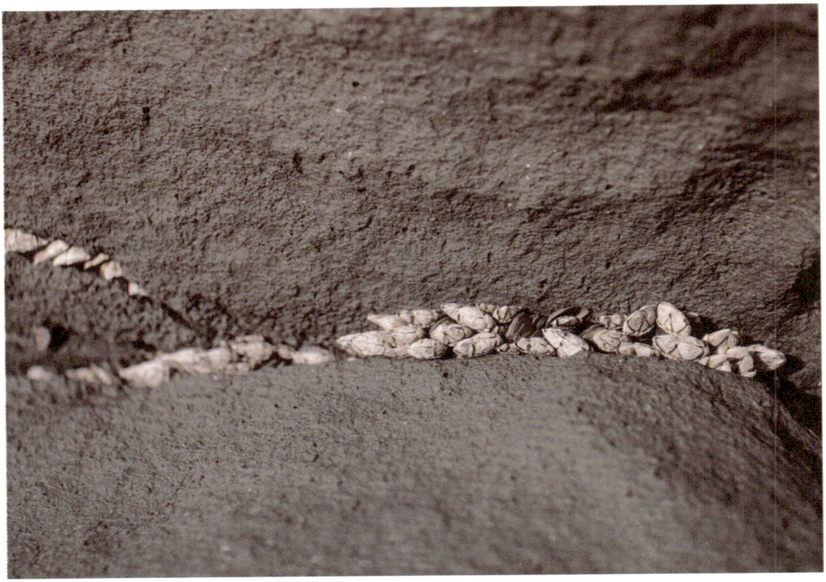

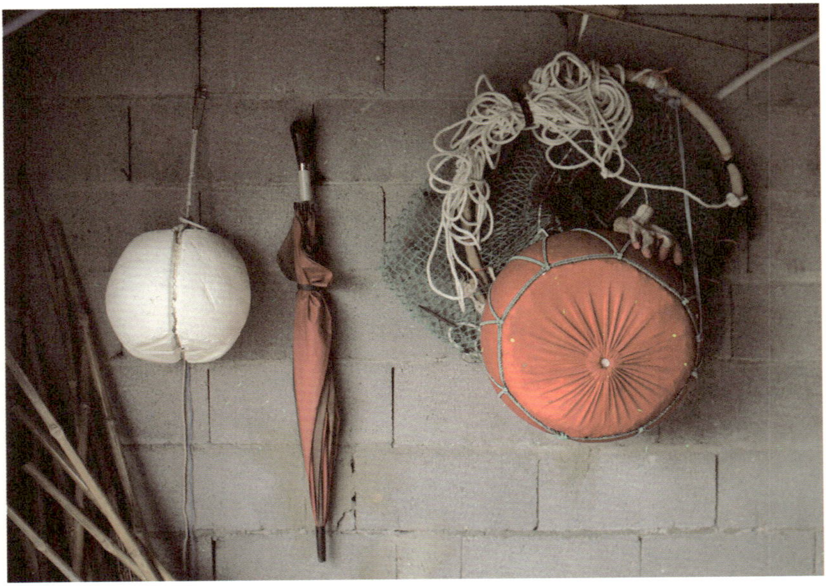

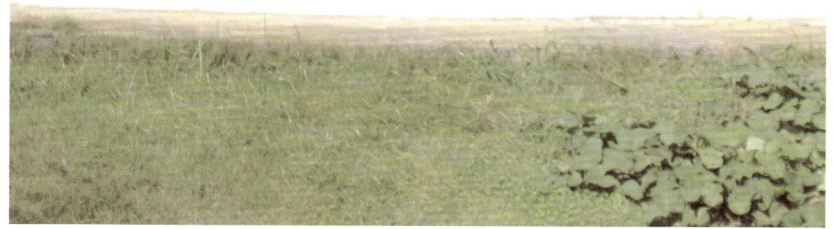

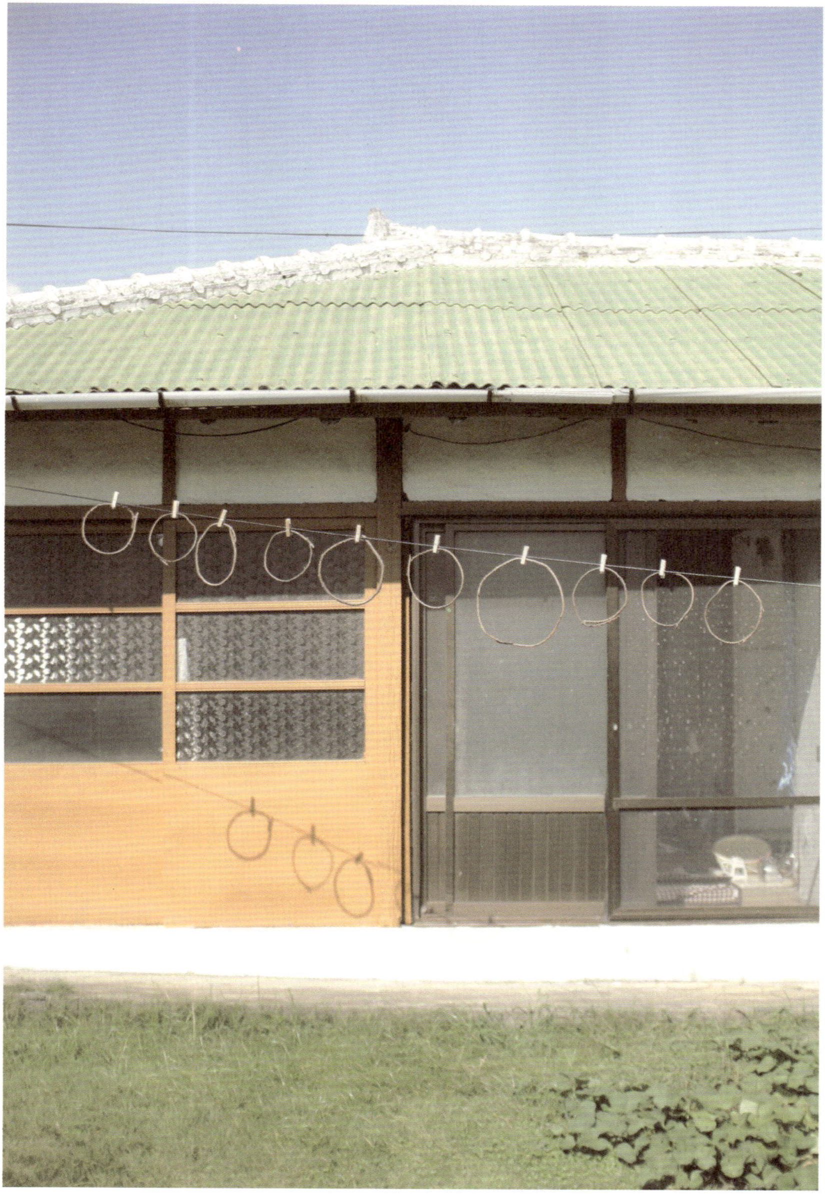

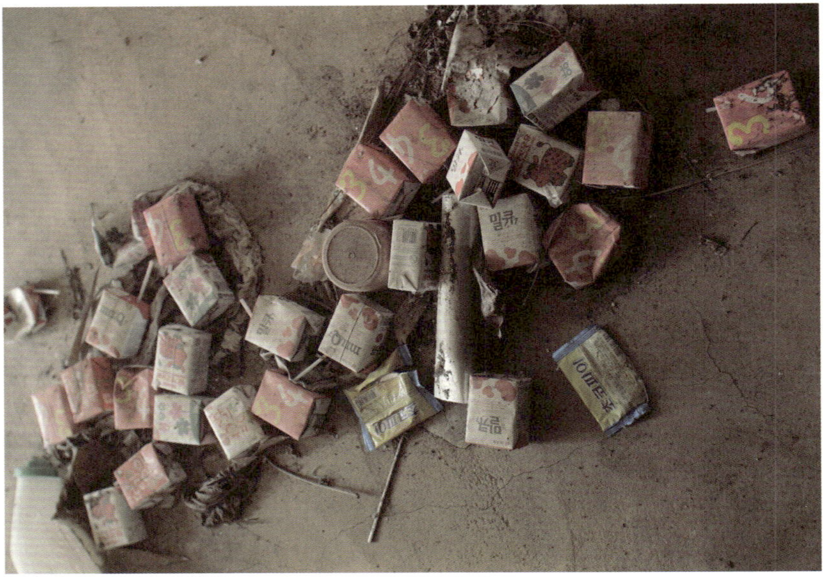

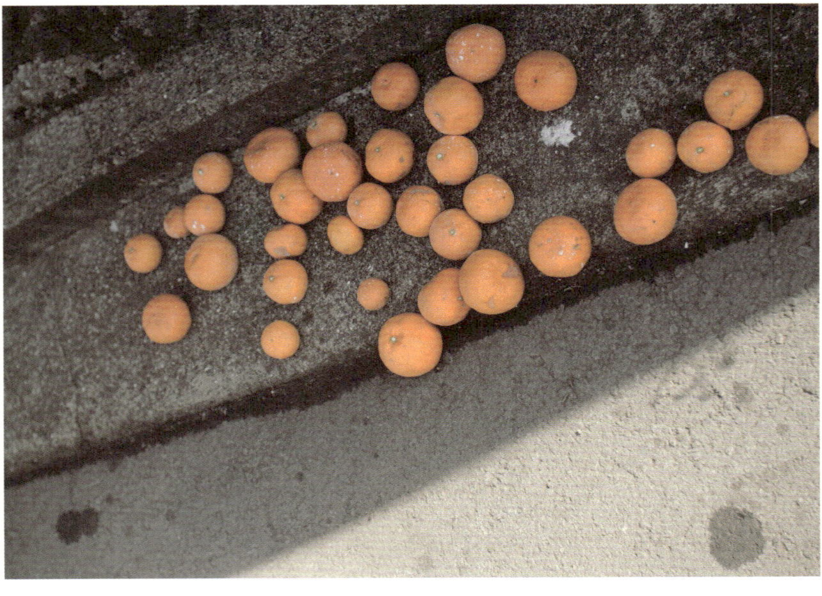

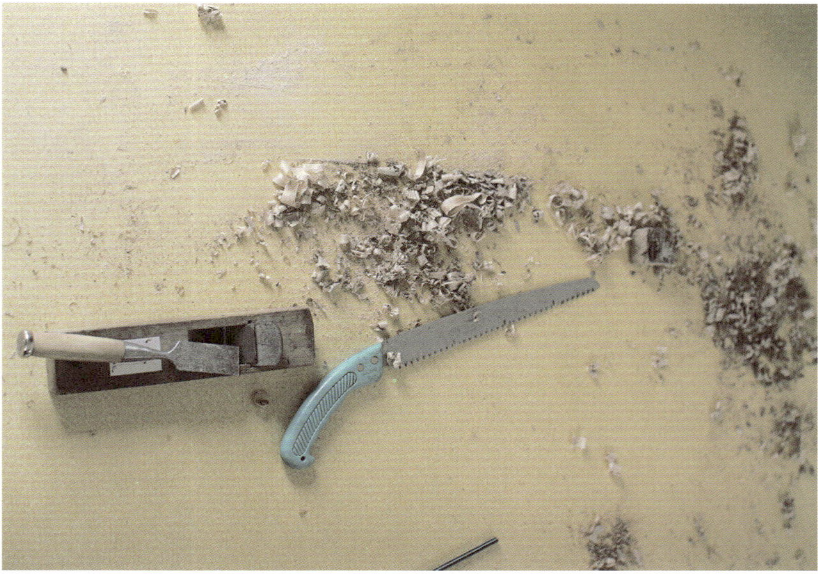

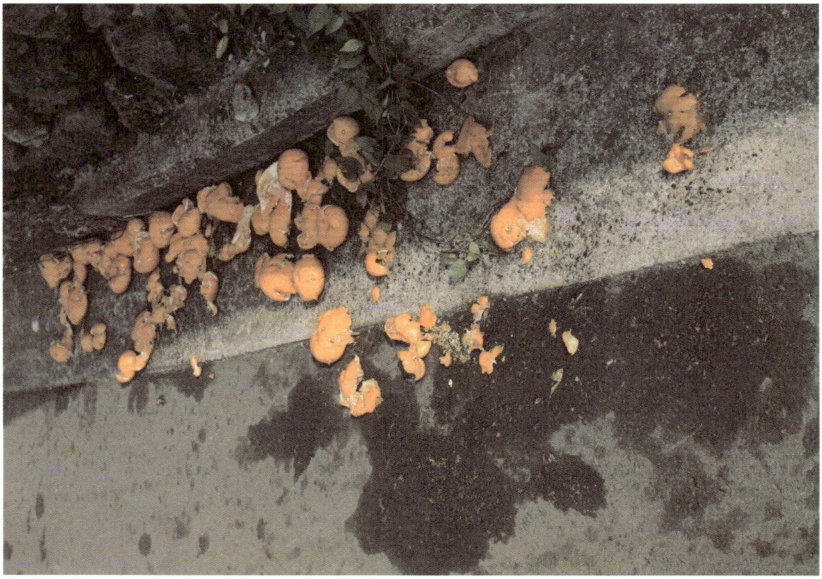

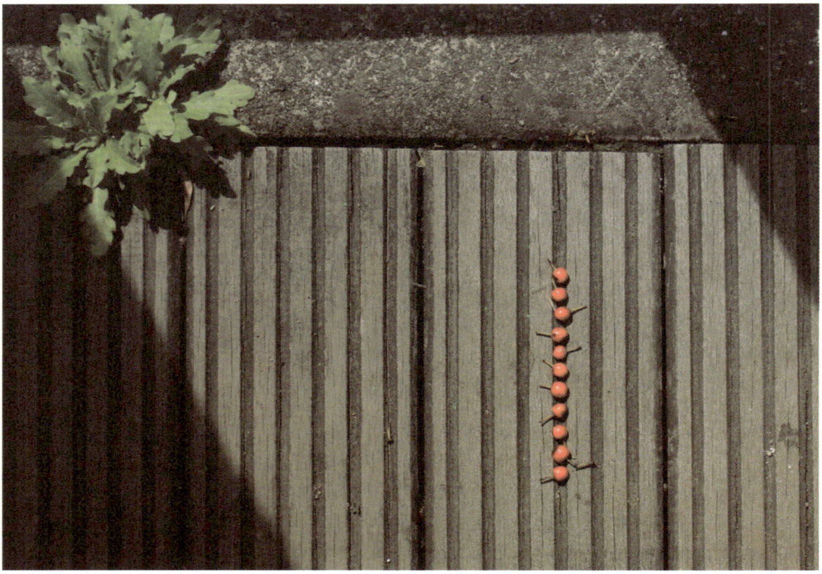

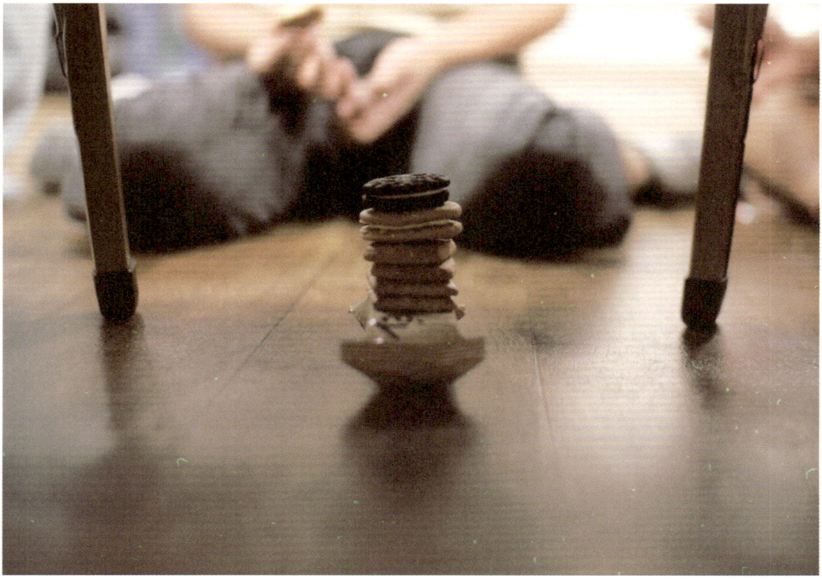

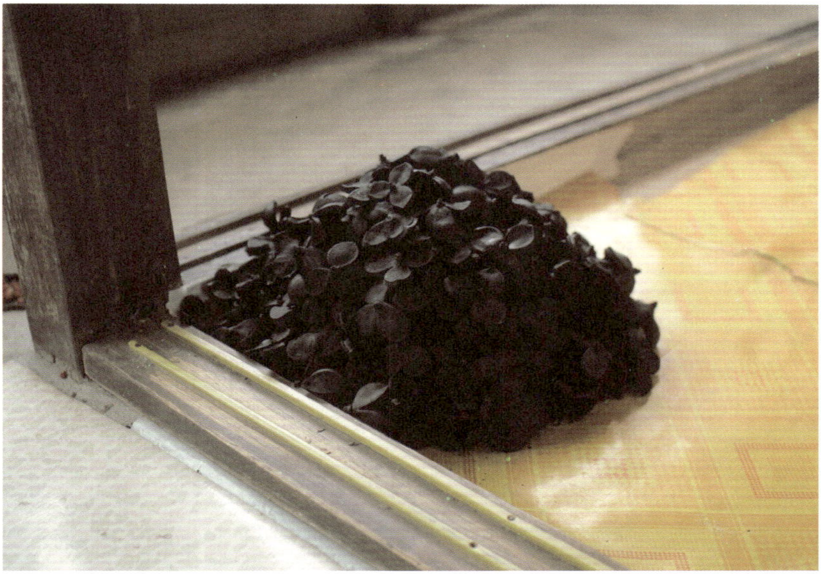

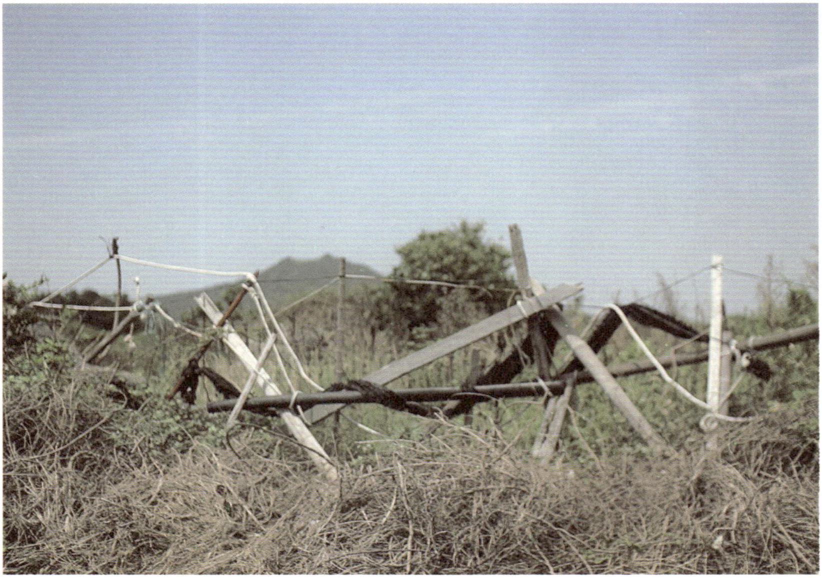

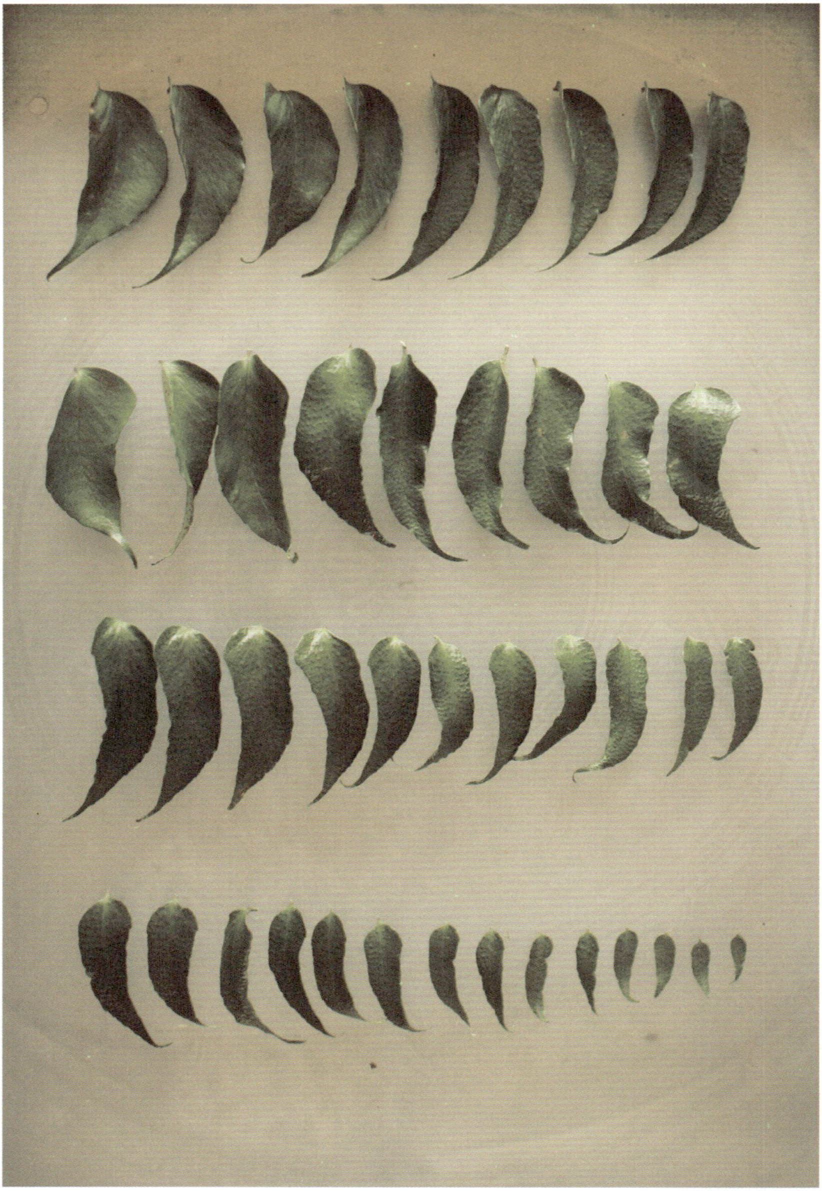

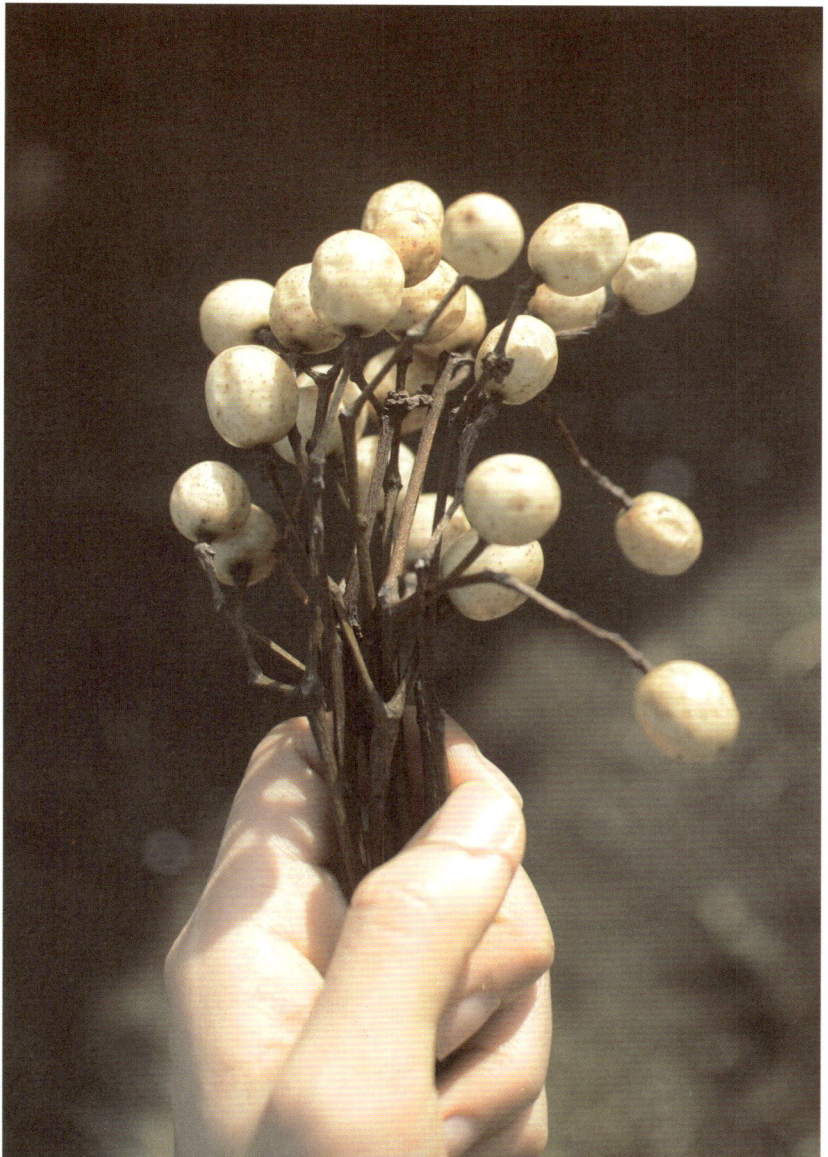

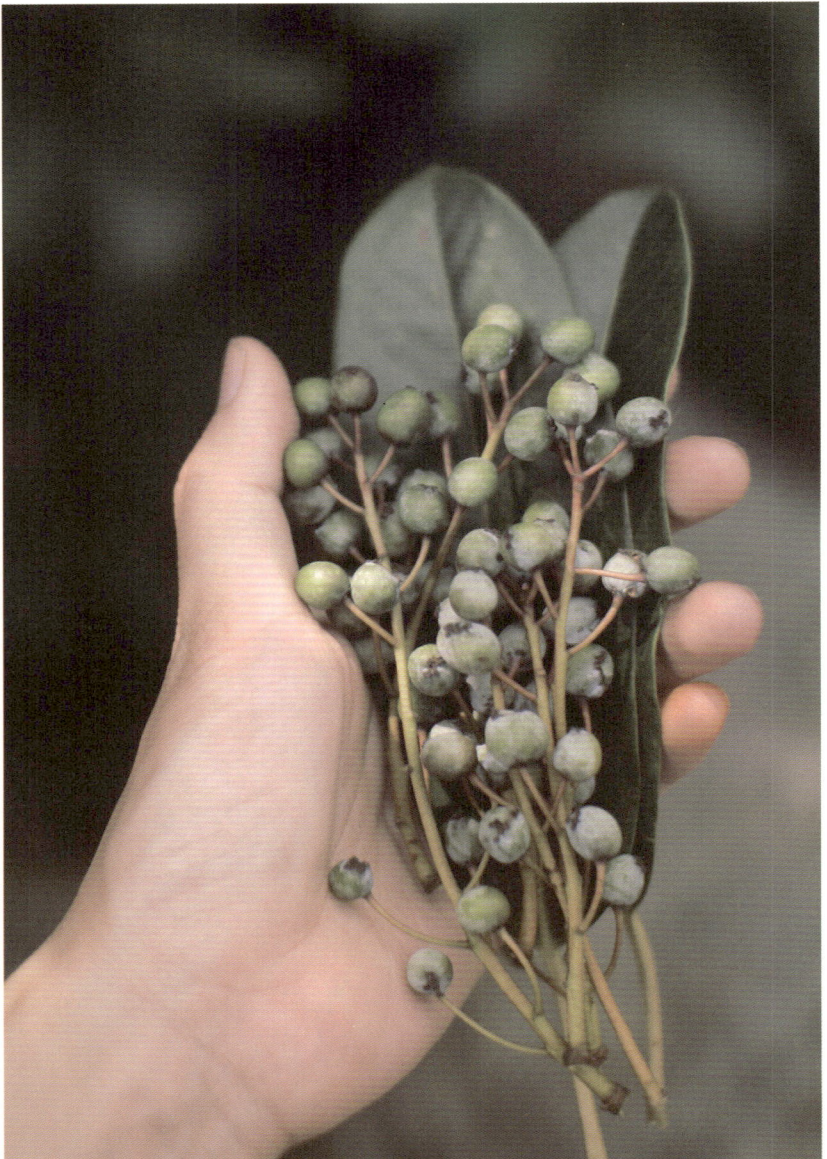

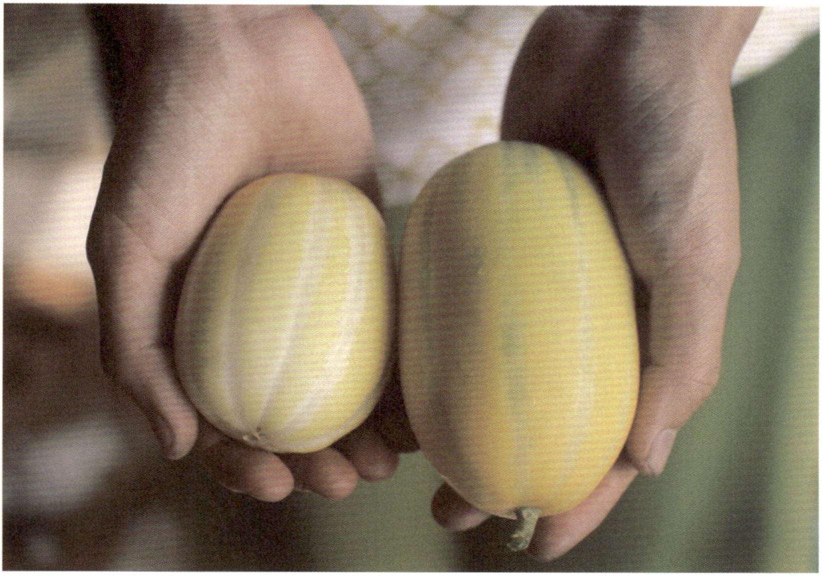

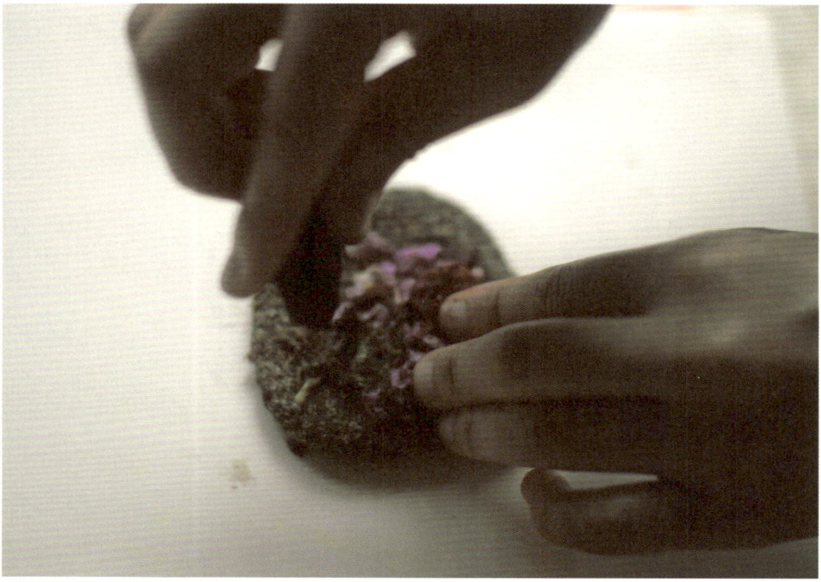

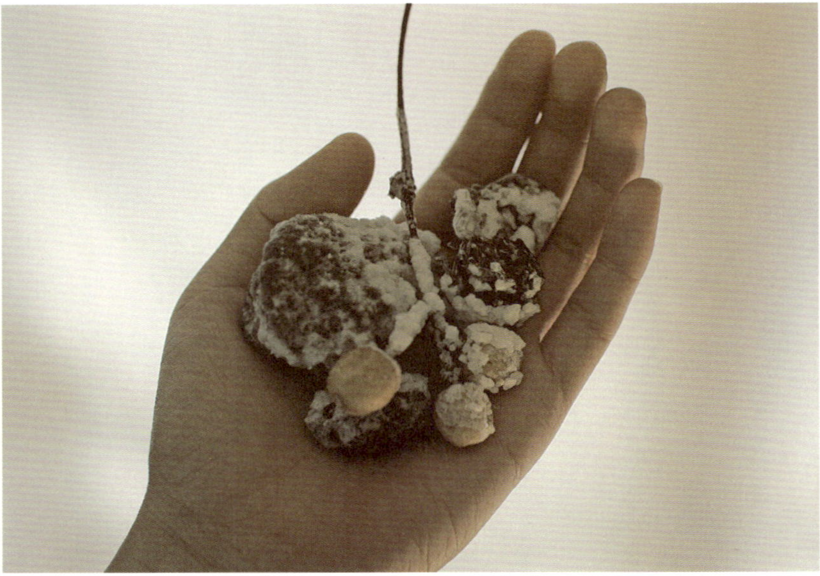

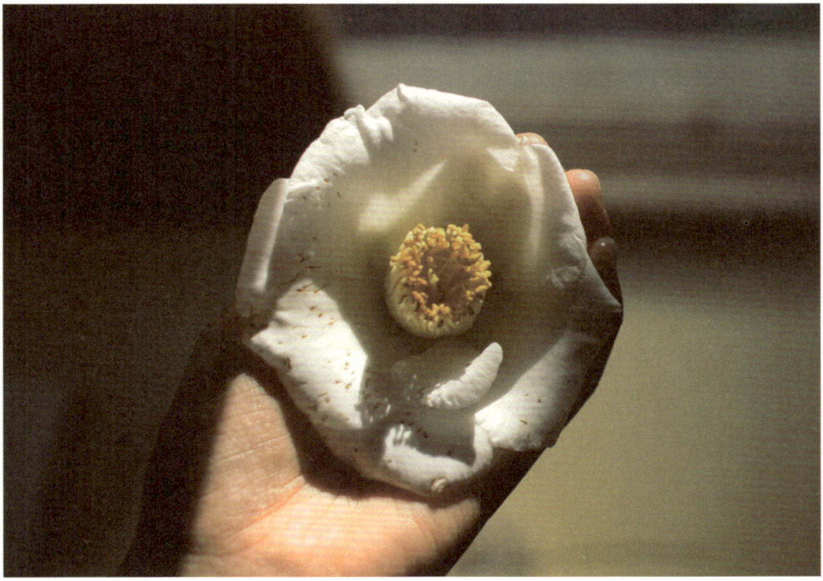

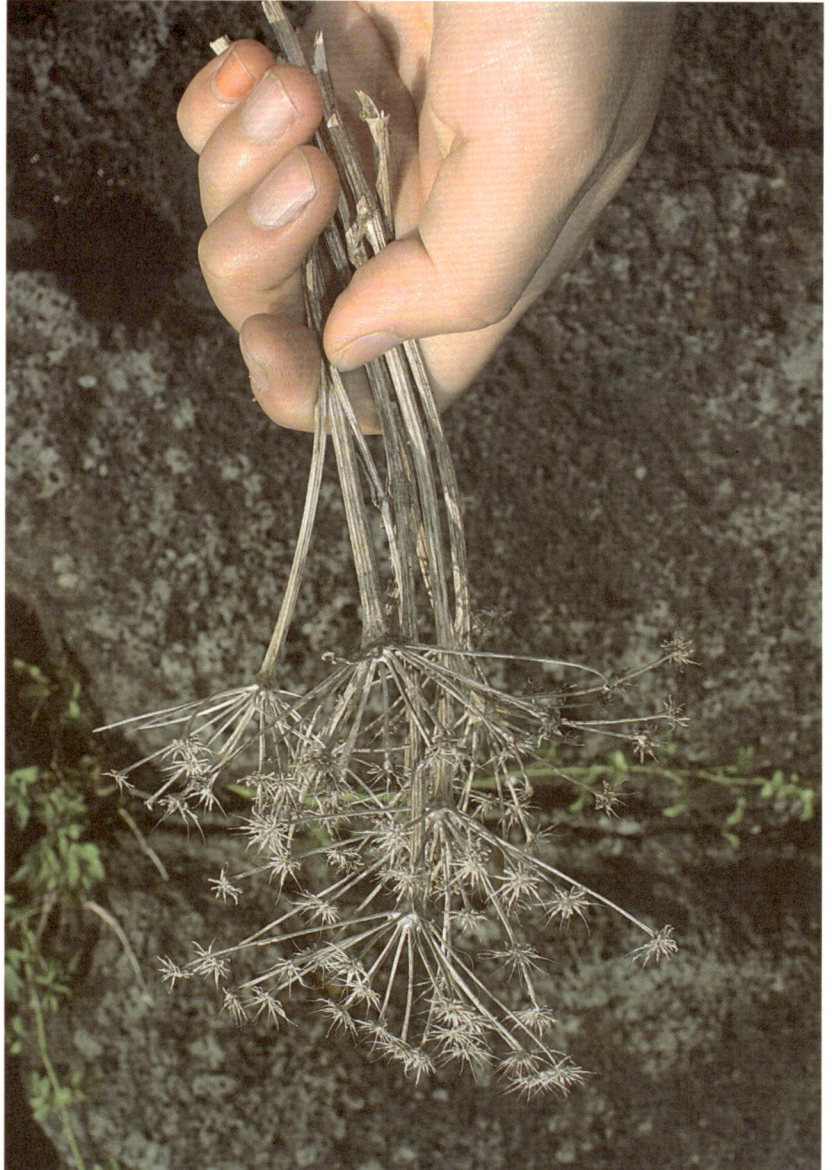

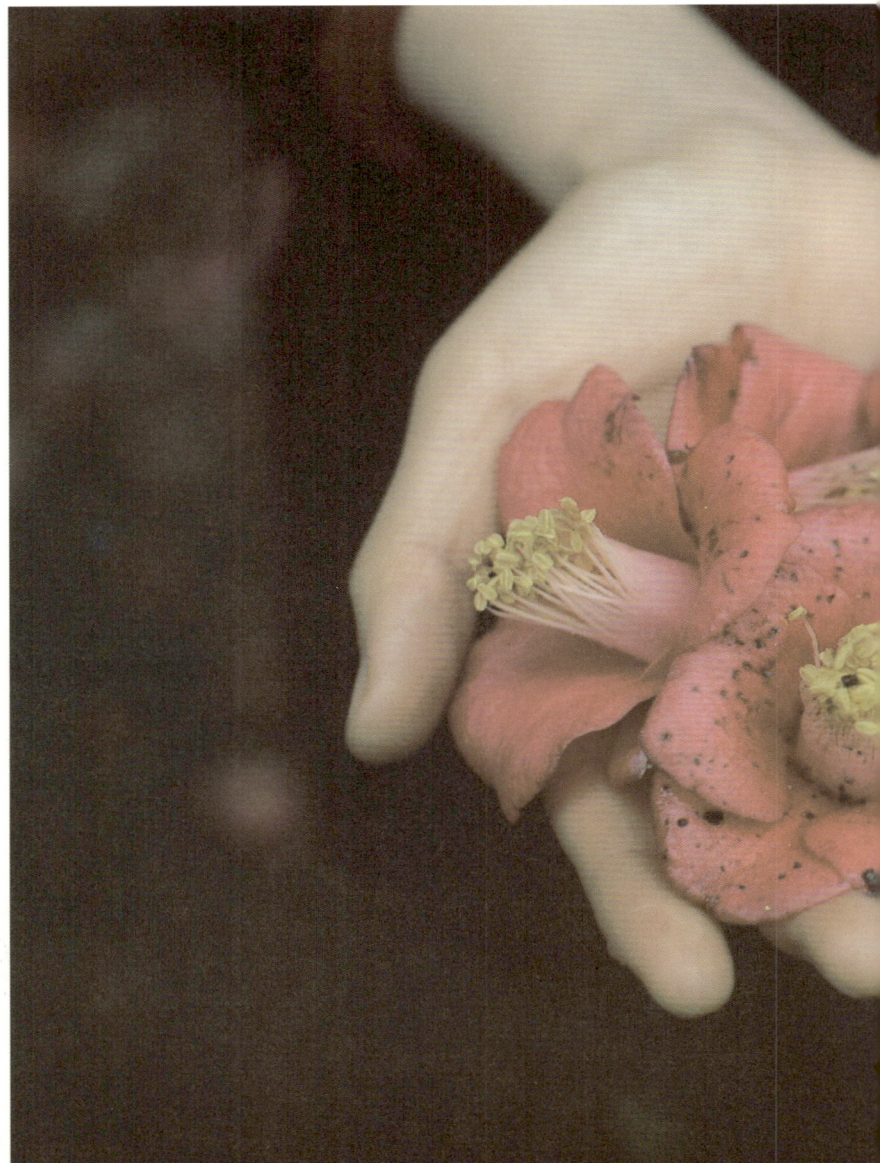

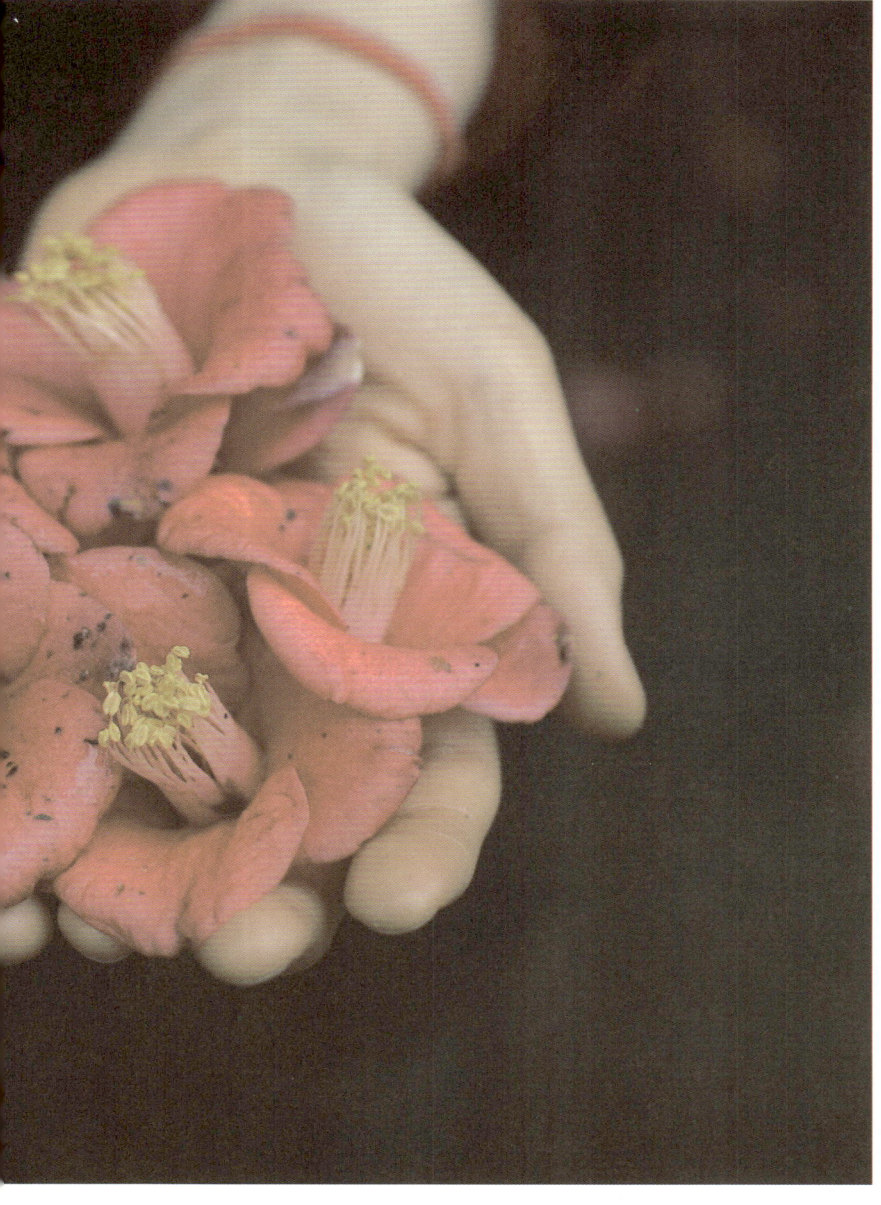

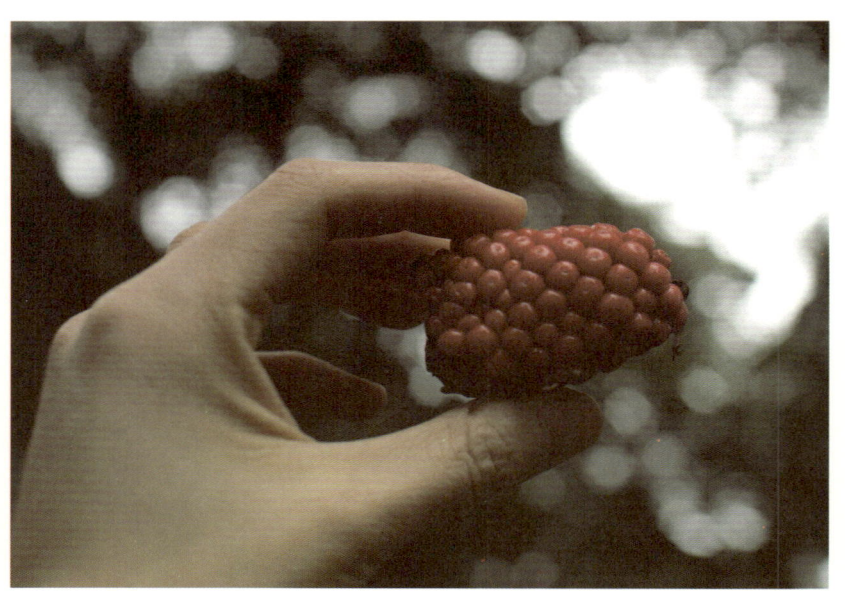

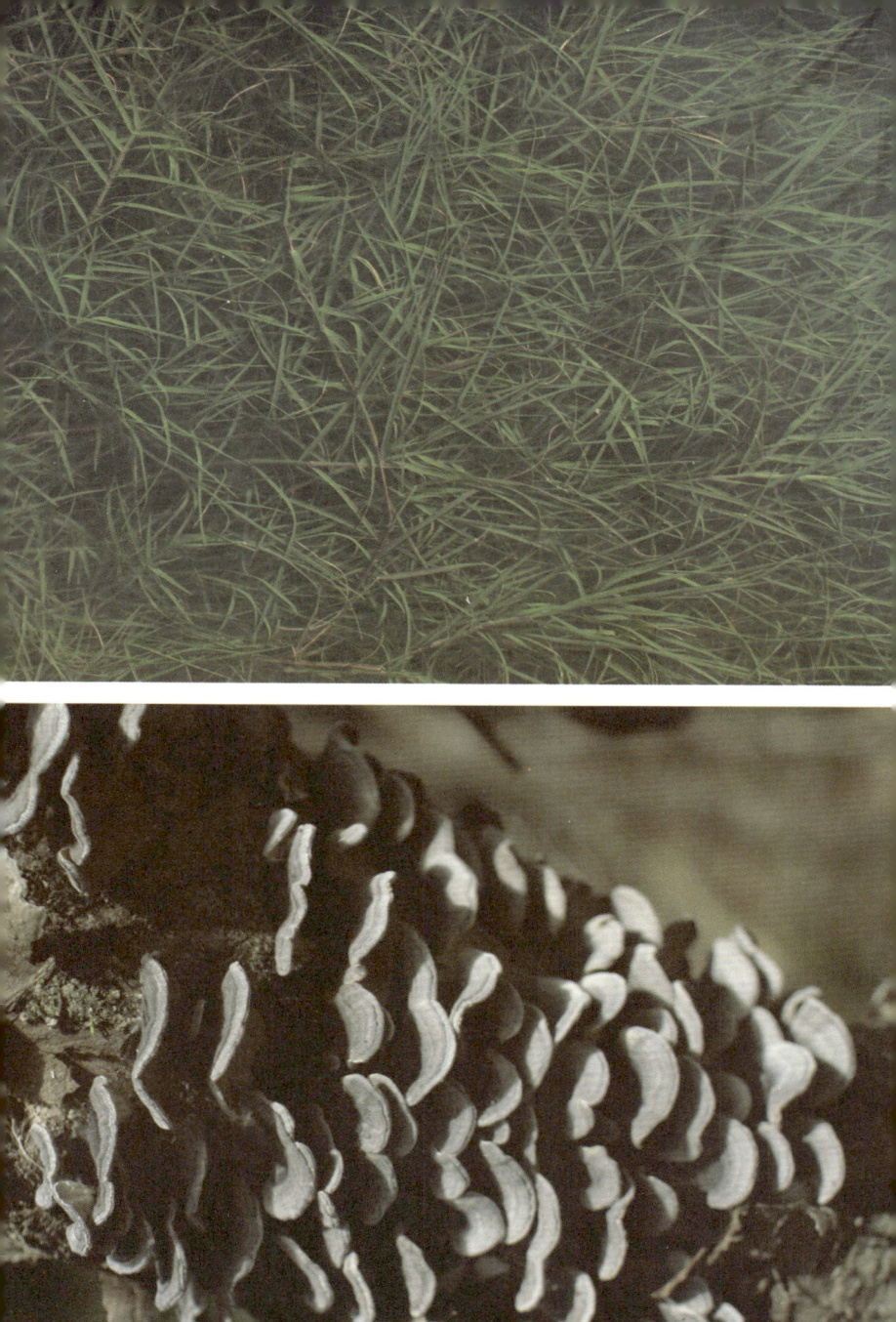

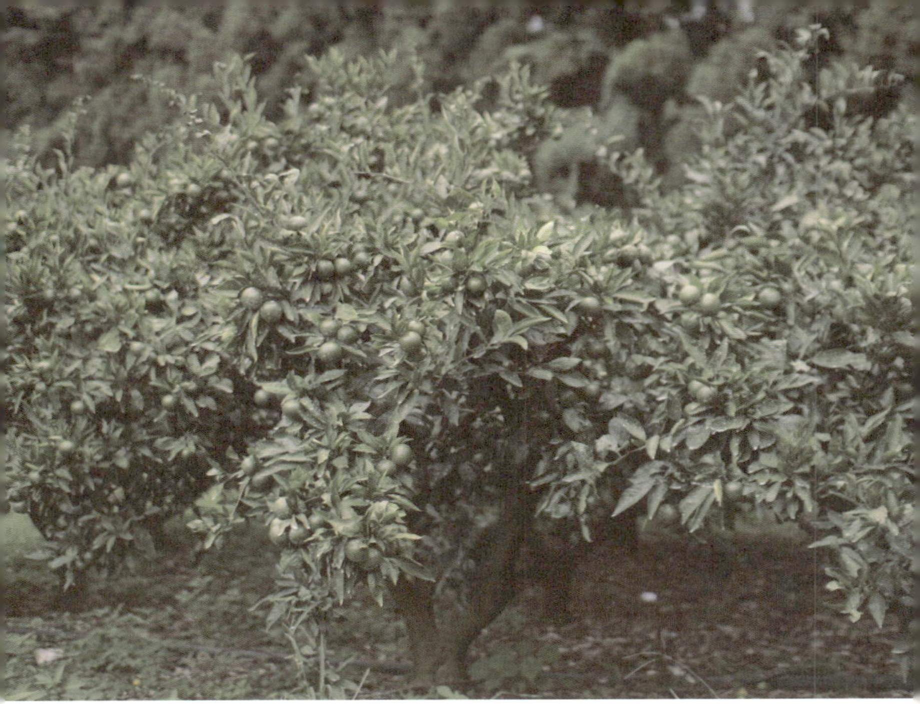

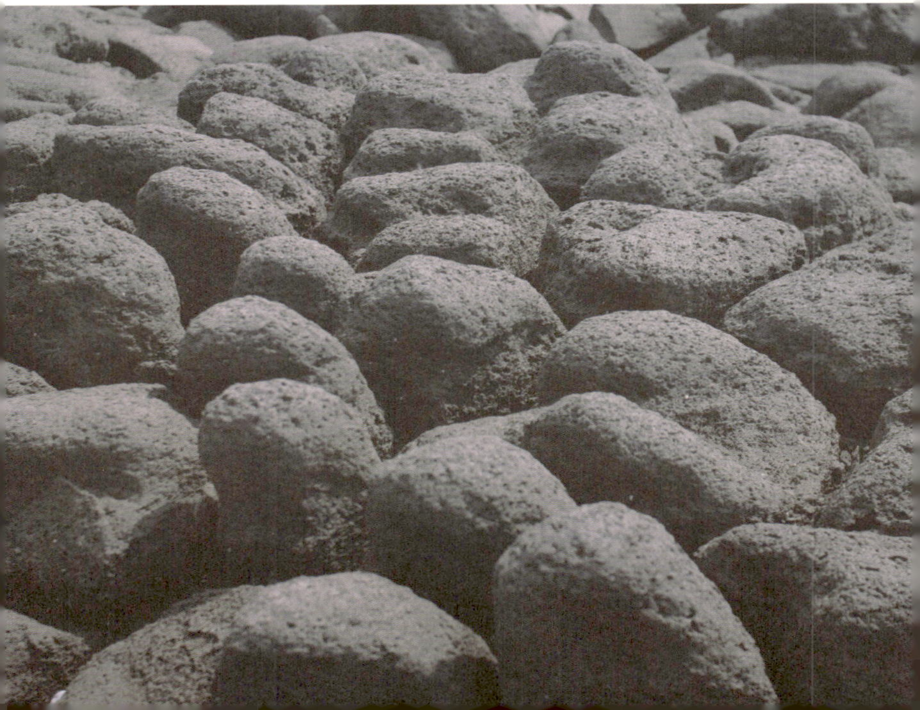

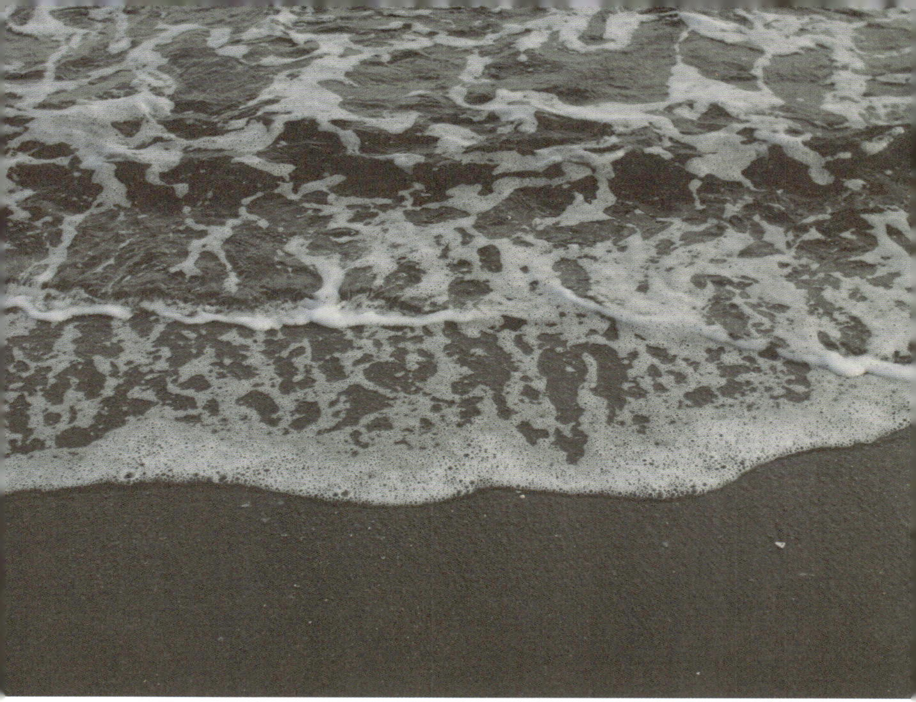

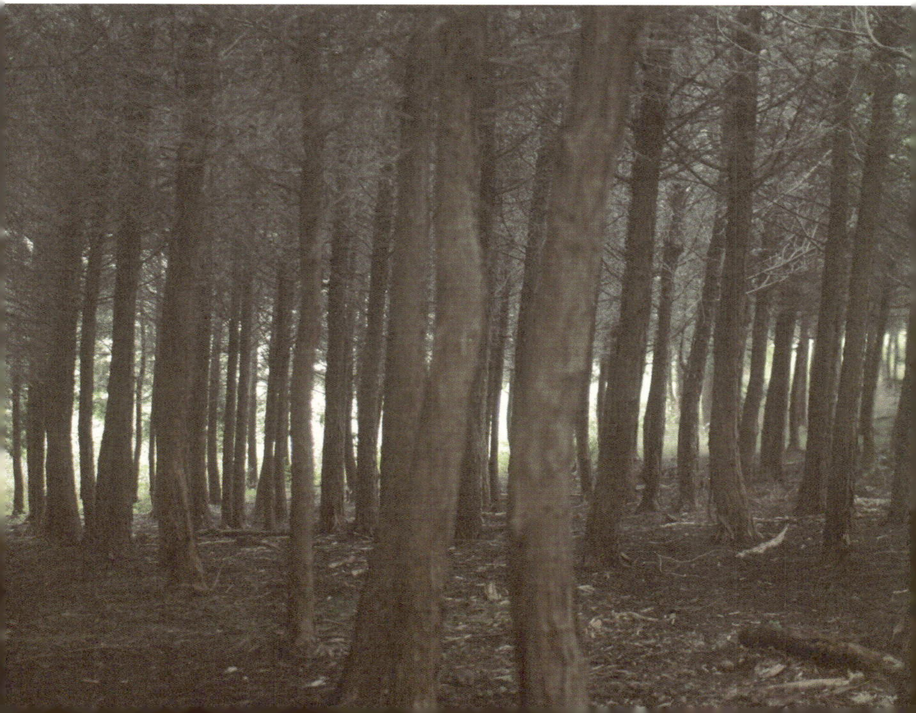

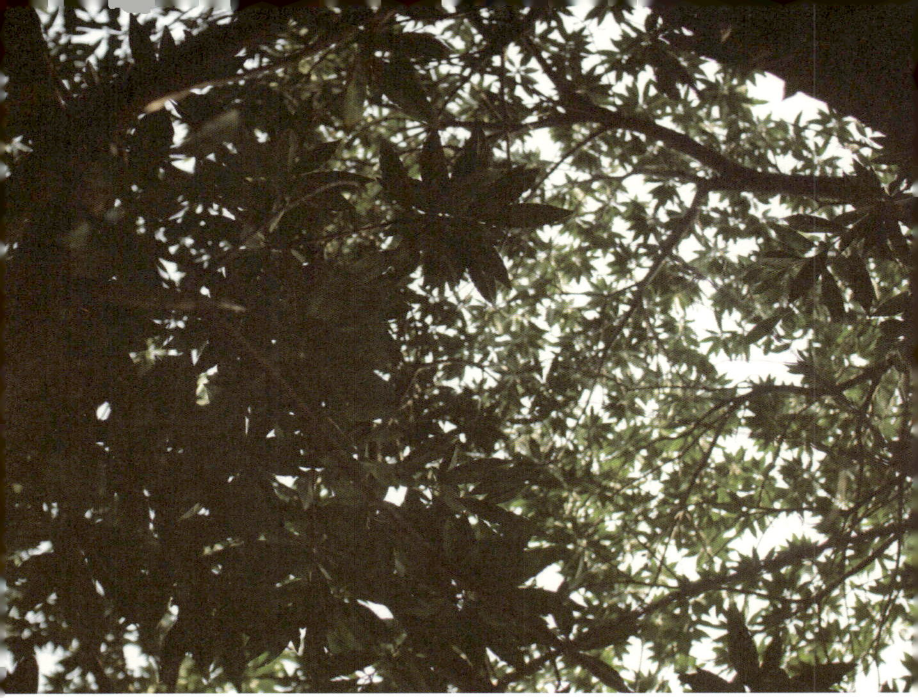

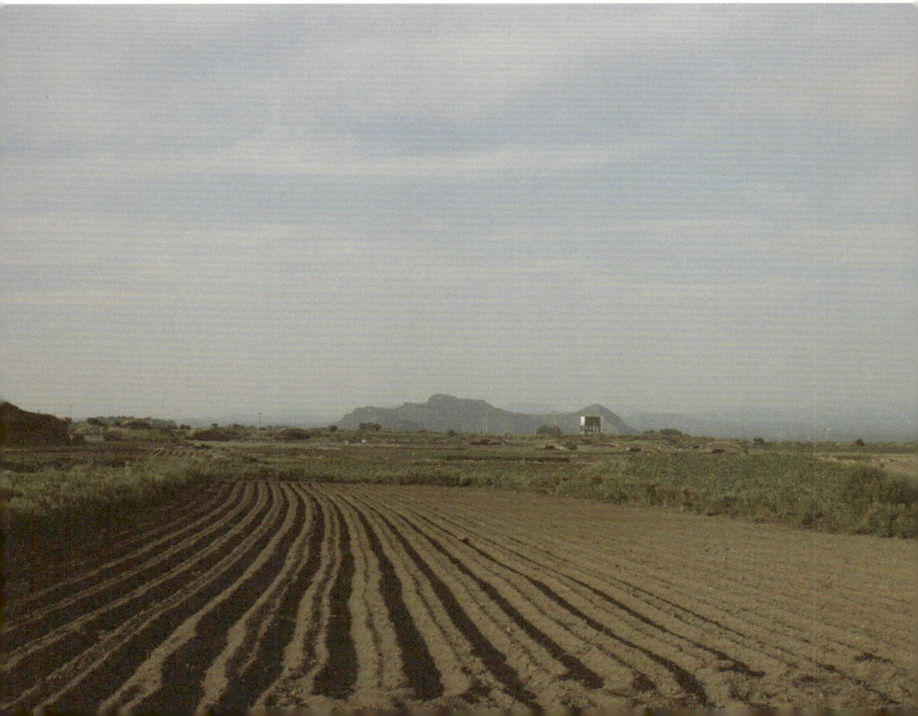

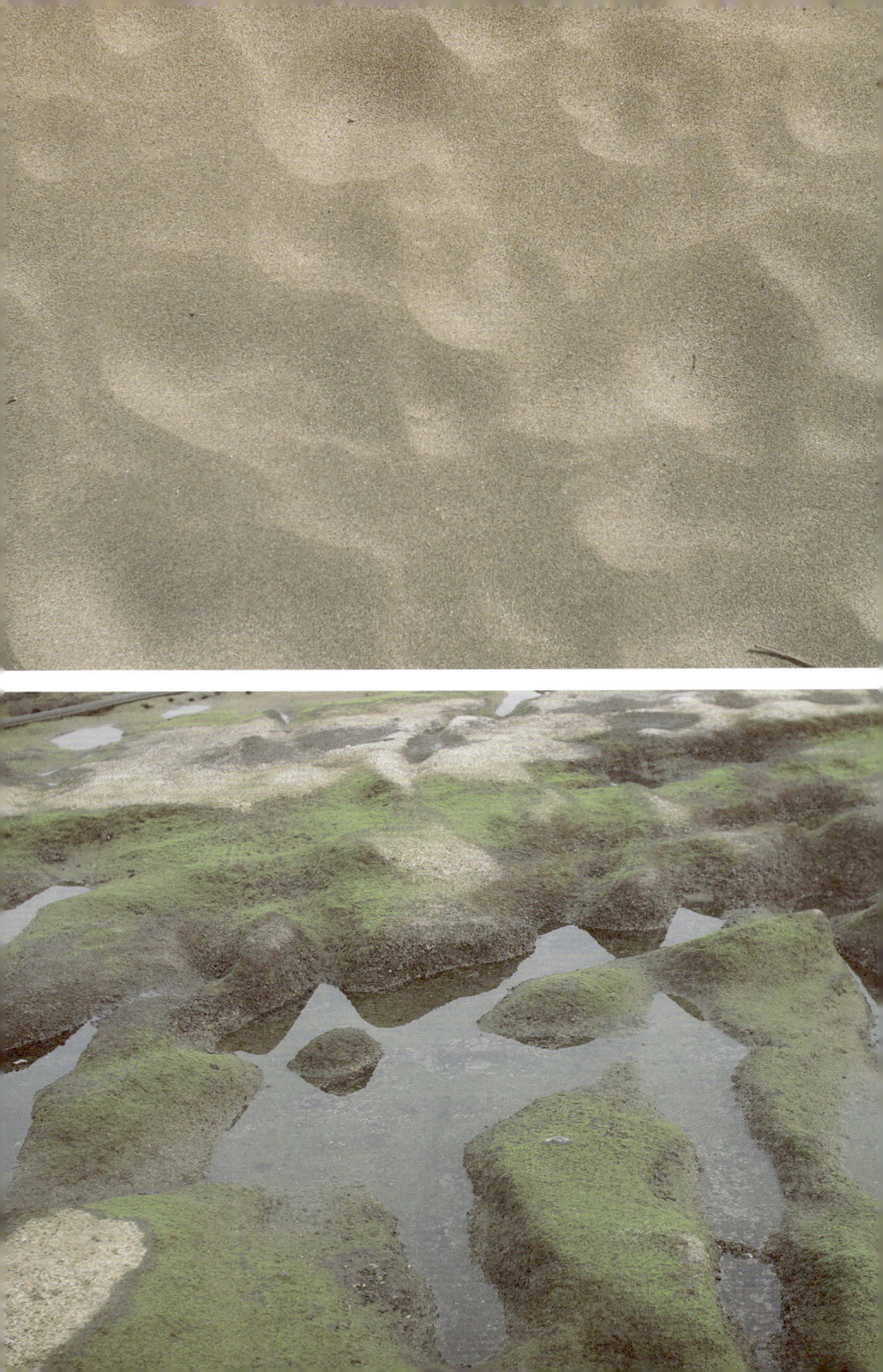

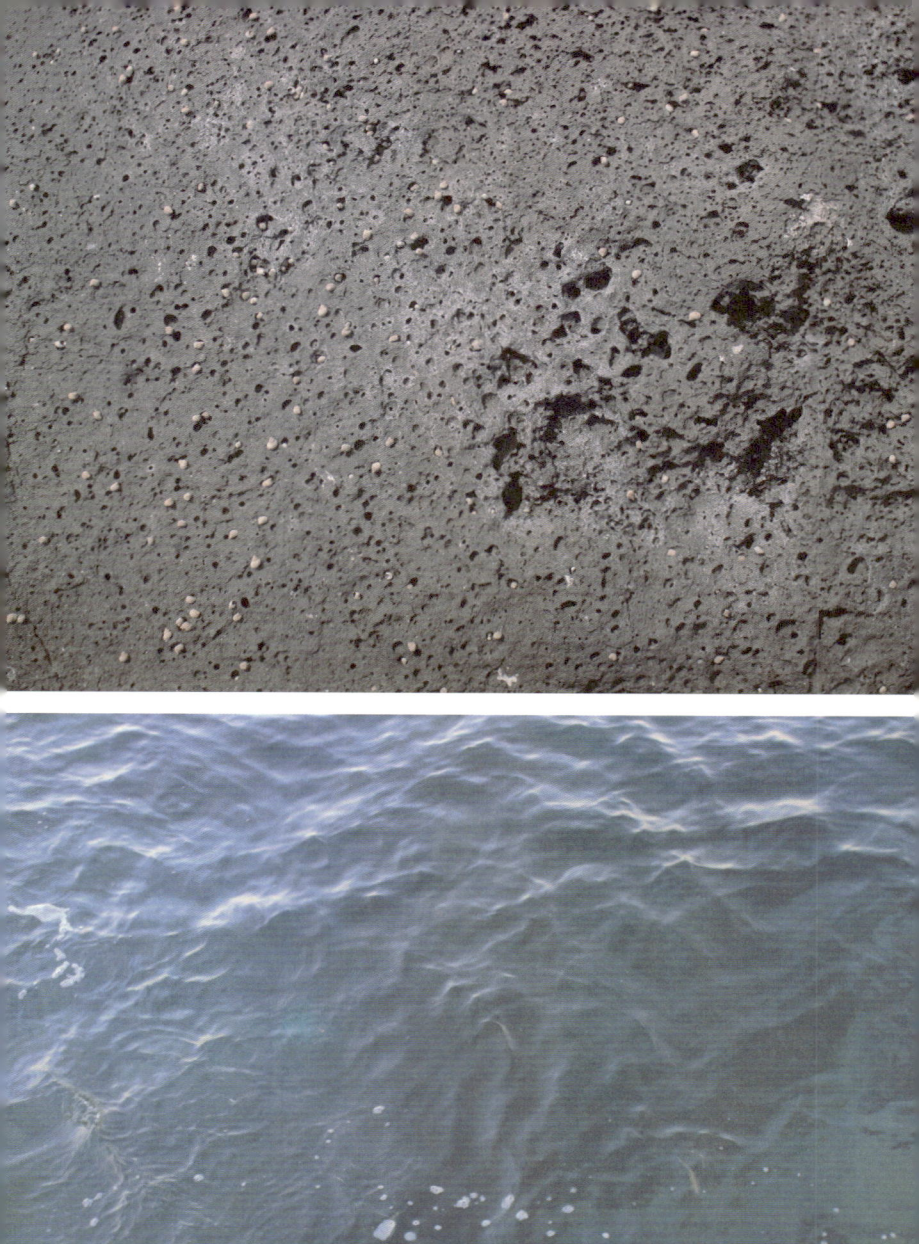

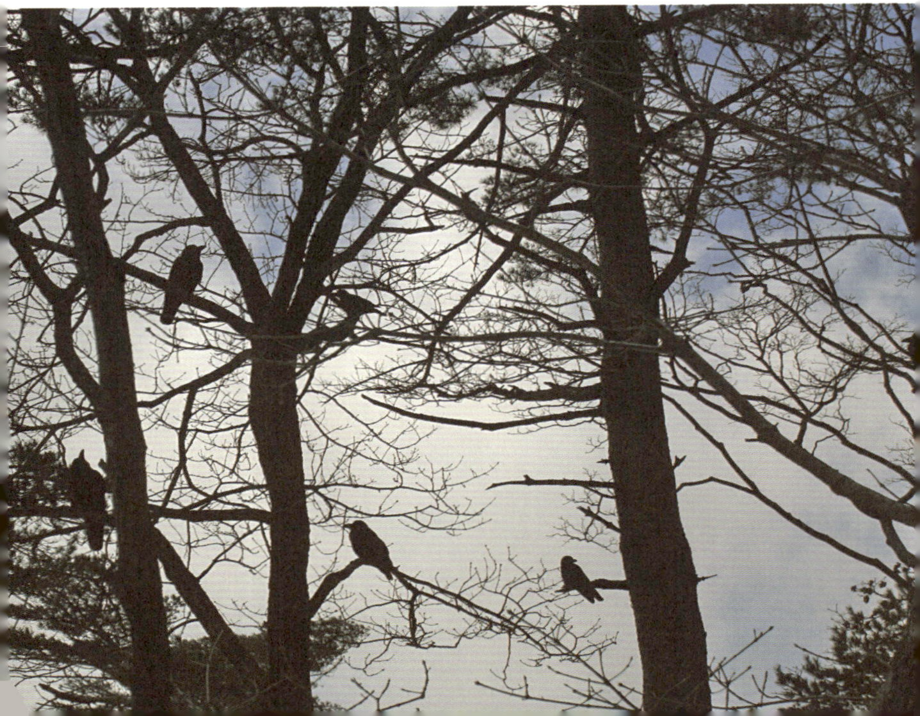

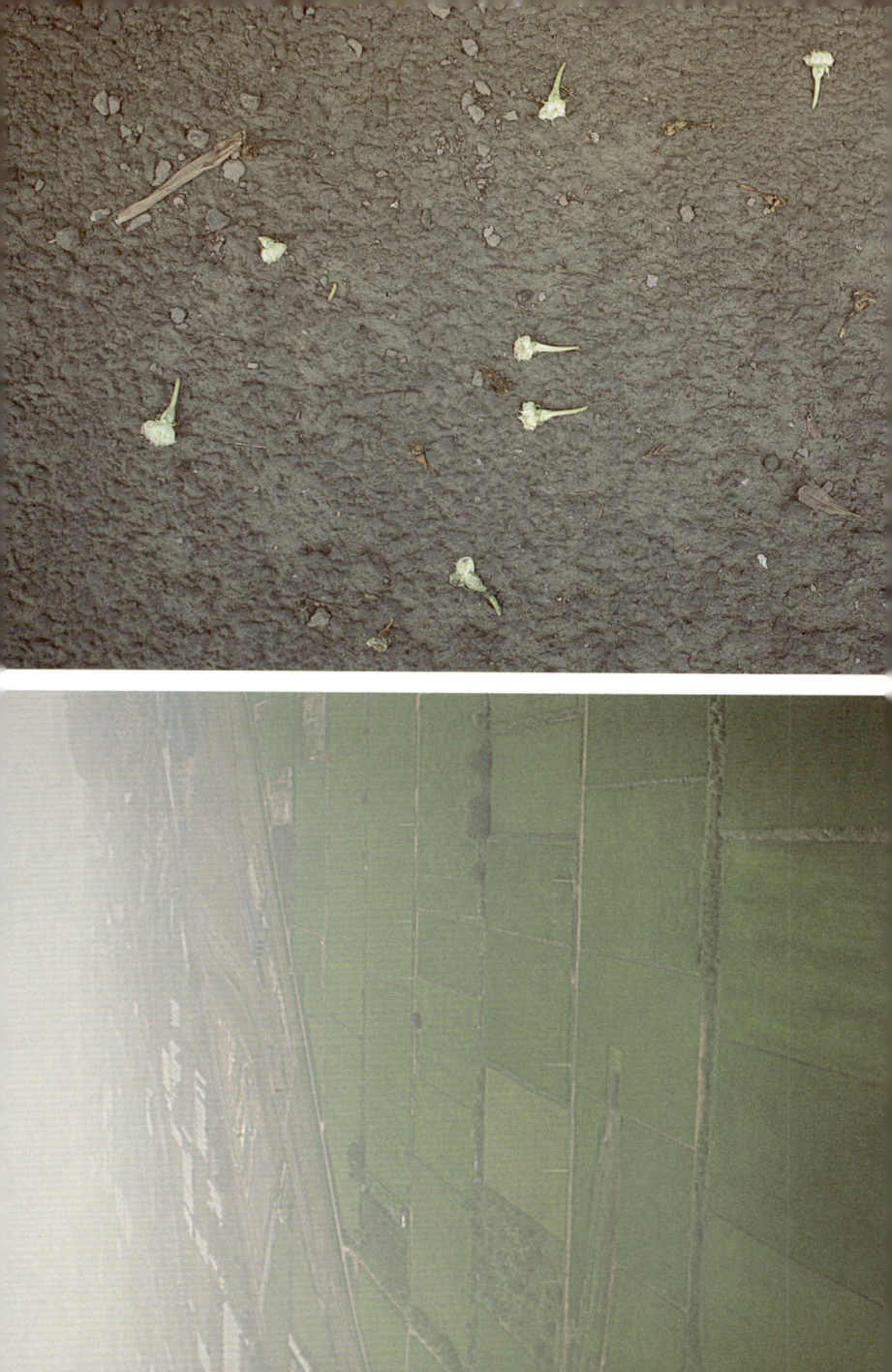

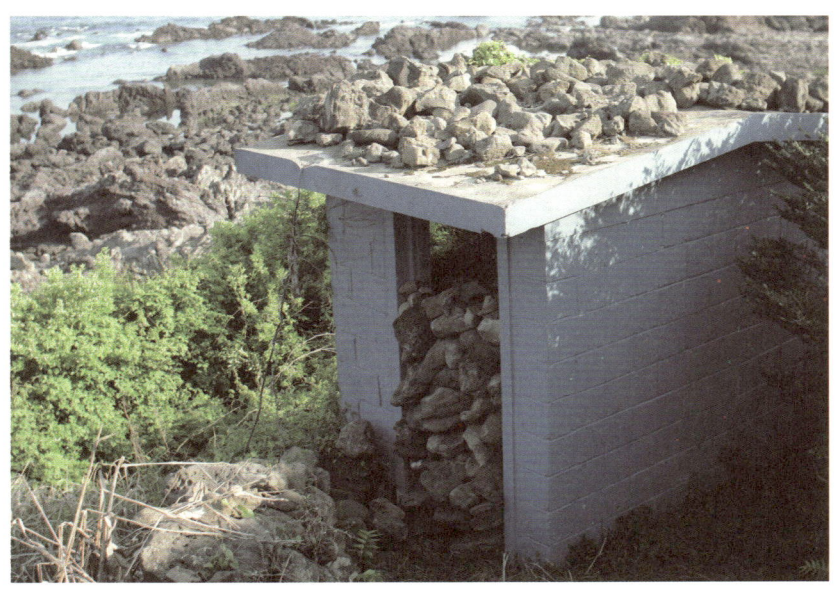

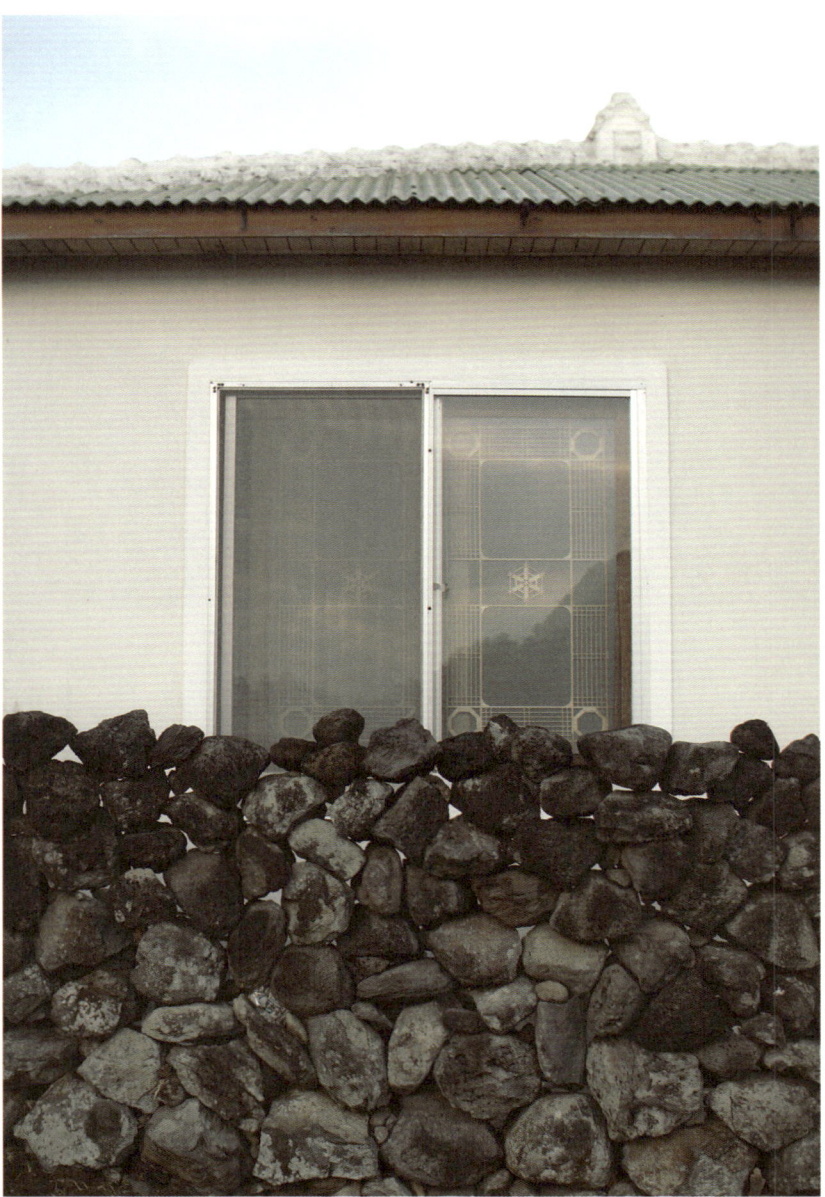

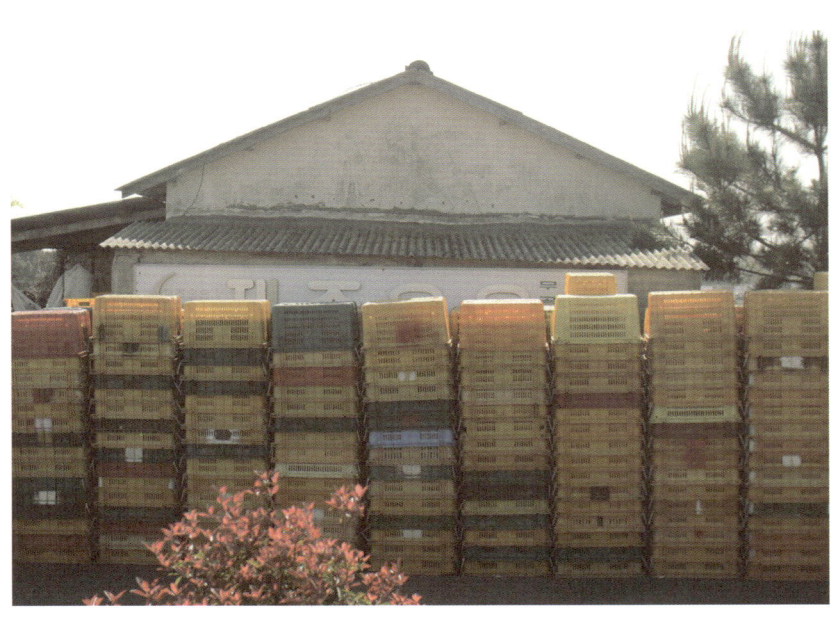

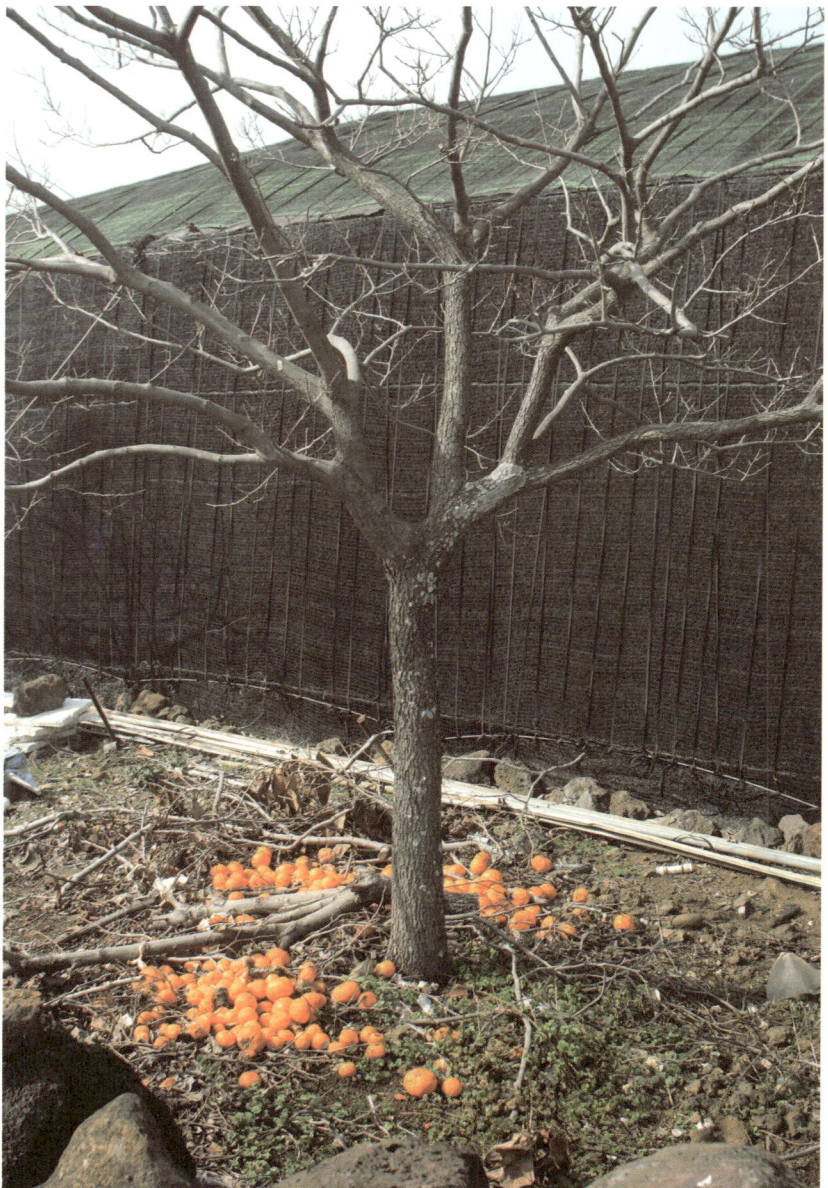

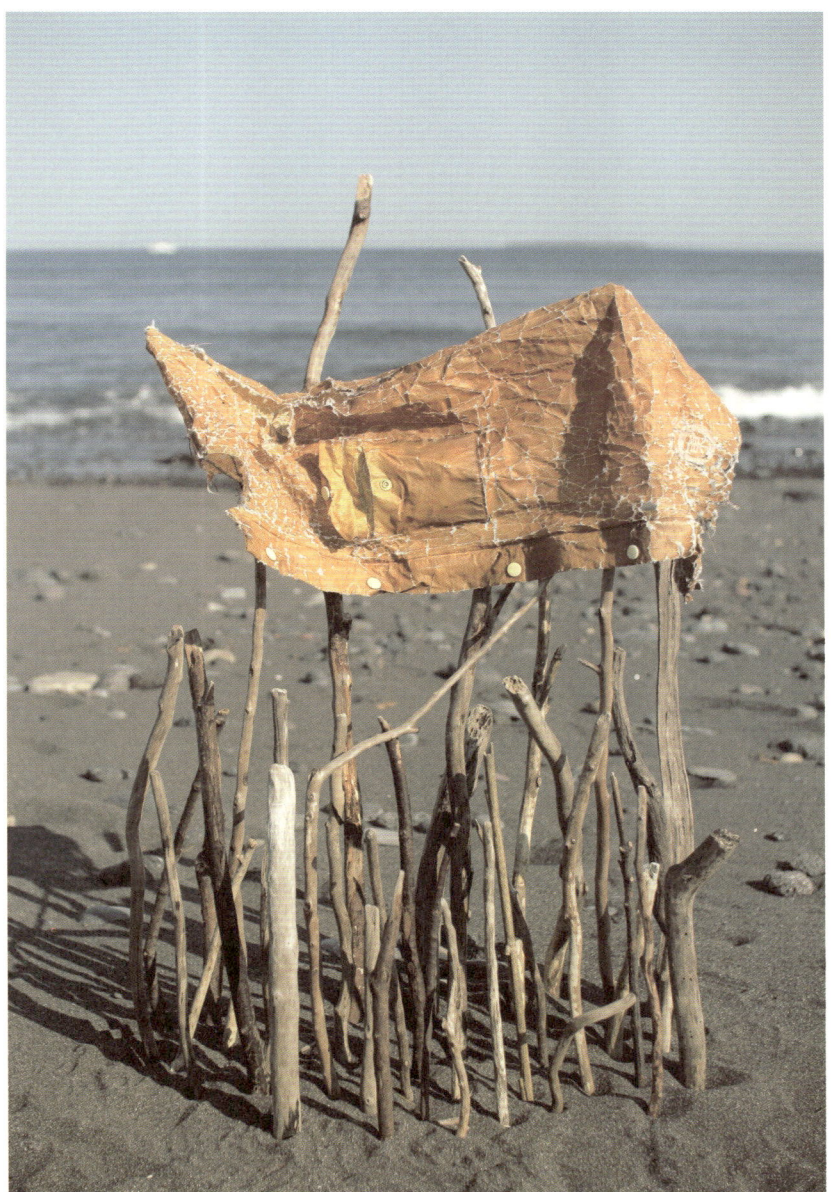

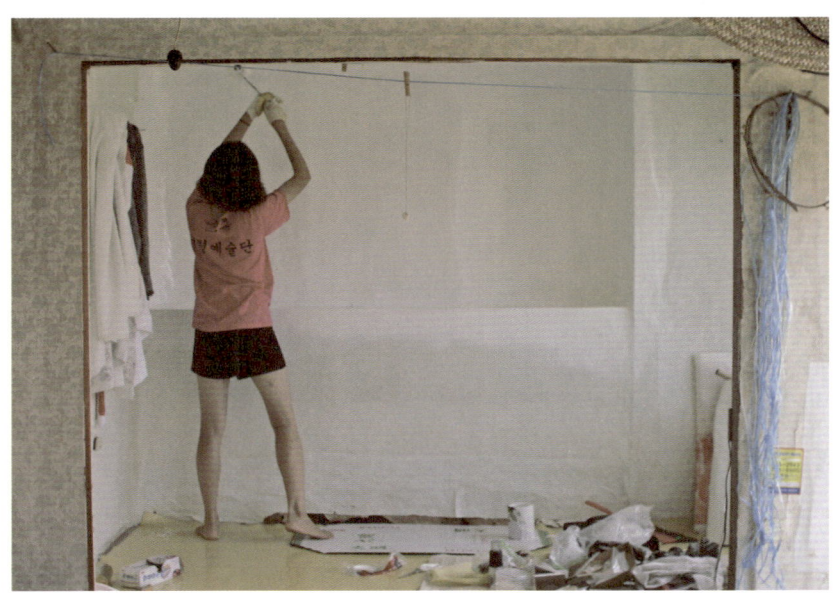

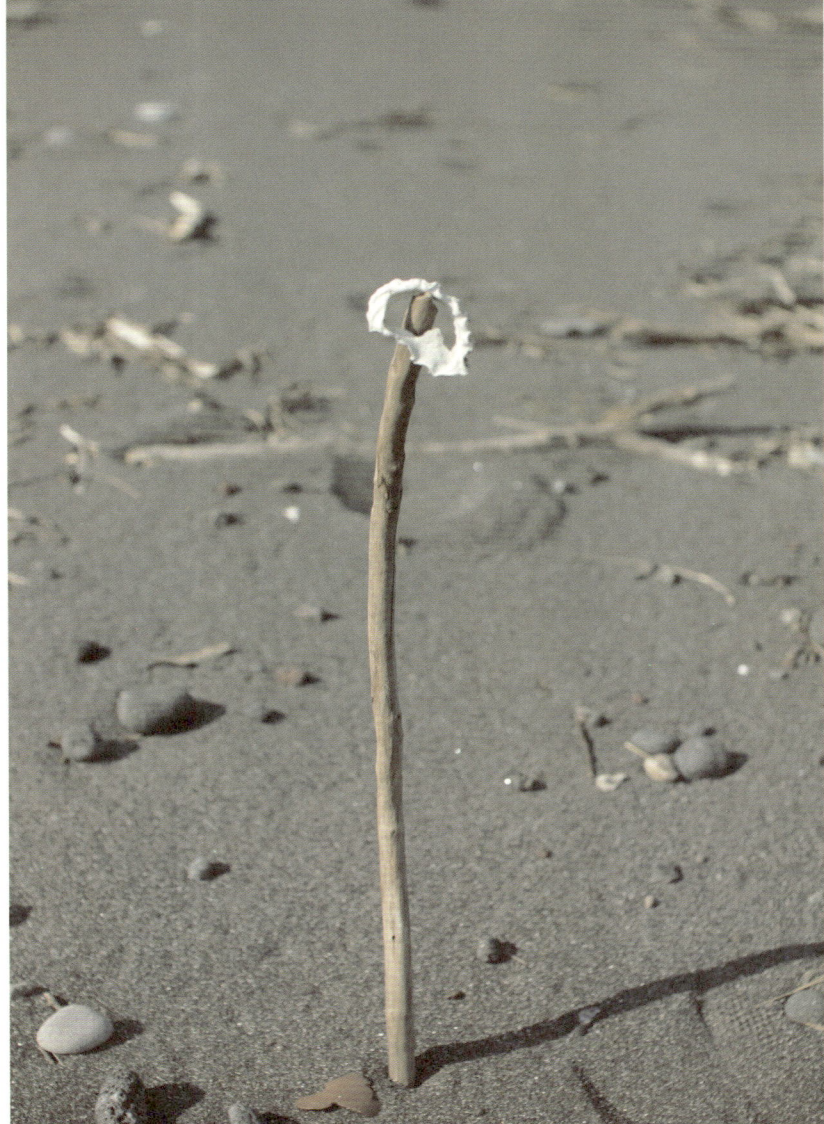

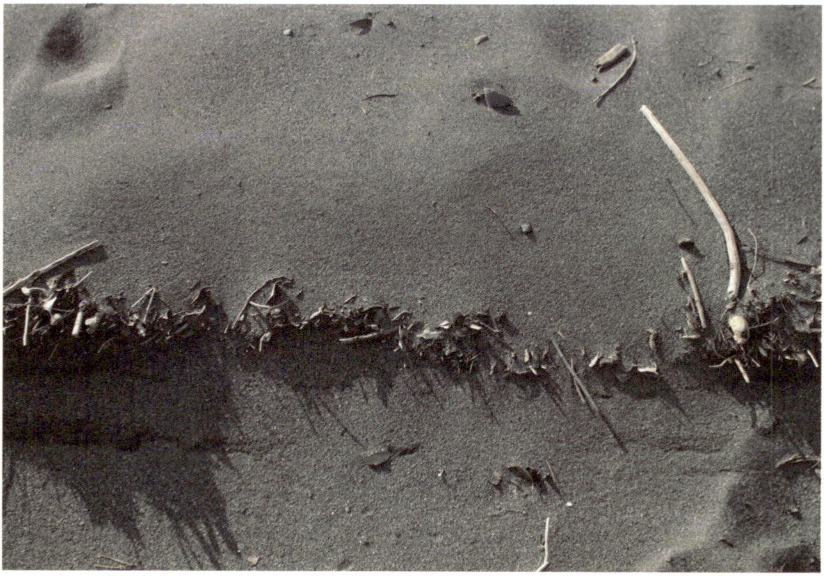

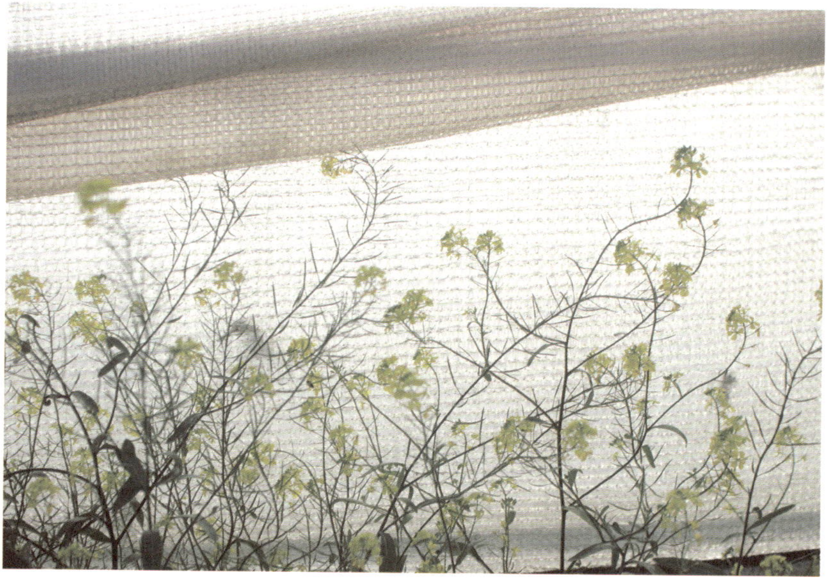

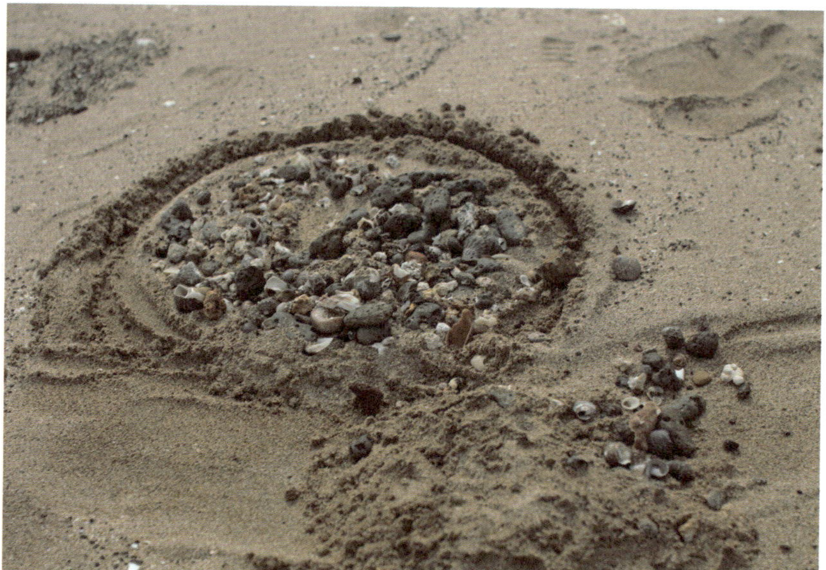

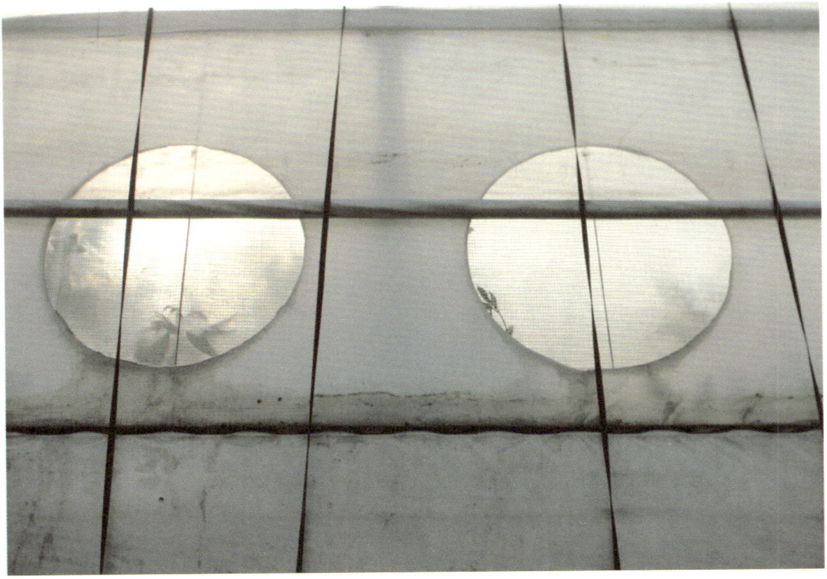

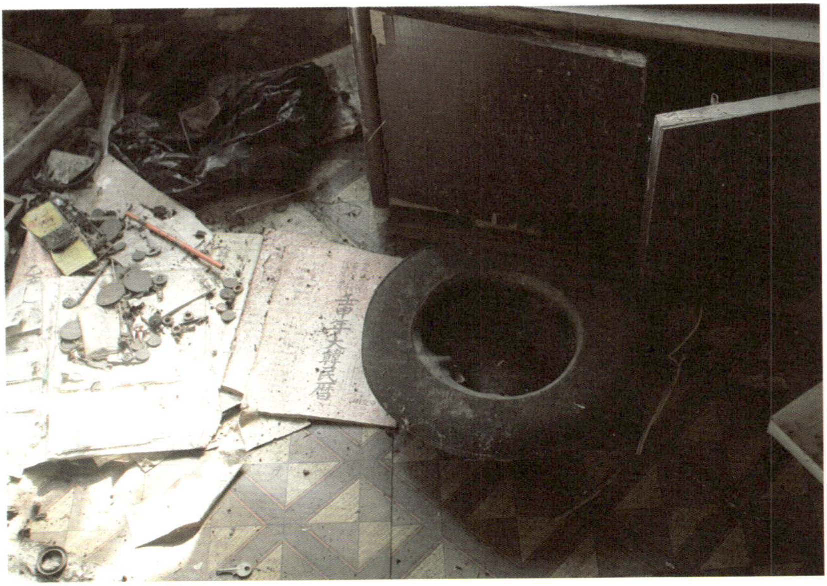

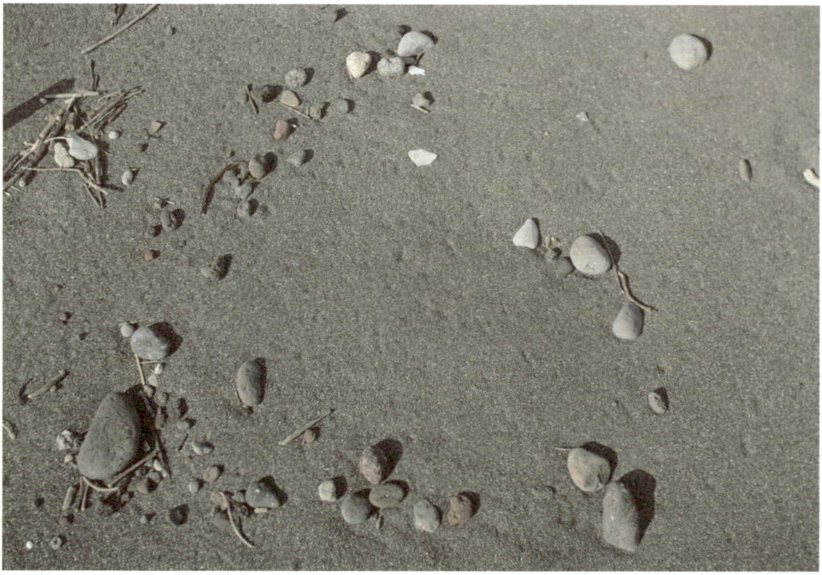

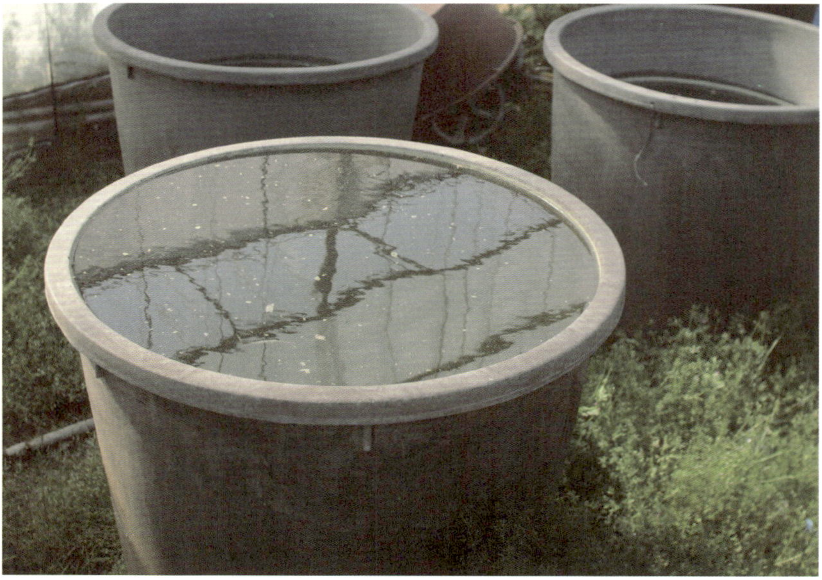

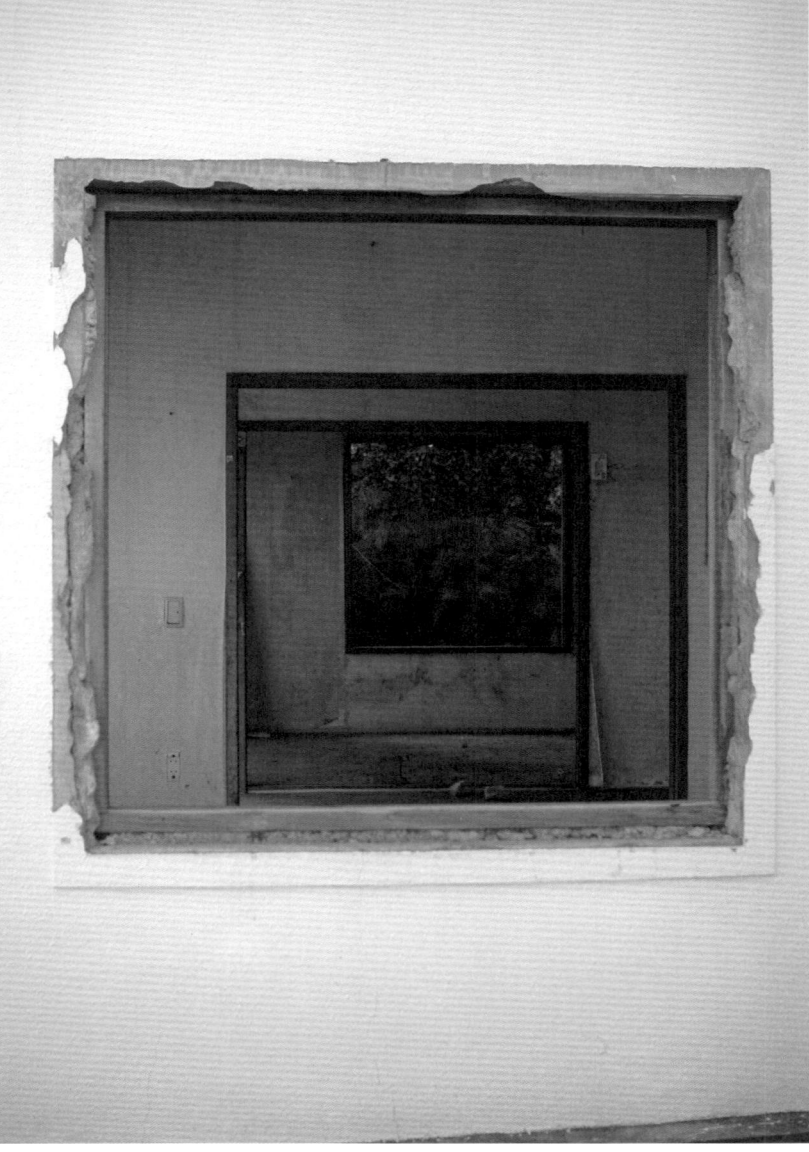

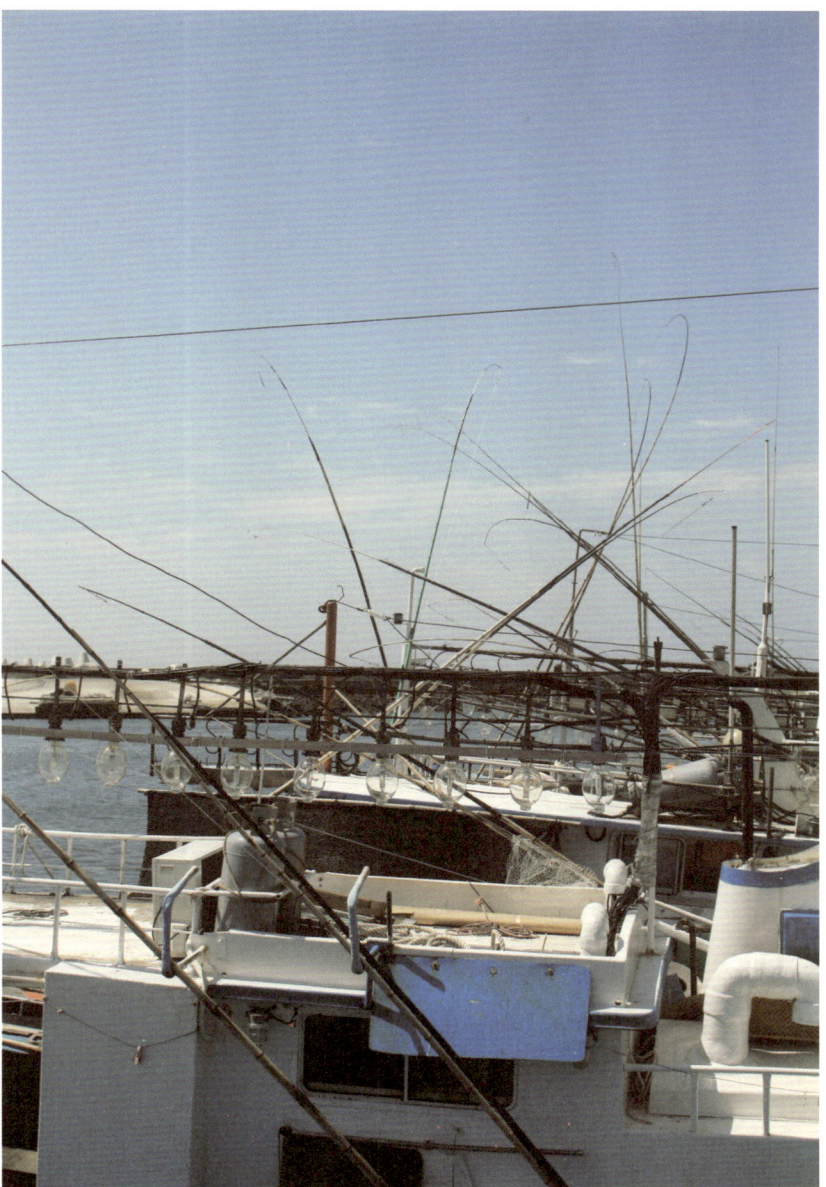

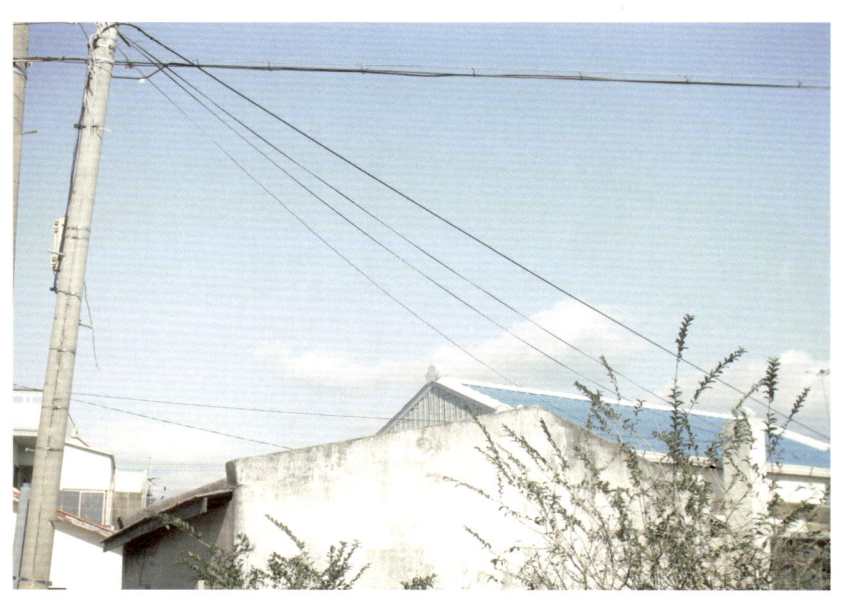

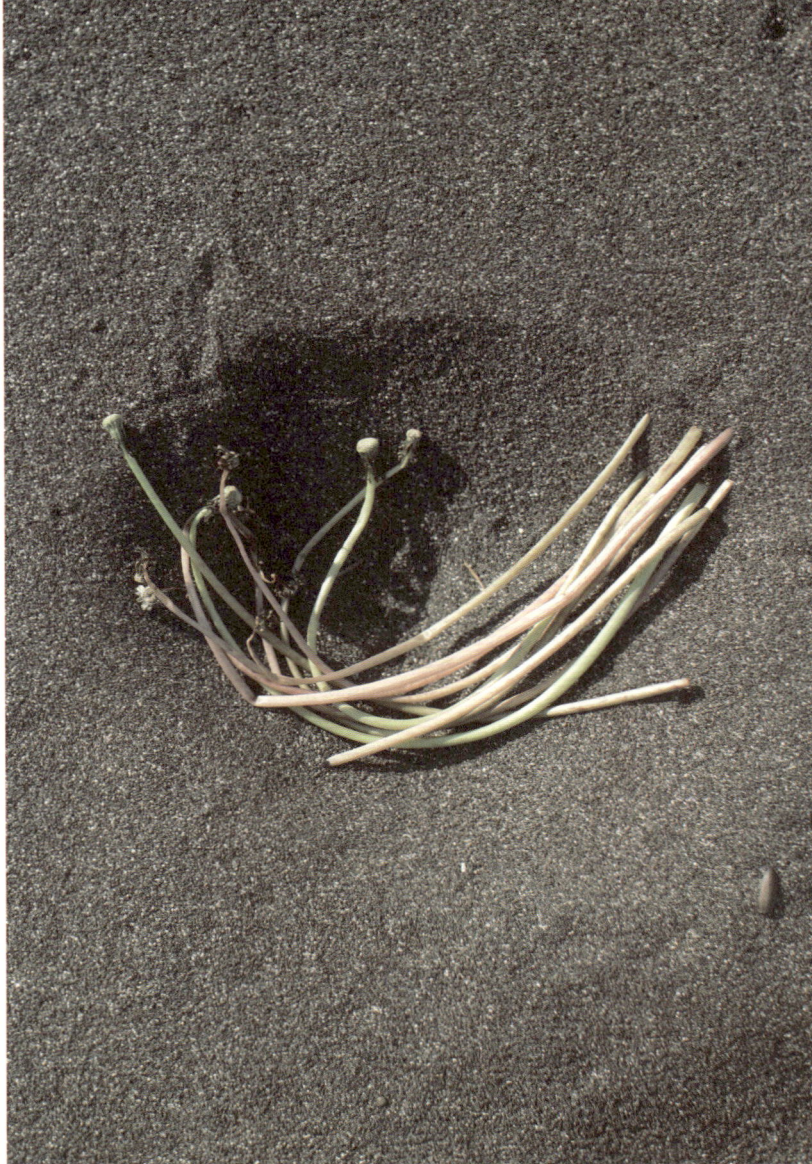

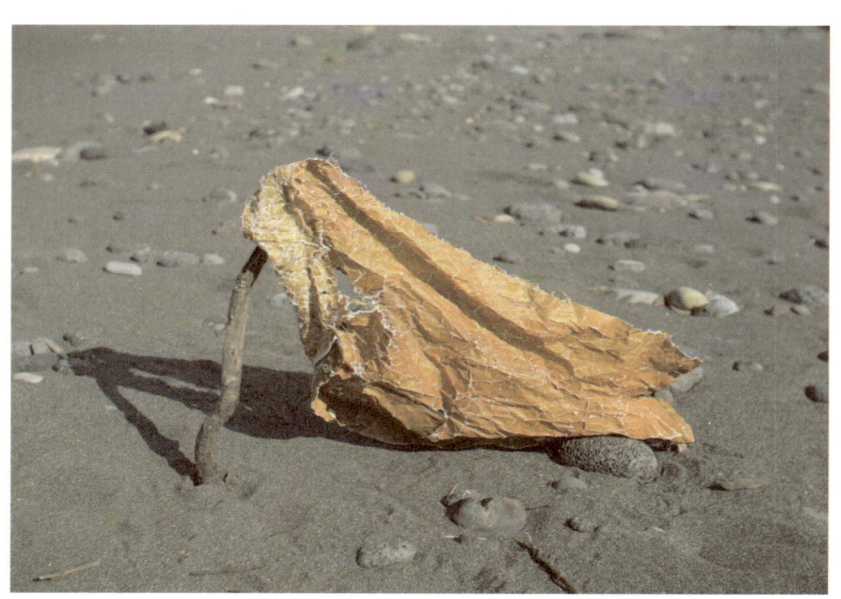

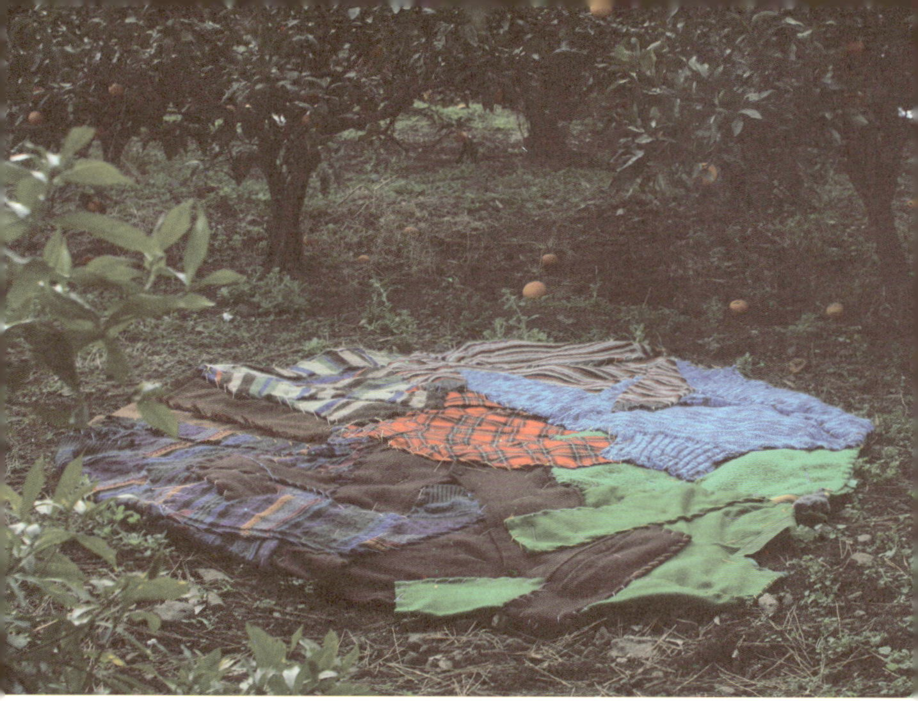

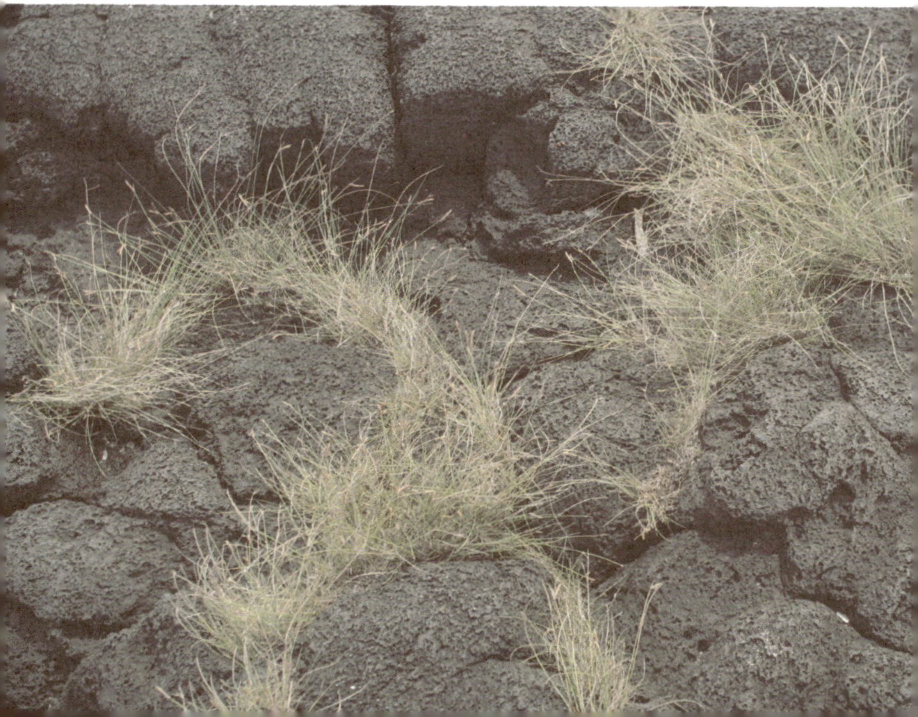

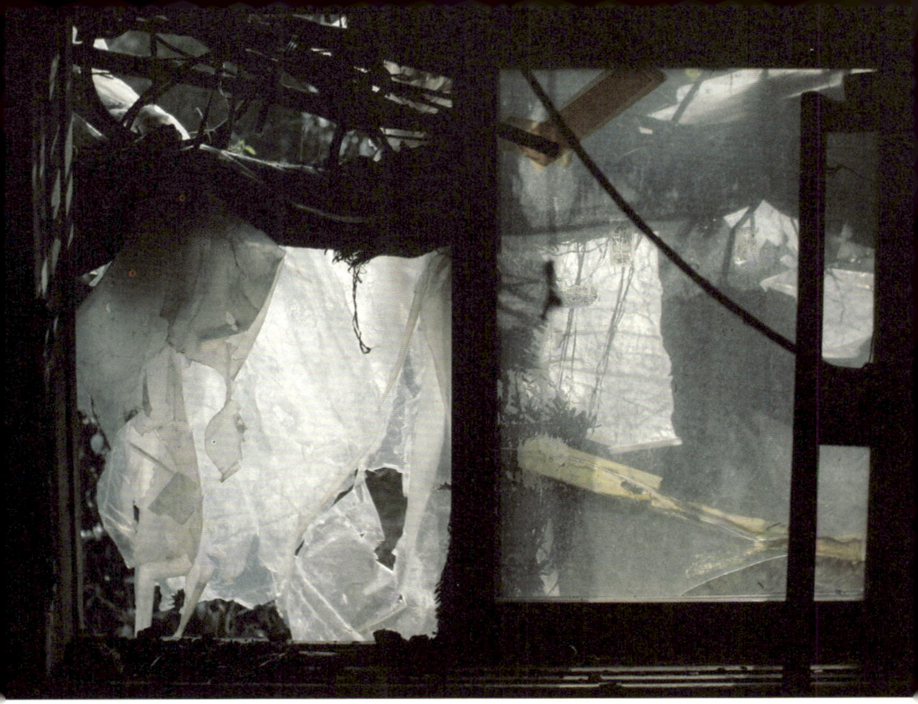

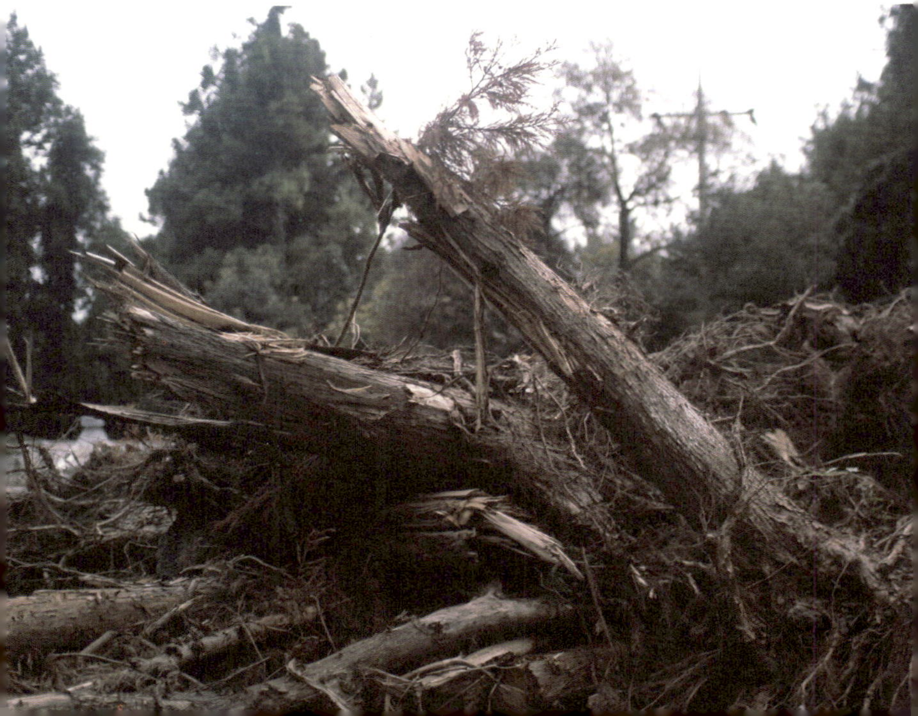

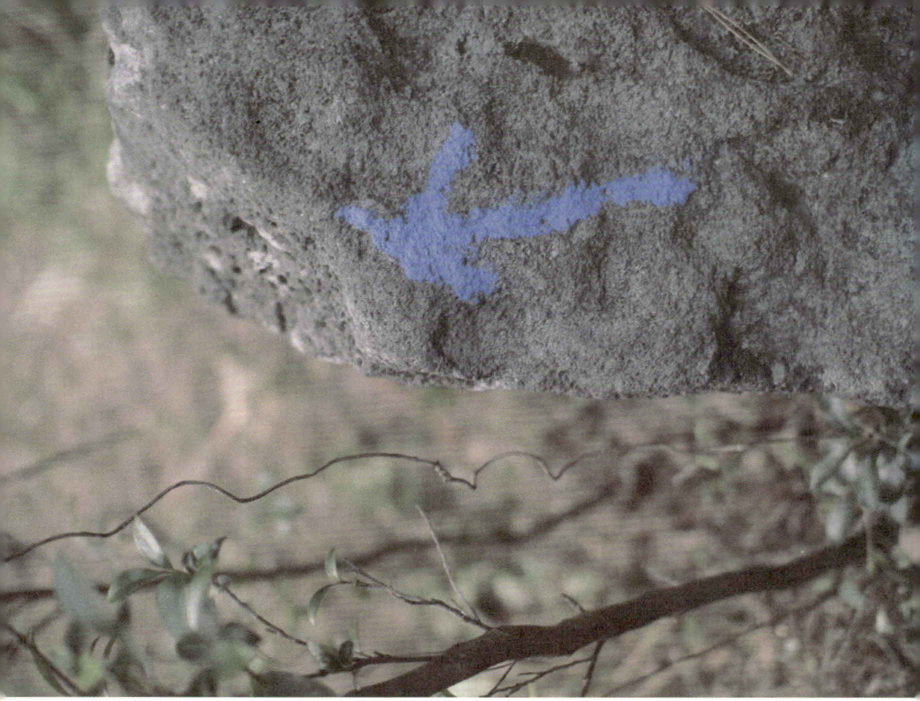

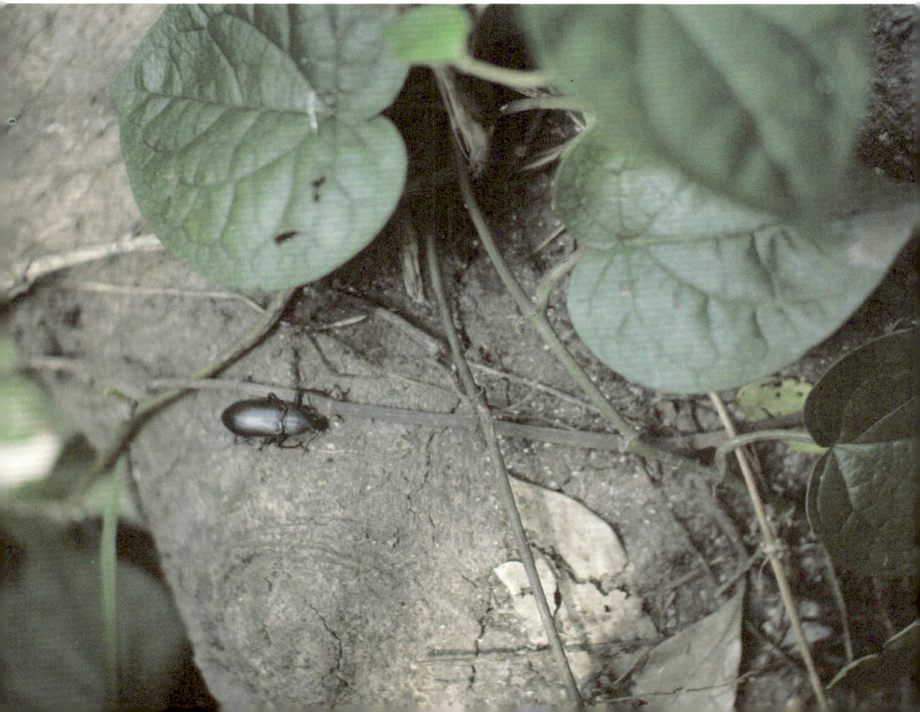

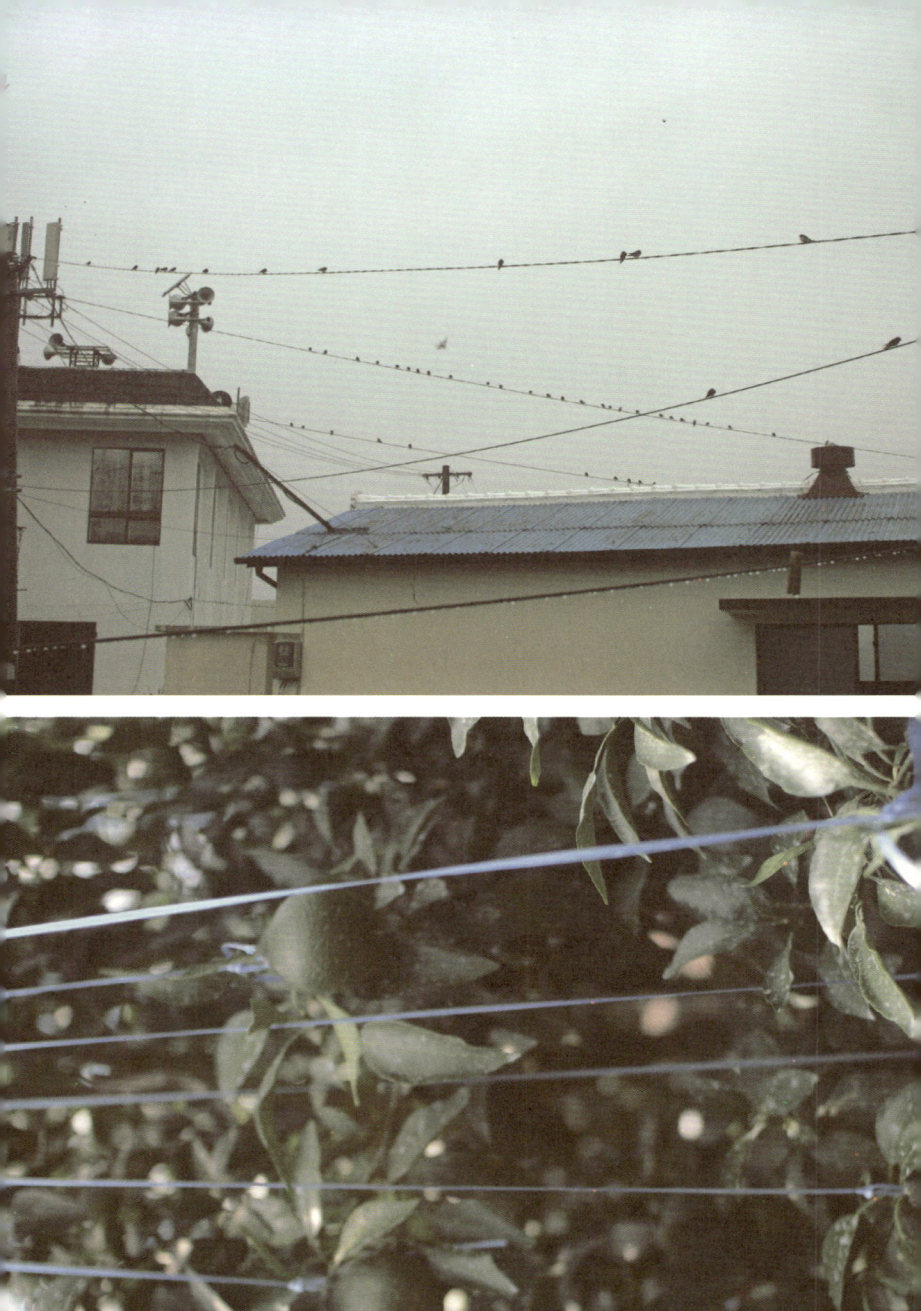

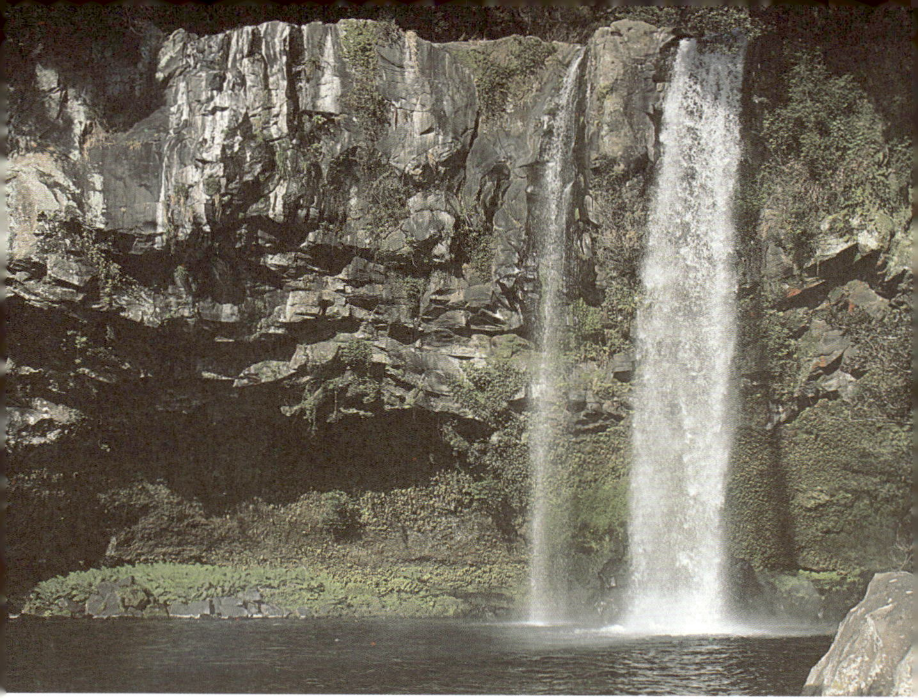

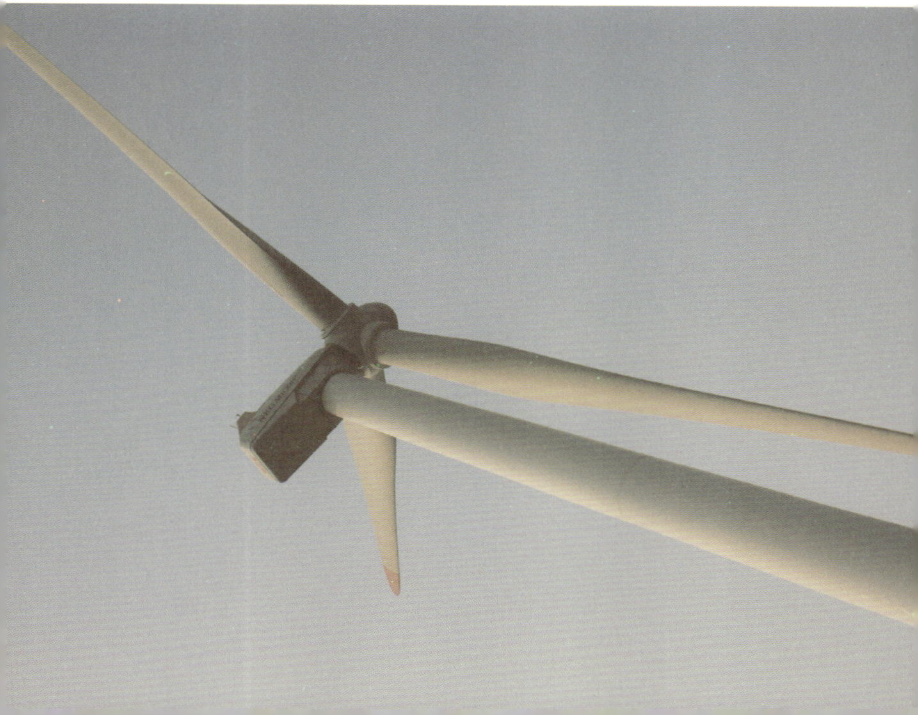

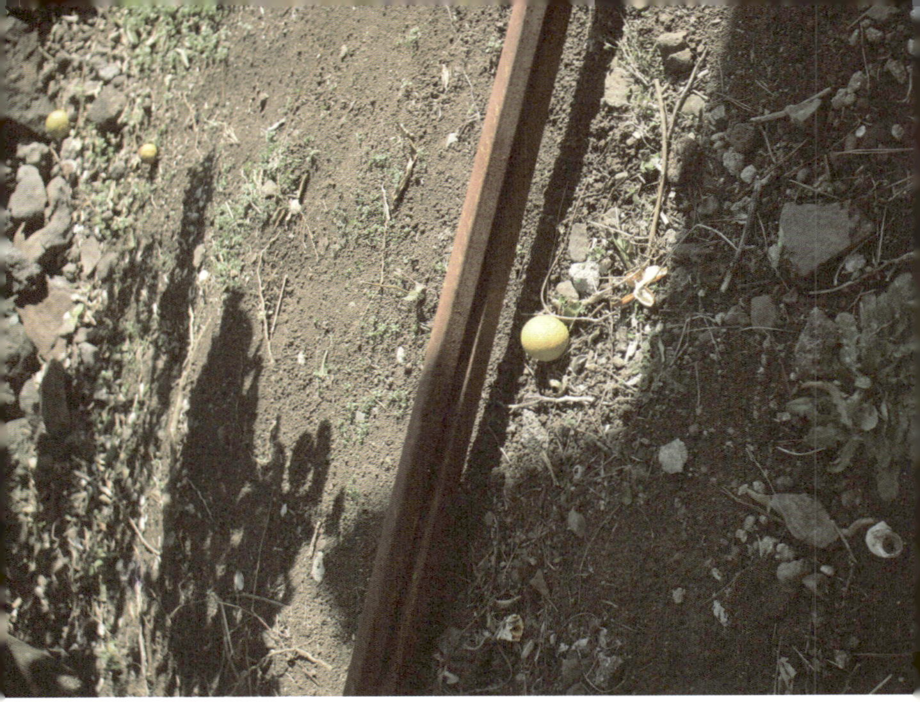

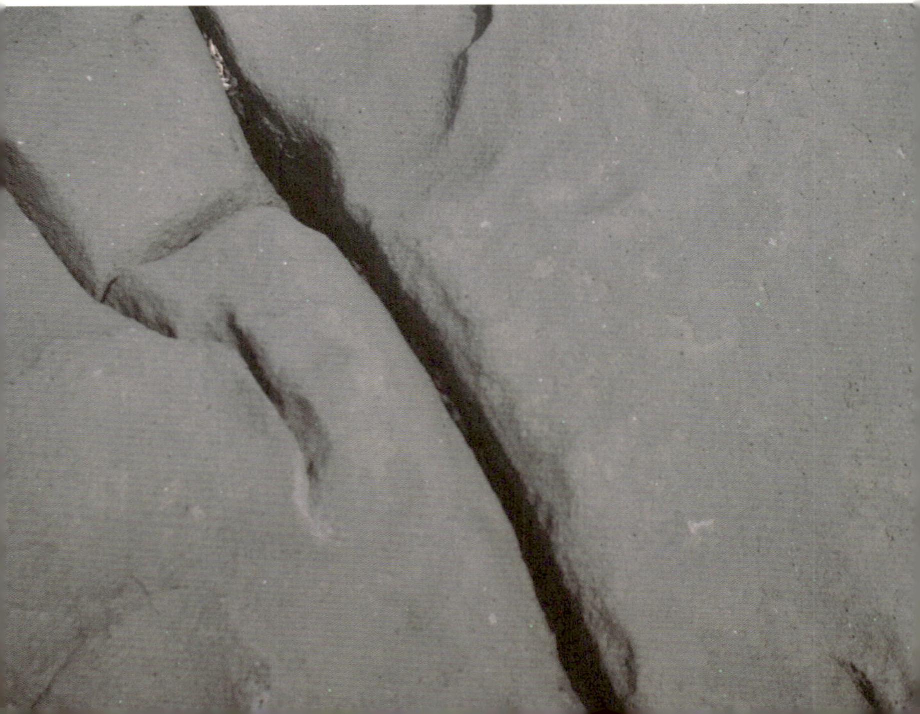

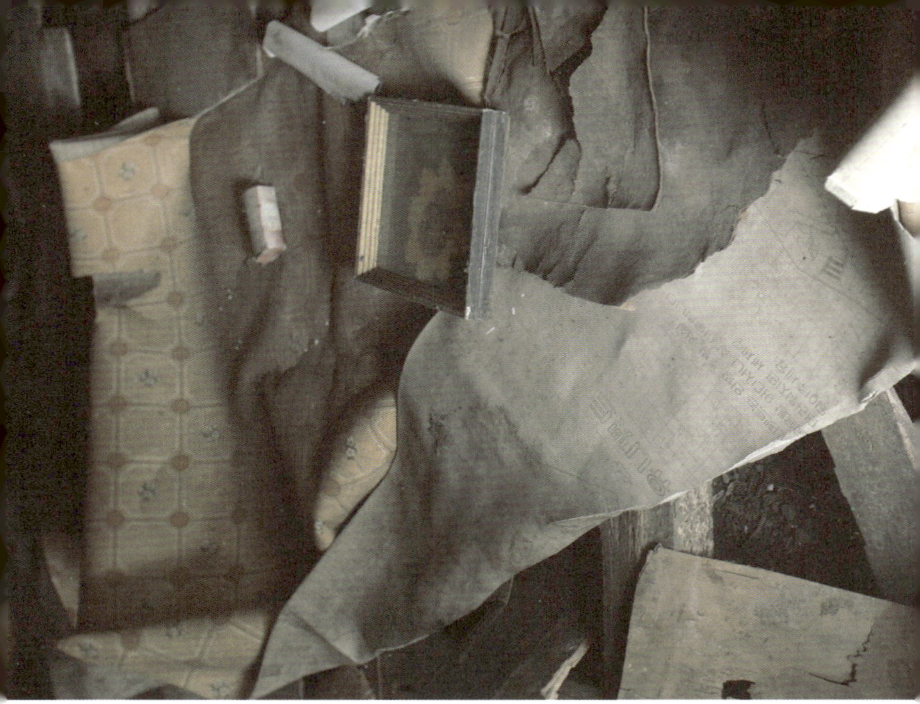

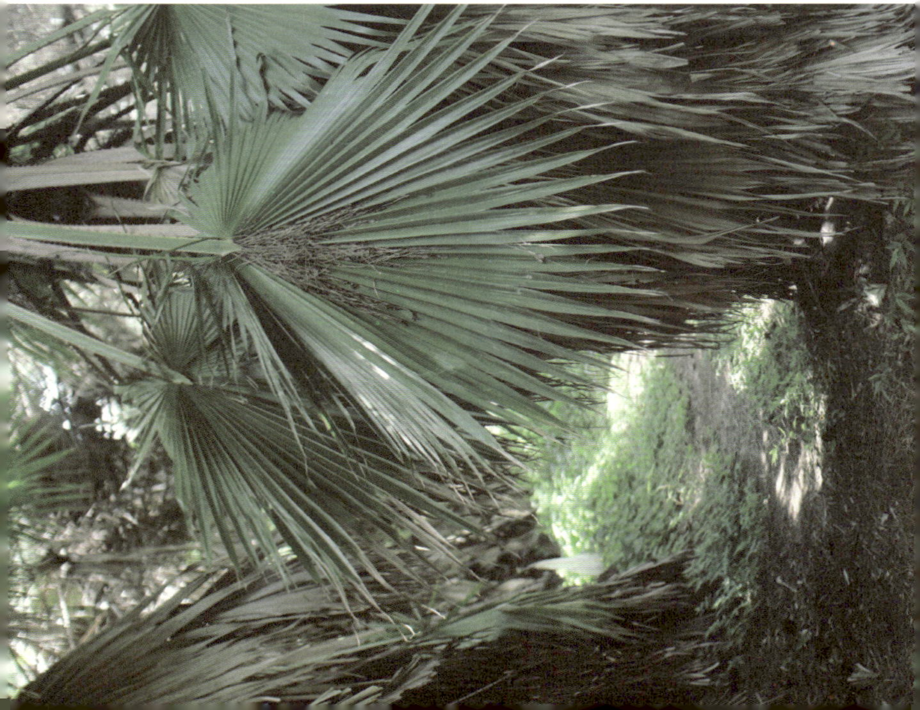

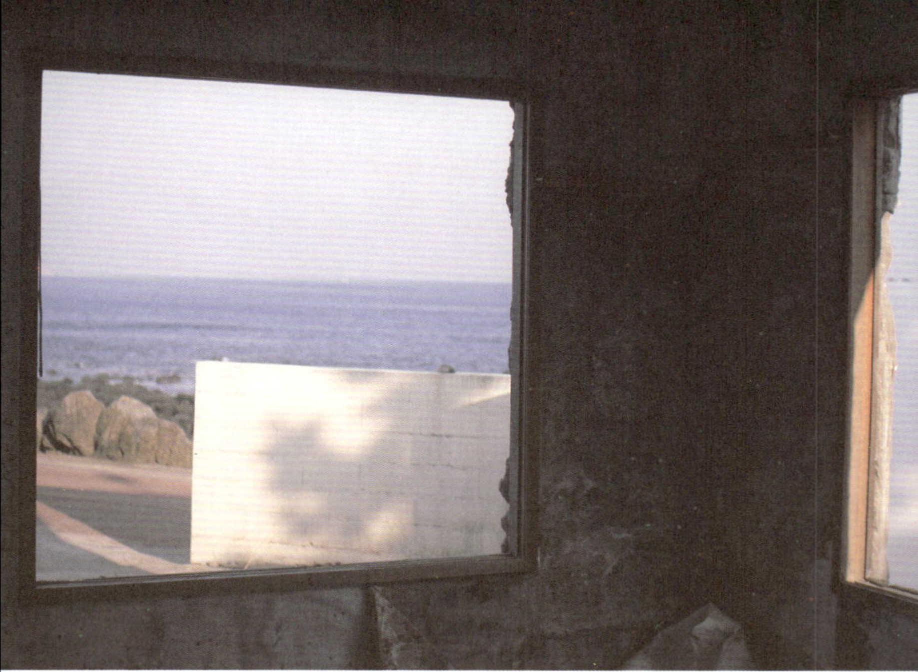

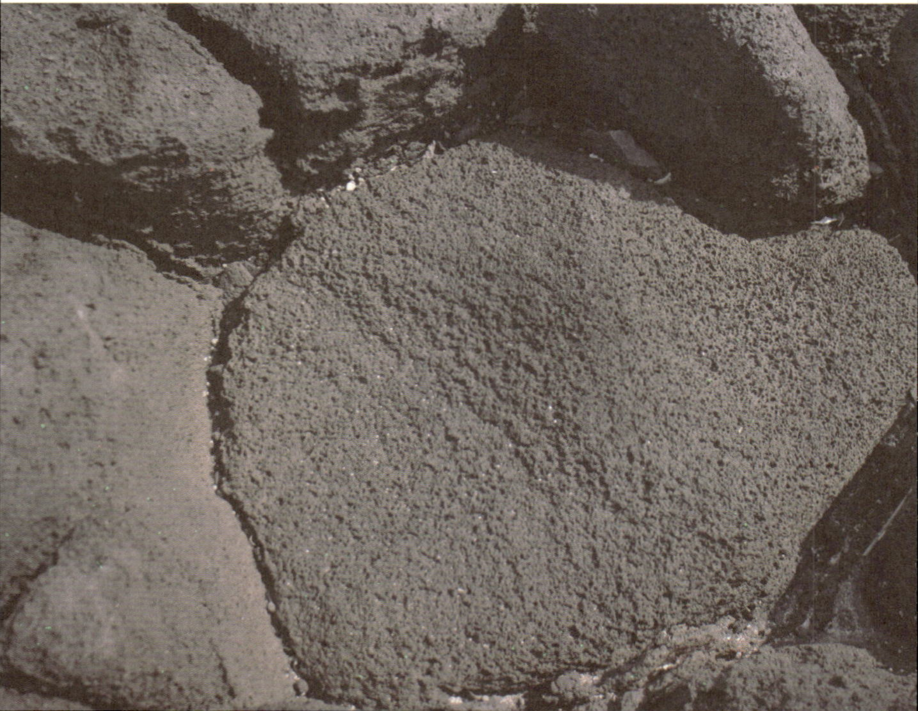

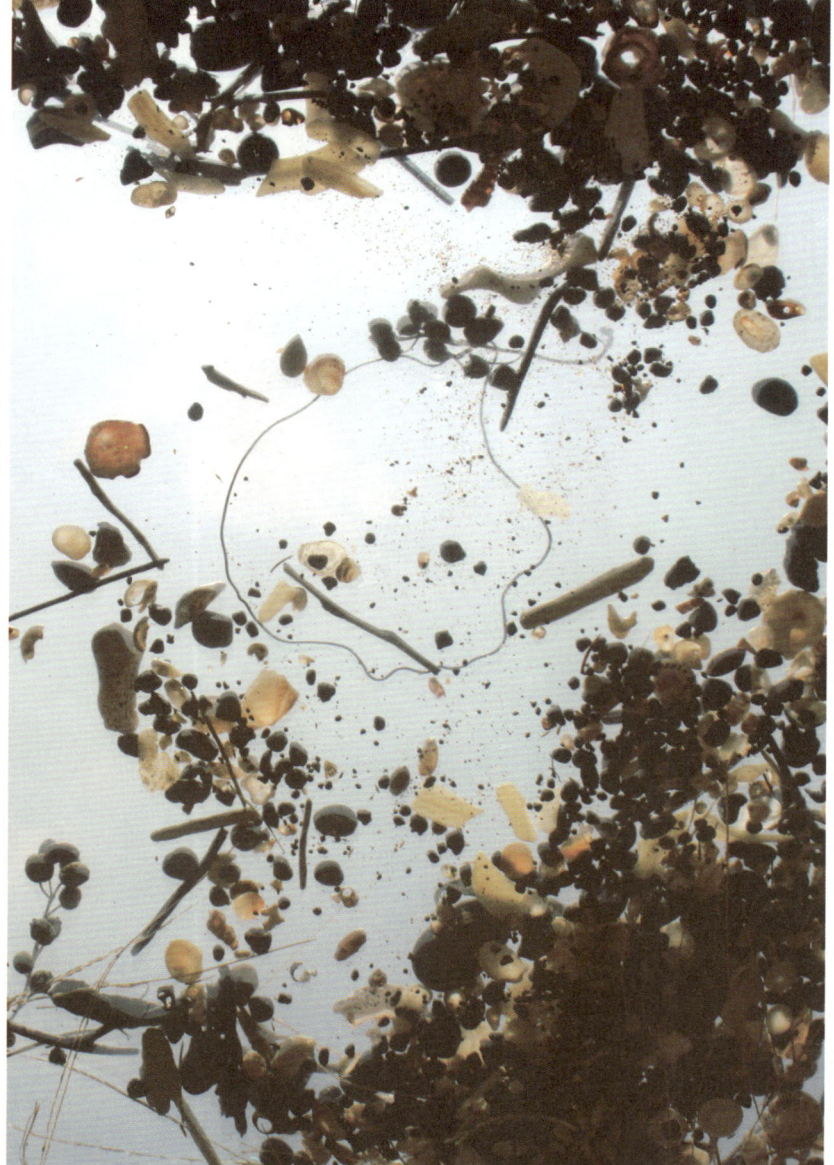

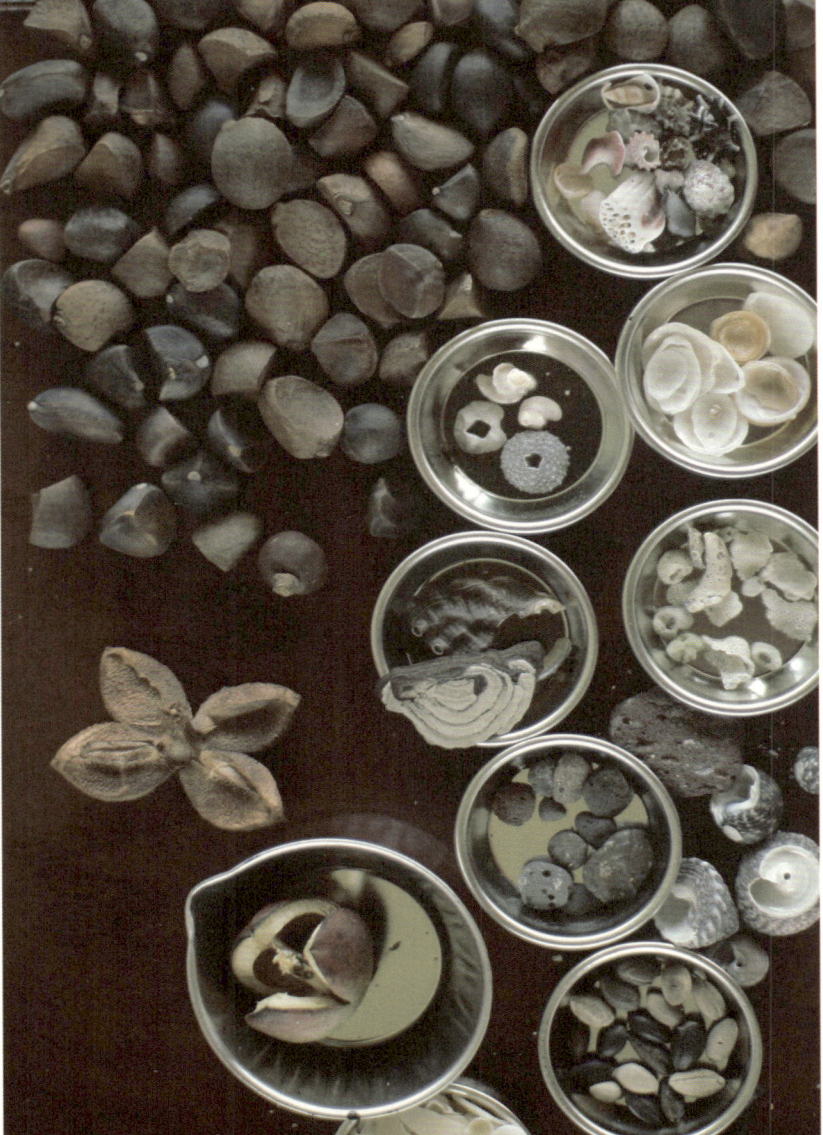

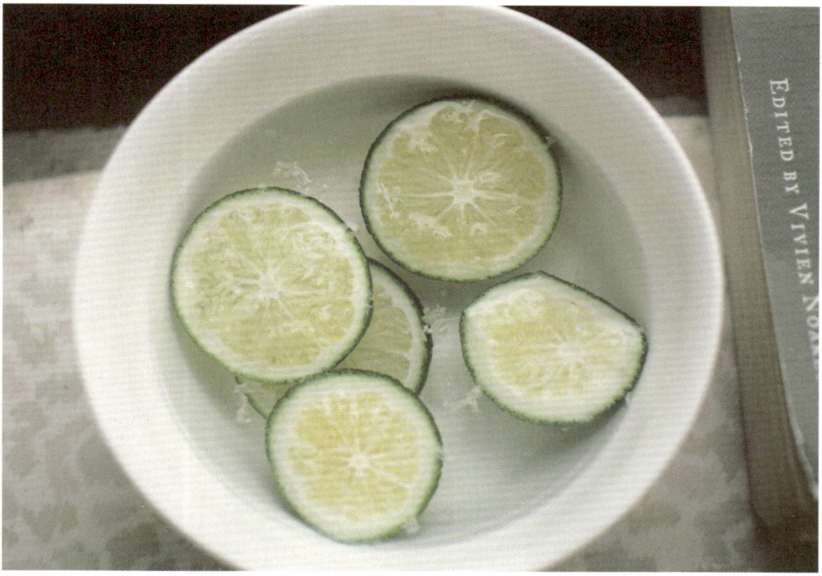
EDITED BY VIVIEN

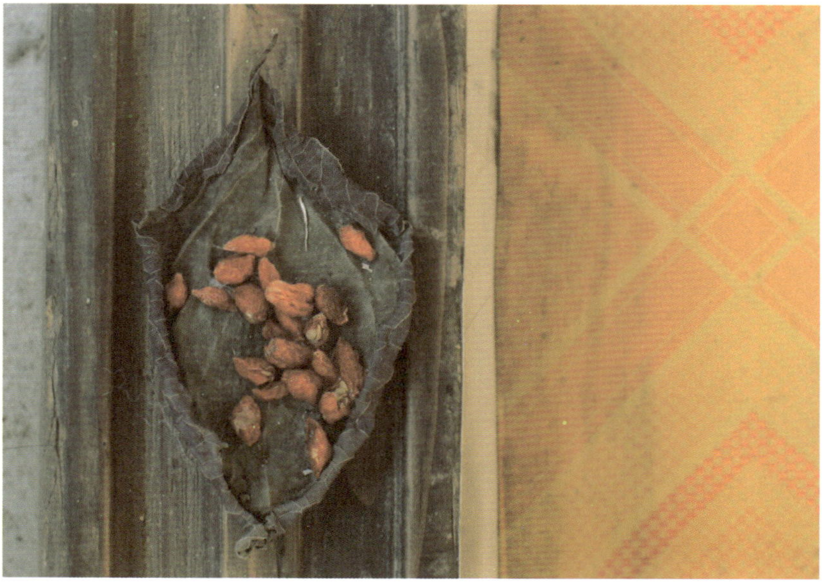

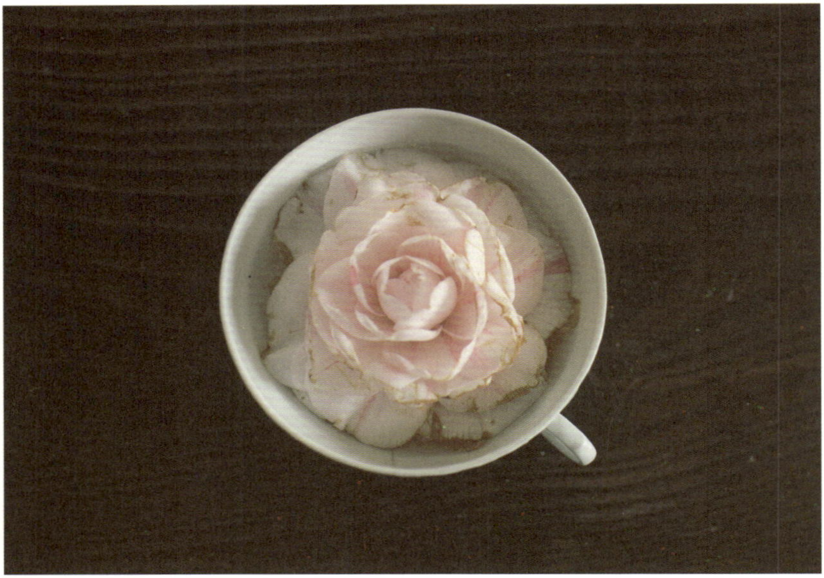

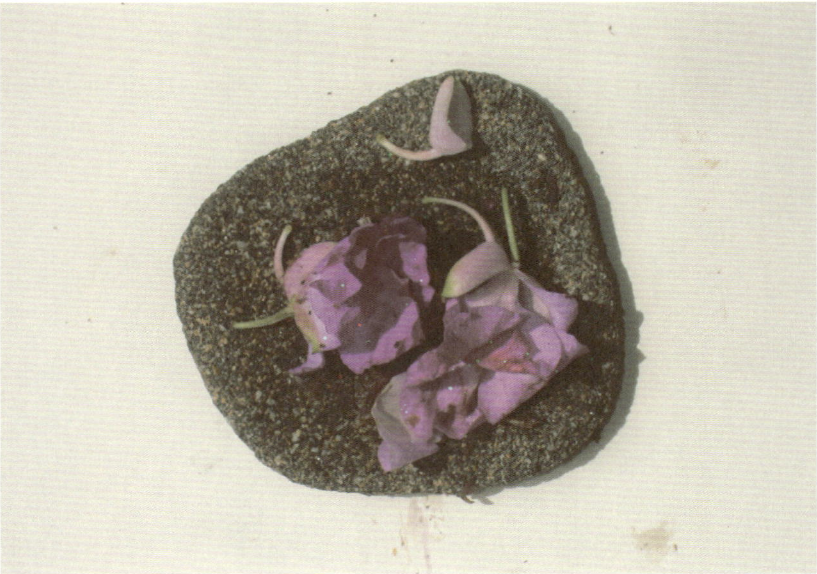

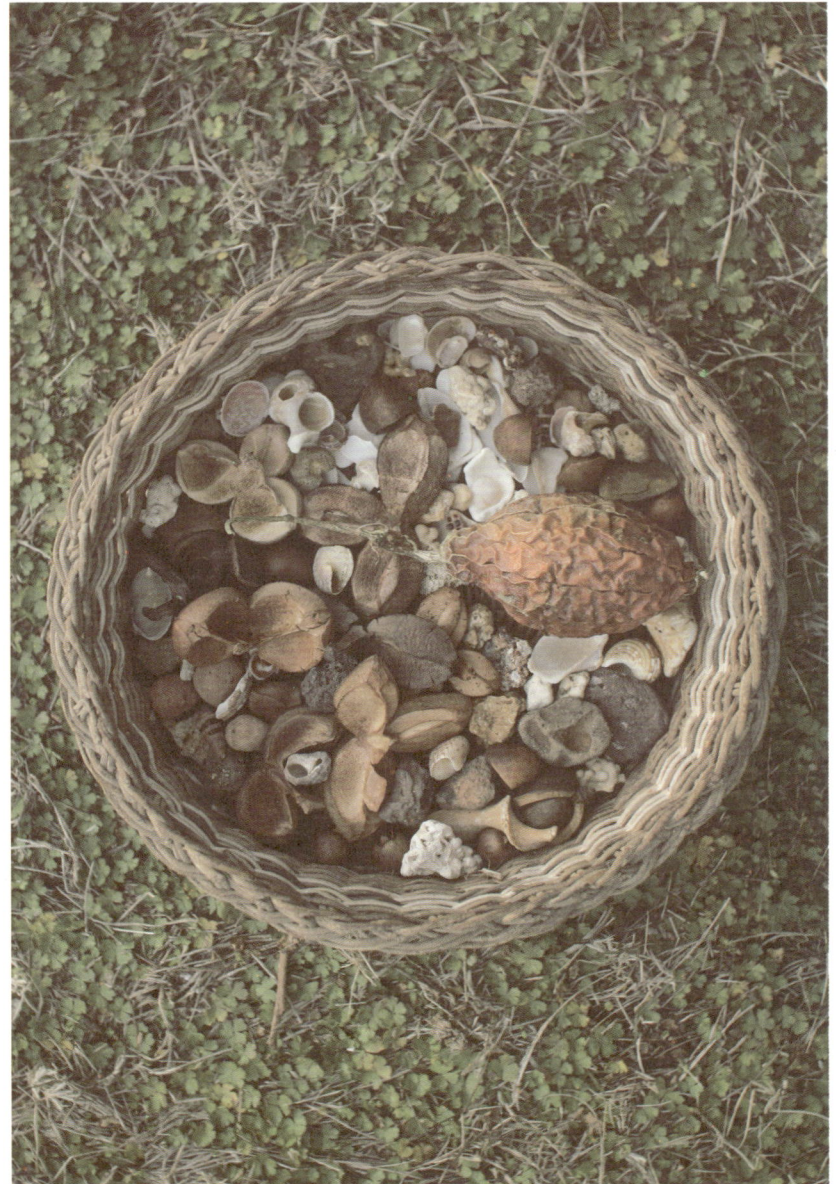

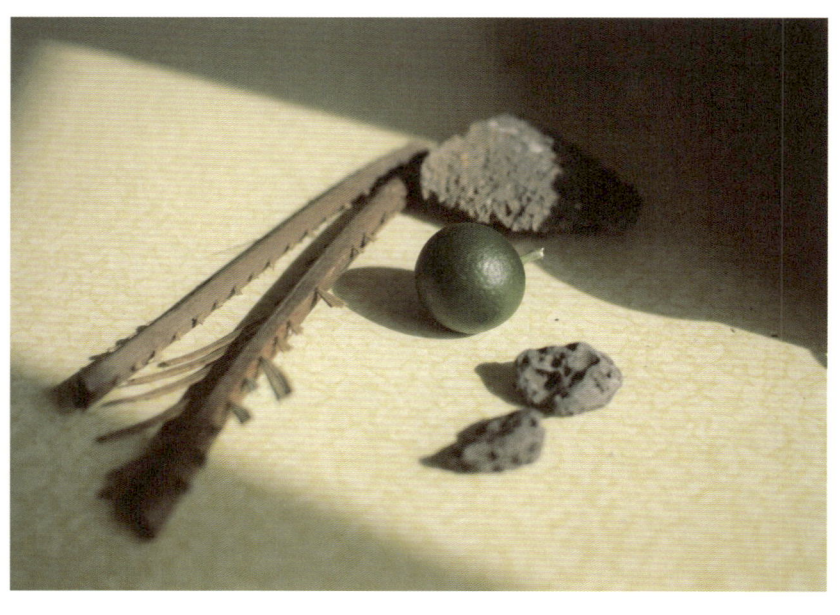

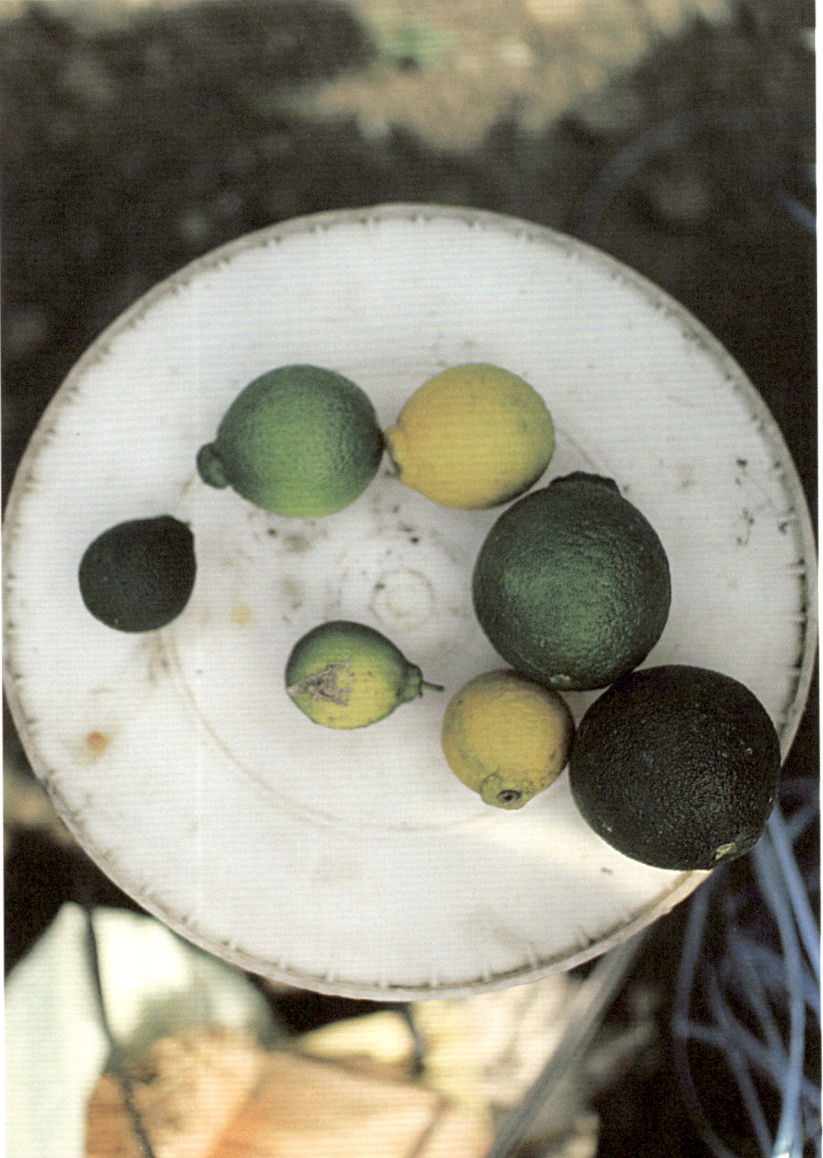

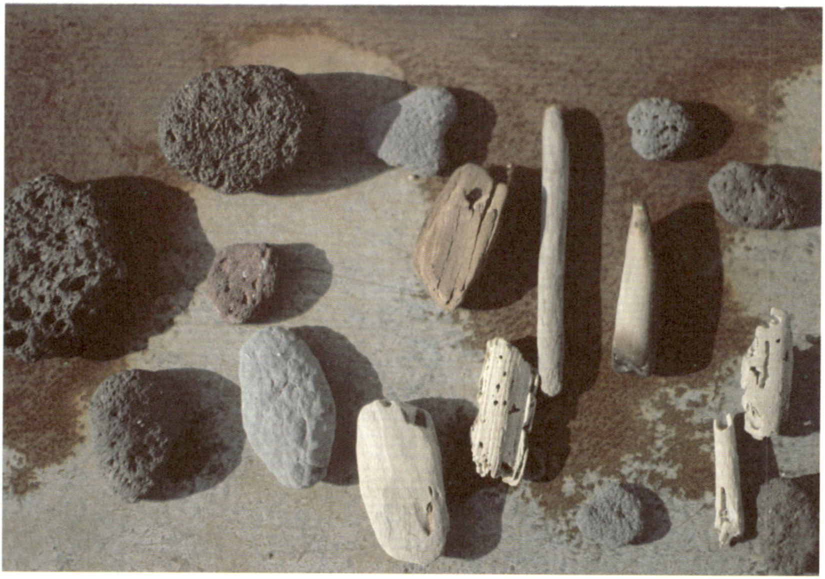

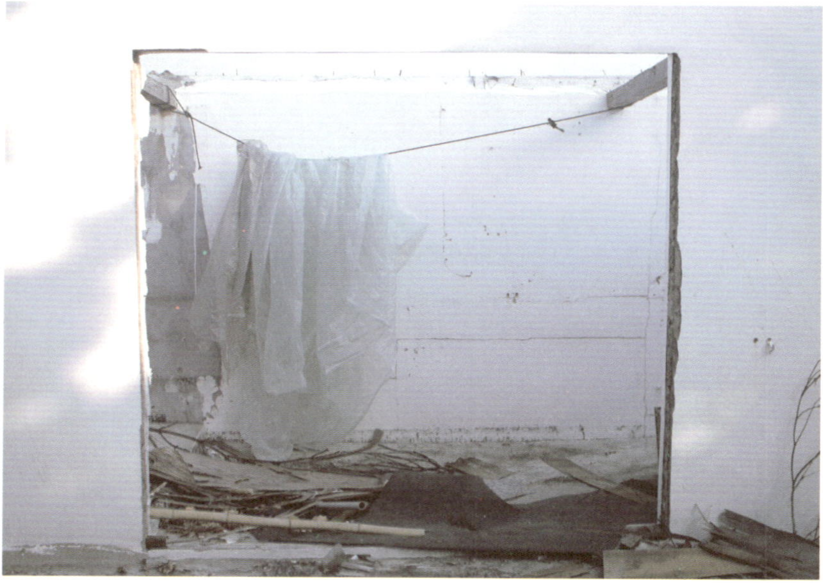

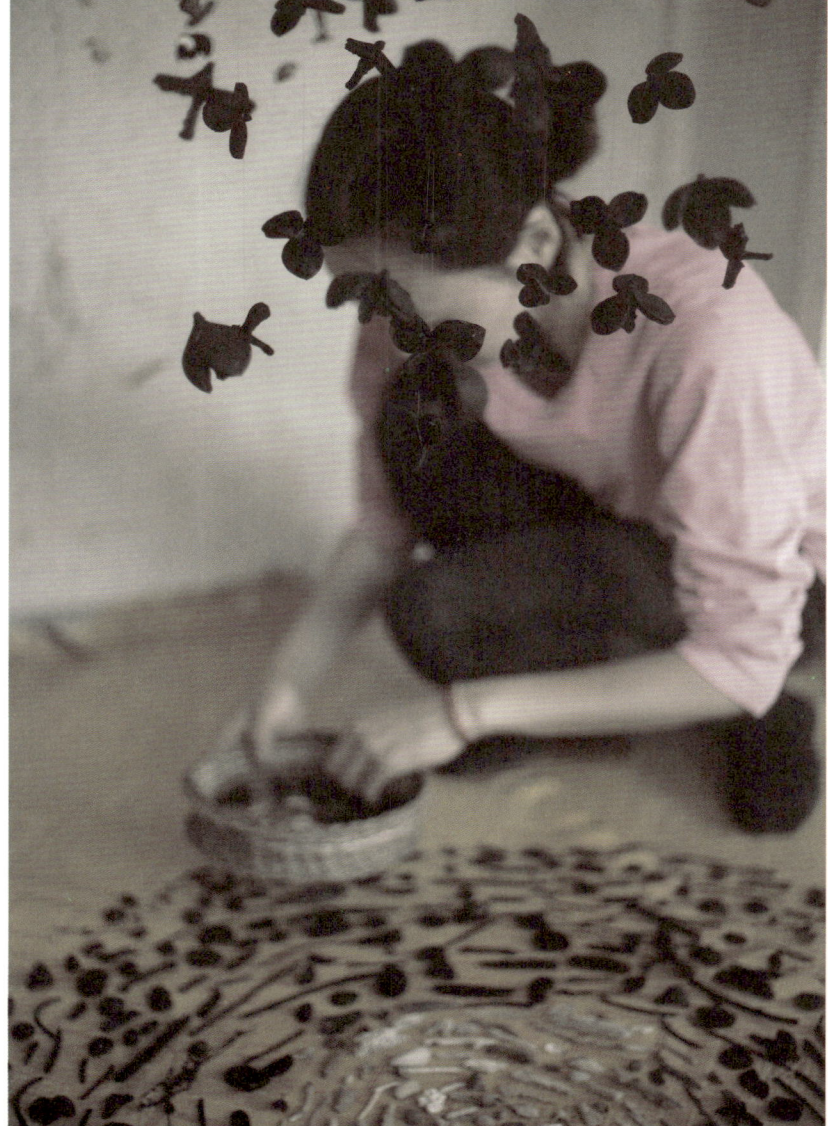

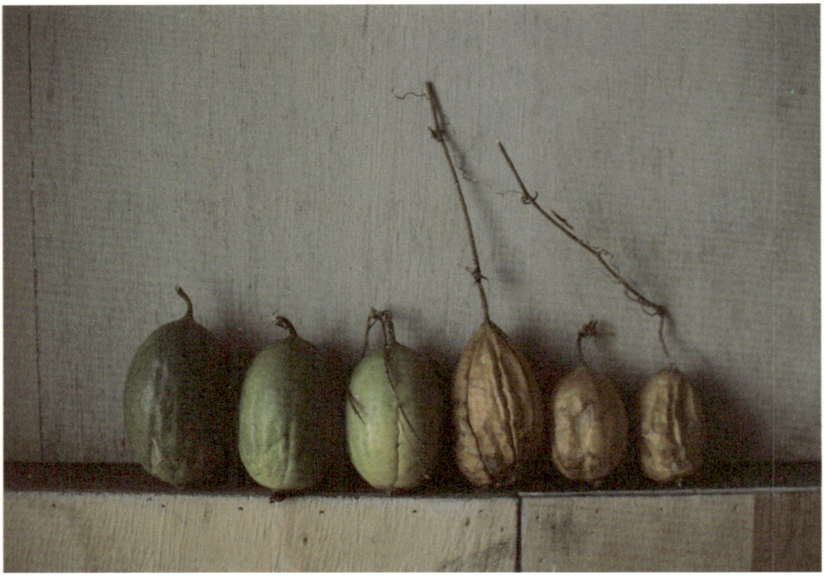

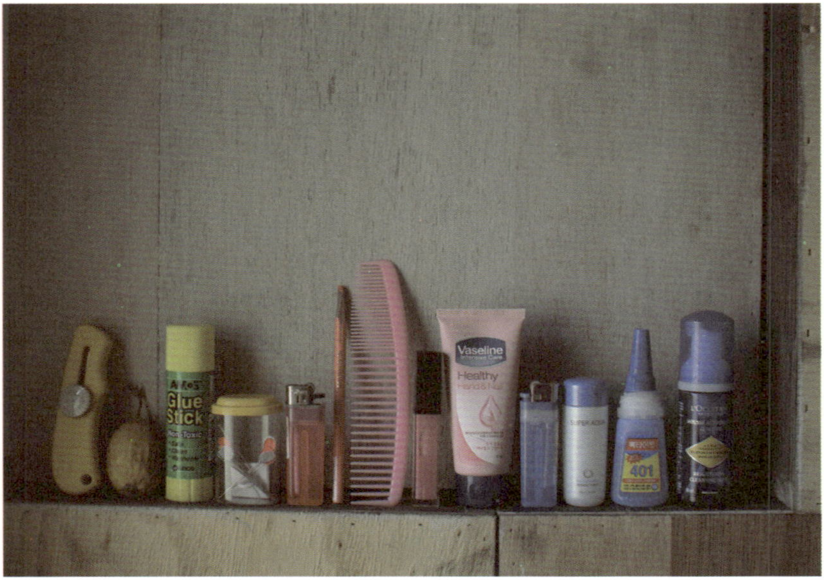
Glue
Stick
Non-Toxic
Vaseline
Healthy
401

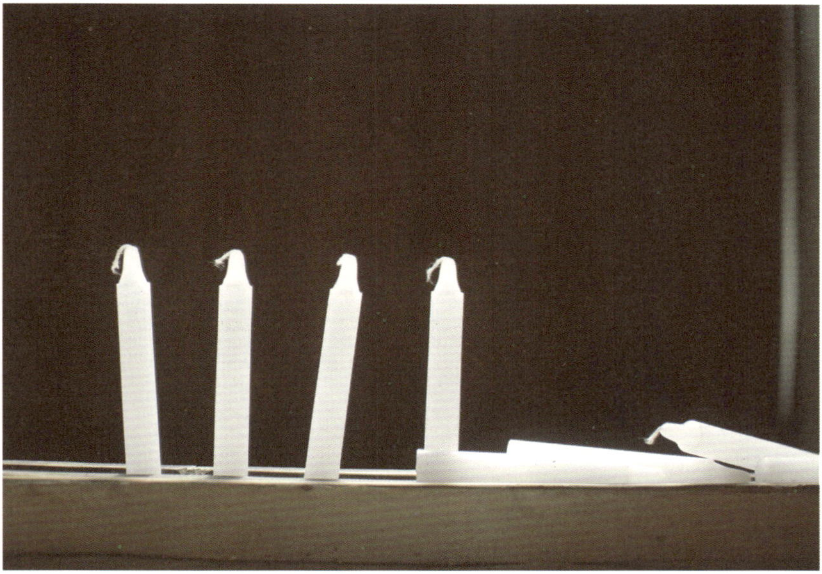

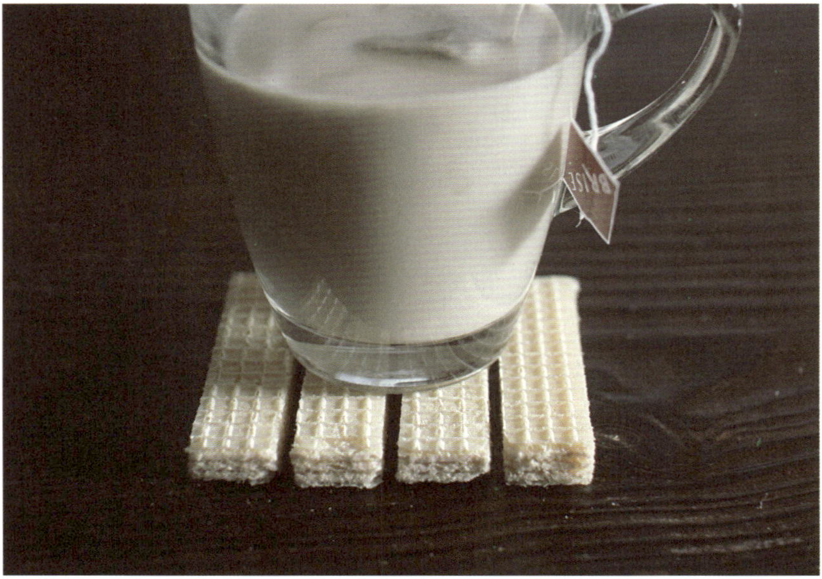

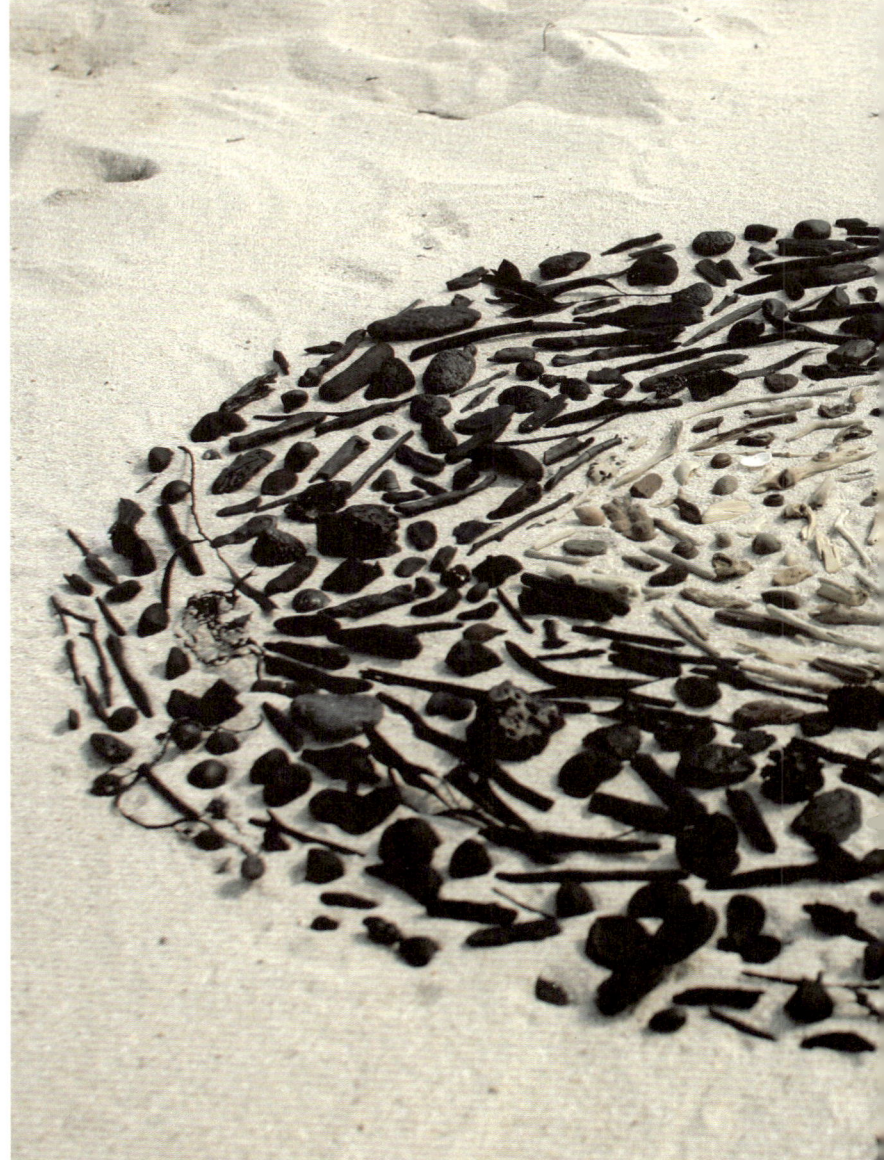

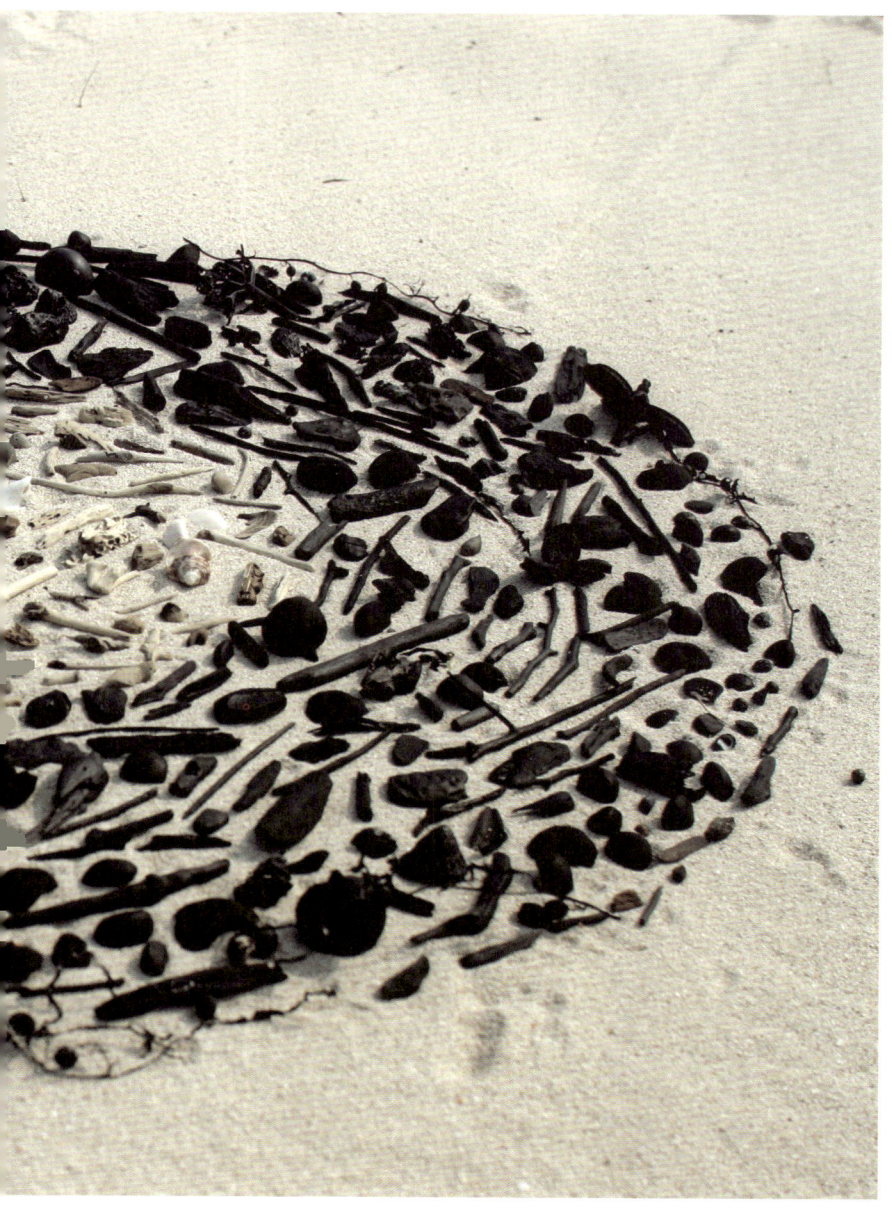

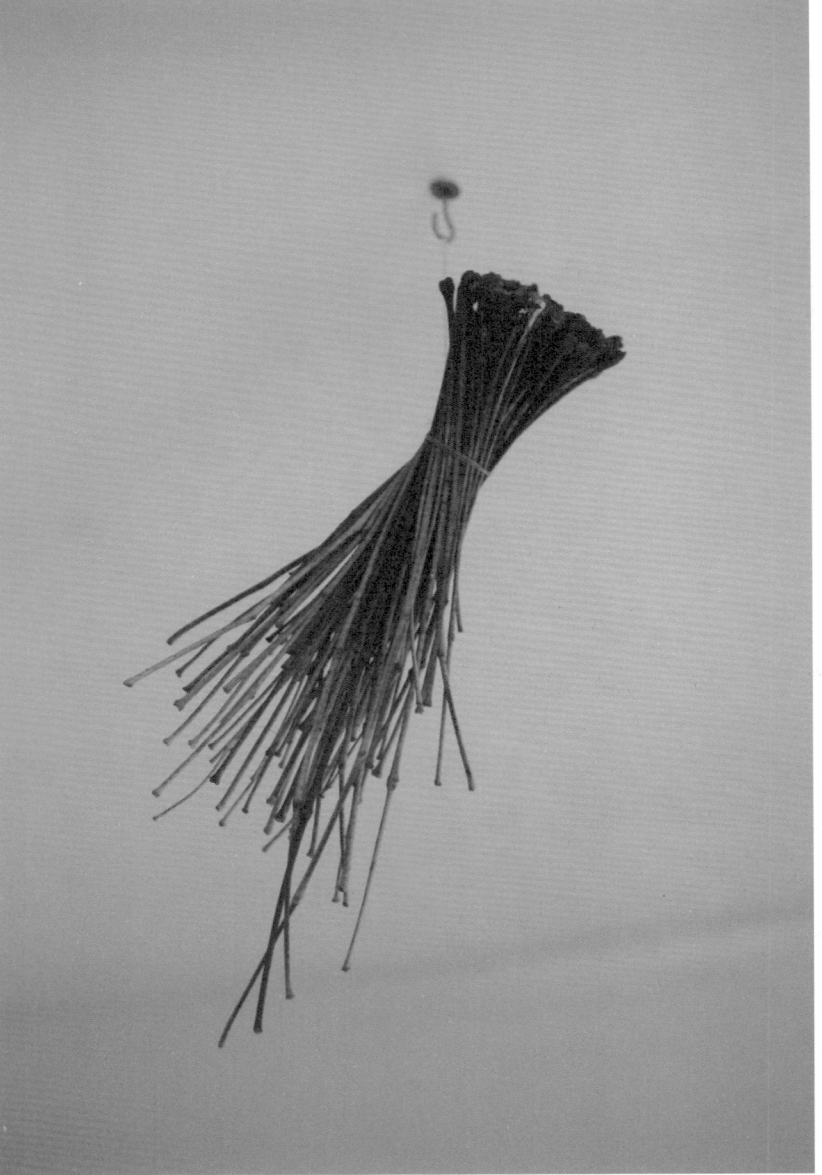

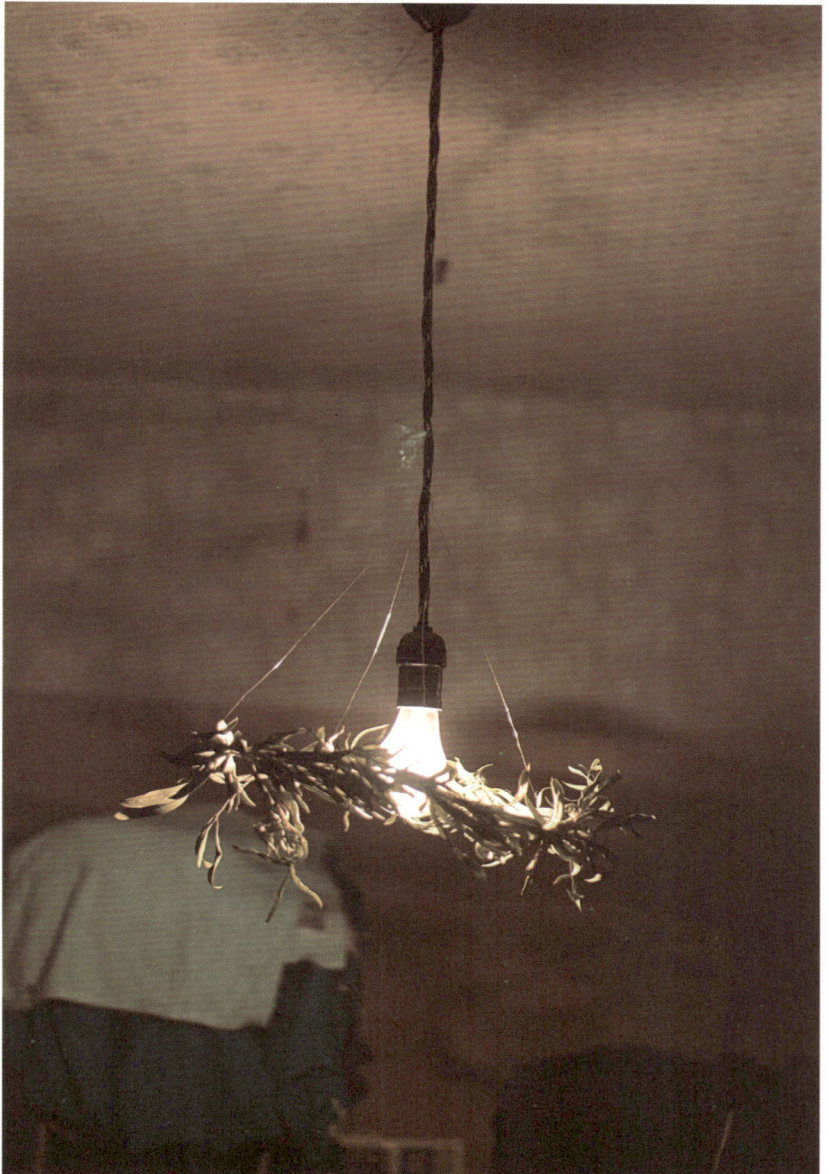

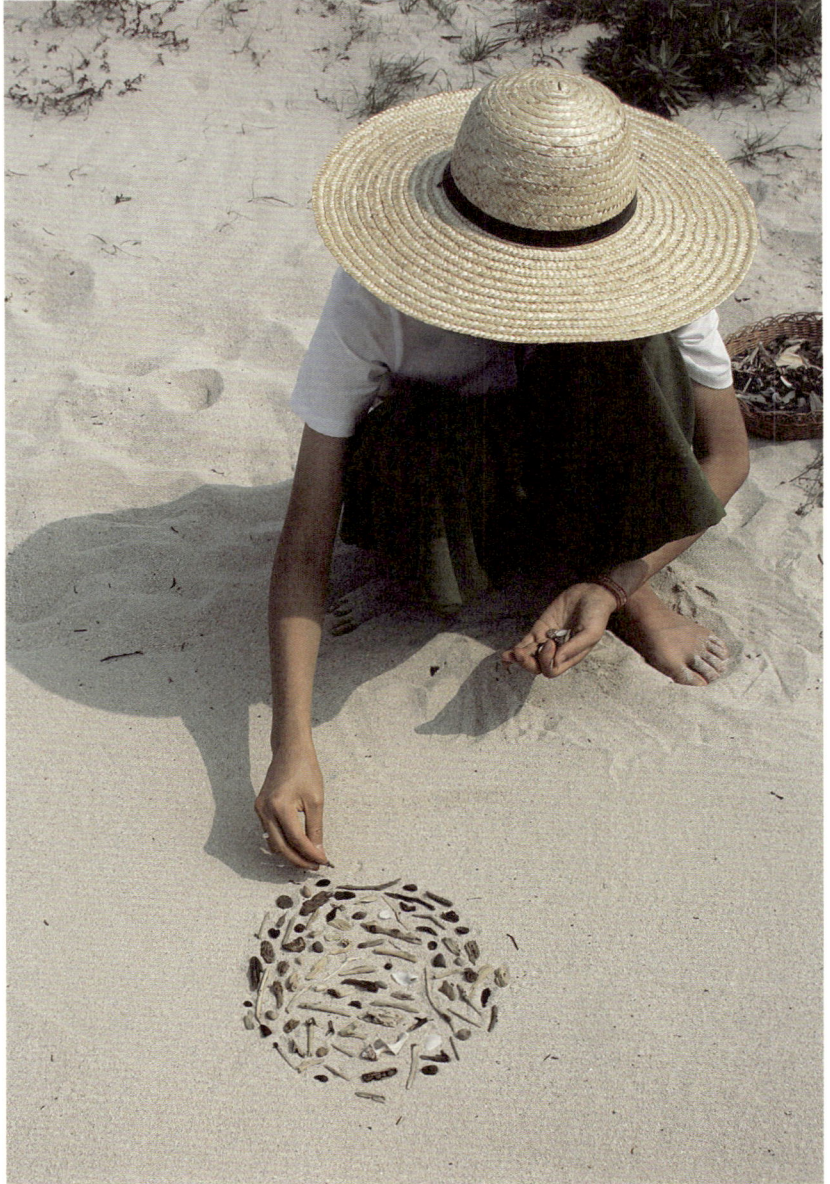

바람 사용법

바람을 사용해보자. 일상을 사용해보자.
우리가 일상에서 경험하는 색깔, 냄새와 맛, 소리와 움직임, 순간
적으로 떠오르는 생각들을 사용할 수 있는 방법은 여러 가지가
있다. 바로 놀이를 통해서다. 놀이의 특징은 바람을 가지고 노는
것처럼 자유롭고 목적이 없다는 것이다.
이 매뉴얼의 목적은 한정적인 사물의 쓸모보다는 사물의 다양한
존재 상태를 목격하는 데 있다. 창작에 응용할 수 있는 직접적인
튜토리얼도 있지만 부주의했던 공간과 사물, 그리고 그것을 둘러
싼 우리의 행위에 조금 더 주의를 기울임으로써 사물과 나 자신
의 관계를 재발견하는 기회가 될 수 있기를 바란다. 고정된 법칙
에 지배받던 사물로부터 새롭고 자유로운 법칙을 발견하는 것은
일상의 경계를 확장하고자 하는 우리의 몫이다.

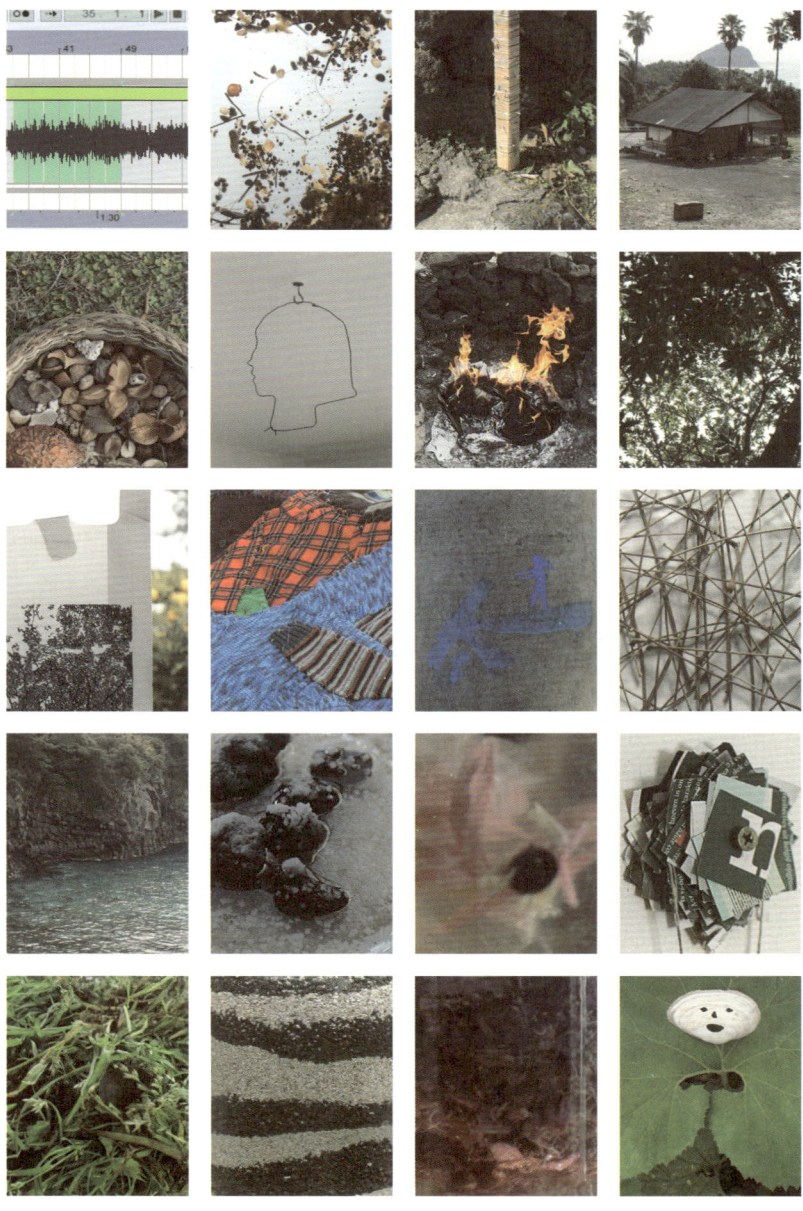

219

1	2	3	4
일상의 소리를 채집해 음악 만들기	디지털 사진을 이어 붙여 스톱 모션 애니메이션 만들기	나무 막대 토템 만들기	빈집에서 살기
5	6	7	8
물체 줍기	모빌 만들기	쓰레기에 불 지르기	땅바닥에 누워있기
9	10	11	12
비닐봉지에 공기 담기	겨울옷으로 카펫 만들기	한 장짜리 그래피티 만들기	디자인 티셔츠 만들기
13	14	15	16
바닷물의 색 확인하기	눈나무 만들기	스노 바틀 만들기	목걸이나 팔찌 만들기
17	18	19	20
들풀 기르기	모래흙 모형 만들기	효소음료 만들기	자연물로 캐릭터 만들기

준비물
귀, 녹음 기능이 있는 mp3 플레이어, 컴퓨터,
사운드 편집 프로그램

1

하던 일을 멈추고 지금 들리는 소리를 들어본다. 모든 행위가 소리를 만들어내고 있고 우리는 언제나 소리에 노출되어 있다. 일상의 소리들은 단속적이고 무질서하게 쌓여있기 때문에 소음으로 느껴지지만 소리의 발생을 인식하고 하나씩 떼어내 보면 음악의 재료가 될 수 있다.

2

들려오는 소리는 녹음 기능이 있는 mp3 플레이어로 채집한다. 원하는 소리가 있다면 주변의 사물을 이용해 소리를 만들 수도 있다. 원하는 소리가 날 때까지 녹음기를 대고 이것저것 긁고 두드리고 흔들어보면 된다.

나는 애니메이션 배경 음악을 만들기 위해 문이 여닫히는 소리, 컵을 탁자에 내려놓는 소리, 밤에 걸어가는 발자국 소리, 휘파람 소리, 바닥을 쓰는 소리들을 녹음했다. 화장실에 들어가서 좋아하는 노래를 부른다거나 혼잣말을 해서 녹음을 해도 좋다. 친구의 목소리를 녹음하거나 영화 속의 대사들을 음원 요소로 사용해도 재밌겠다.

3

적당히 채집했다면 편집을 통해 날것의 소리들을 음원으로 다양
하게 변화시켜 볼 수 있다. 소리들은 컴퓨터로 전송시켜 각기 구별
할 수 있도록 파일명을 구체화시켜 파일 정리를 해두는 게 좋다.

**

사운드 편집 프로그램 튜토리얼은 아래 주소를 방문하길.

http://muepub.egloos.com/5260388

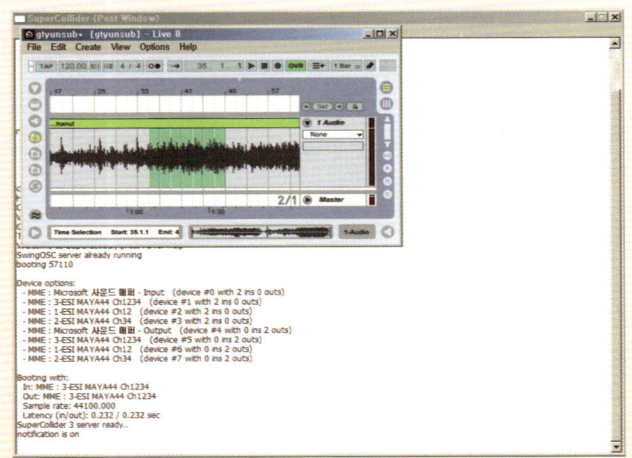

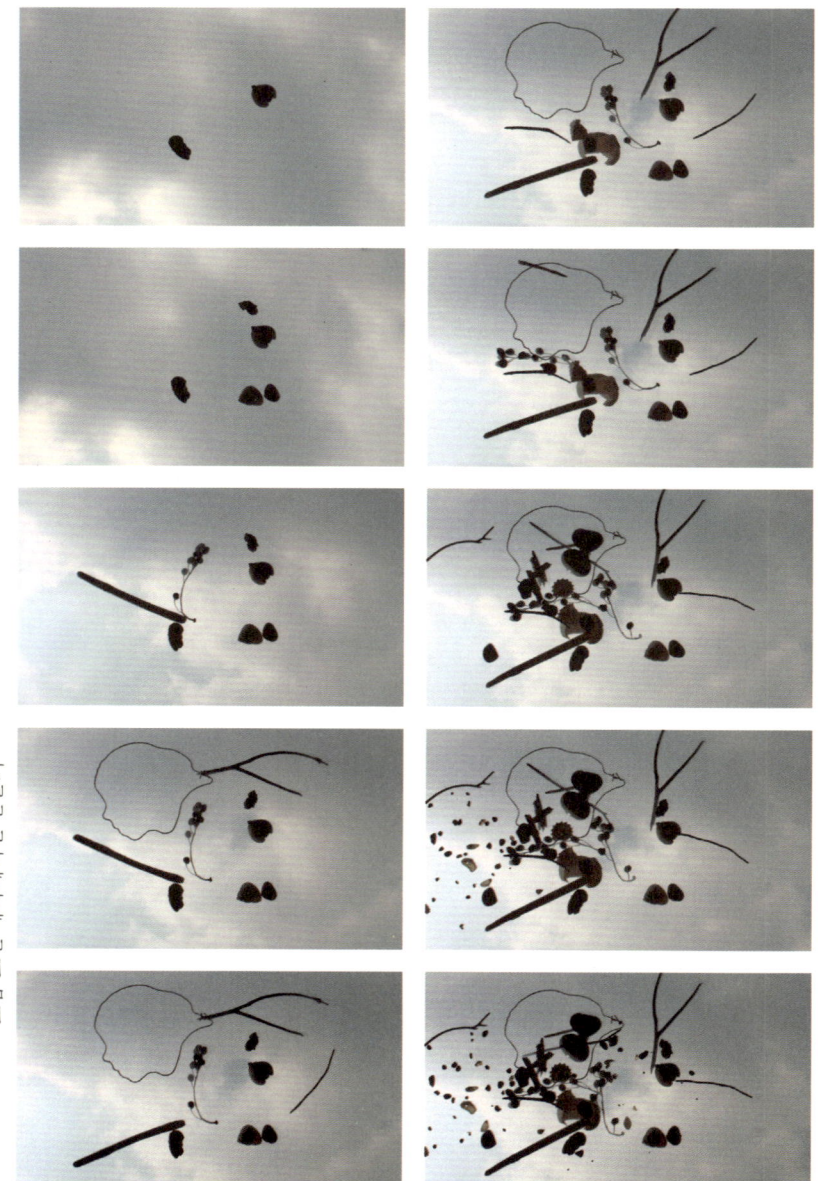

■ 디지털 사진을 이어 붙여
스톱 모션 애니메이션 만들기 ■

준비물

디지털 카메라, 삼각대, 동영상 편집 프로그램

옵션; 카메라 릴리즈

움직이는 사물이나 사람의 연속 사진을 계속 찍은 후 그 사진을 이어붙이면 애니메이션을 만들 수 있다. 캠코더로 찍은 것처럼 매끄럽지는 않지만 수작업 느낌의 애니메이션을 만들기 위해 나는 사진을 찍어 이어붙이는 방식을 택했다. 이렇게 물체를 조금씩 움직여서 다시 촬영하는 방식을 통해 만든 애니메이션을 스톱모션 애니메이션이라고 한다.

1

무엇을 살아 움직이게 할 것인지 움직임의 대상을 정한다. 사물이 아닌 사람이 되어도 무방하다.

2

별도의 촬영장치를 만들면 편리하다. 나의 경우 투명한 비닐을 얹은 상자를 만들어 그 안에 오브제가 움직이는 구역을 정해놓고 카메라는 그 밑에 고정시킨 뒤 하늘을 향해 촬영했다. 카메라를 공중에 매달 수도 있지만 아래에 고정시킨 덕에 하늘과 구름의 움직임도 담을 수 있었다. 중요한 것은 카메라와 화면 구역을 촬영이 끝날 때까지 철저히 고정시키는 것이다. 삼각대를 이용한

시점으로 찍을 경우는 삼각대의 위치를 단단히 고정시켜야 한다.

3

대상을 정하면 대략 어떤 움직임을 연출할 것인지 구상하고 계획을 세운다. 계획 따위 필요없이 계속 움직여 가면서 즉흥적으로 계속 찍기만 해도 재밌다.

4

사진을 찍을 때처럼 카메라 모드를 정하고 카메라 테스트를 한다음 촬영에 들어간다. 한 번 찍고 대상을 미세하게 움직여서 또 찍고 그것을 계속 반복한다. 셔터를 여러 번 계속 눌러야 하므로 릴리즈가 있으면 한결 수월하다.

5

사진을 컴퓨터로 전송하고 편집 프로그램을 연다. 화면의 움직임을 고려해 앞에서 제시한 방식으로 만든 자신의 음악을 애니메이션에 덧붙이면 좀더 심혈을 기울인 독립 단편 애니메이션이 될 것이다.

**
*

동영상 편집 프로그램 튜토리얼은 아래 주소를 방문하길.
http://muepub.egloos.com/5260396

스톱 모션 애니메이션 만들기

✚ 나무 막대 토템 만들기 ✚

준비물
길에서 주운 나무, 사포, 물감 혹은 크레용
옵션; 칼, 톱, 색실, 천, 인형

우리가 주변에서 볼 수 있는 나무 재료들은 의외로 많다.
잘 찾아보면 길을 가다 버려진 각목이나 베어진 나뭇가지를 발견
할 수 있다. 동네 목공소에 들어가서 물어보면 버리기 위해 쌓아
놓은 목재 자투리가 꼭 있다. 매끈하고 잘 재단된 목재를 살 필요
는 없다. 사용을 위해 잘려지고 버려진 목재의 의외의 모양은 특
이하고 재밌다. 잔잔한 나뭇가지를 묶거나 도막난 자투리 목재들
은 목공용 본드로 붙여서 원하는 부피와 길이로 만들면 된다. 운
이 좋아 잘생긴 각목 하나를 얻었다면 사포질만 해서 채색을 하
면 된다. 자기가 좋아하는 문양을 넣거나 채색을 해서 그것을 집
안 구석에 세워두면 간단히 나무 막대 토템이 만들어진다. 가정
마다 천장에 설치된 형광등을 구석에 세우거나 바닥에 눕히는 등
새로운 설치 방식을 선보인 댄 플래빈Dan Flavin의 조형 원리에
영감을 받아 막대기 하나로 미니멀 아트웍을 시도해 볼 수 있겠다.
취향에 따라서는 목재를 칼로 깎아내거나 색실이나 천을 감아
표현주의적인 나무 토템을 만들 수도 있다. 보다 구체적인 형상
을 좋아한다면 좋아하는 인형을 막대 끝에 연결할 수도 있겠다.
토템의 형상이나 내용은 자신의 취향대로 창조할 것.
창조한 후 시간을 정해 매일 한 번씩 자신의 꿈에 대해 진지하게

이야기해보는 건 어떨까. 입 밖의 말로 꺼내어 자신의 소망에 대해 표현하고 다시 그것을 인식하는 행위는 실제로 꿈에 도달하는데 효과가 있다고 한다. 무엇인지 명료하게 인식하지 못 하고 어른거리만 하는 소망이 자리 잡을 처소를 마련해 주자. 소망에 대해 끊임없이 고백하고 그 소망과 대화하는 연습은 우리를 각성시키고 덜 표류하게 만들면서 꿈에 더욱 이끌리게 할 것이다.

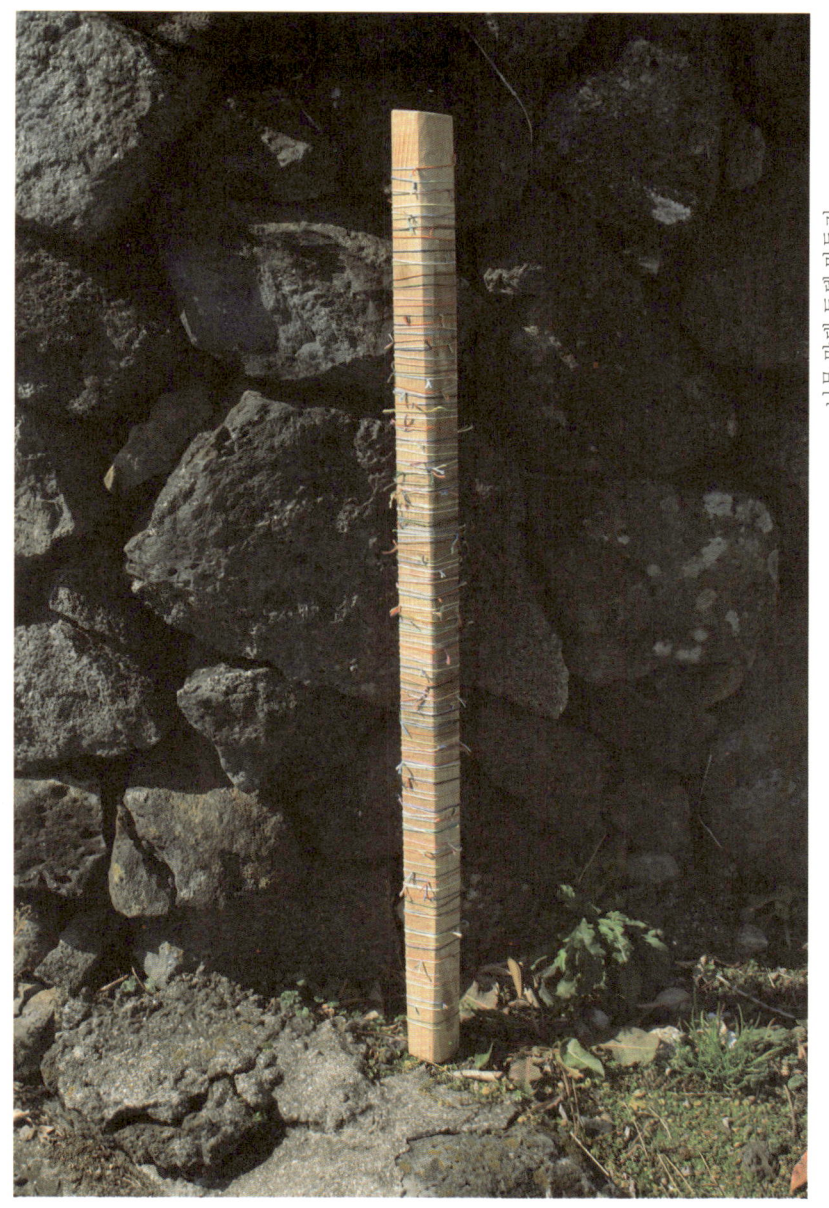

나무 눈금 자막대기

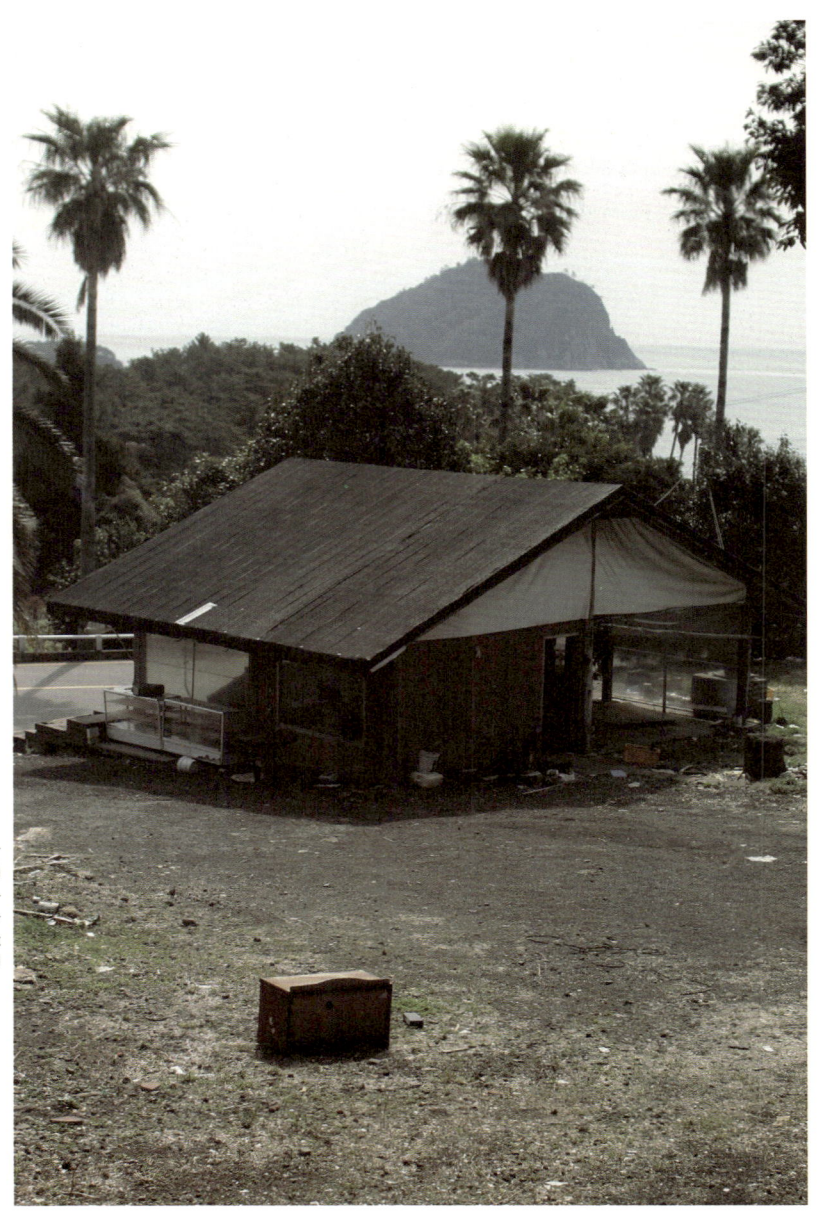

230

○ 빈집에서 살기 ○

준비물
(제주도의) 빈집, 침낭, 일주일 혹은 한 달간 생활할 수 있는
생필품, 취미품 / 옵션; 텐트, 스탠드

이사를 가는 것이 아니라 빈집에 들어가 일주일 혹은 한 달을 살아본다. 자신의 의식주에 필요한 최소의 물건을 챙겨서 빈집에 입주하는 것이다. 여행을 하기 위해 떠나는 것이 아니라 혼자 다른 집에서 살기 위한 레지던스 여행이라 할 수 있다. 해가 진 후 혼자서도 적적하지 않을 소일거리를 챙기는 것도 필수다. 이사 직전 모든 살림이 들어내진 텅 빈 방에 들어갔을 때 느껴지던 낯설고 홀가분한 느낌을 느껴본 사람은 잘 알 것이다. 빈 공간 안에서는 우리의 행동과 사고가 비어있는 공간만큼이나 잘 들여다보이고 단순해진다. 습관적으로 티브이를 보거나 인터넷을 하지 않아도 되고 어질러진 도구나 물건이 없으므로 뭔가를 치울 필요도 없다. 낮에는 집 주변을 여행하고 그 동네의 주민들과 사귄다. 열려진 대문 안을 기웃거리고 그 동네의 나무들, 새들, 개들, 길들을 관찰하면 문화인류학자나 민속학자가 된 기분도 들 법하다.
집안에서 텐트를 치고 침낭을 깔면 아무리 폐가라도 아늑한 내 방을 만들 수 있다. 어두운 밤, 기온이 떨어져도 텐트 속은 밝고 따뜻하다. 그 속에서 책을 읽다가 바깥에서 들려오는 무서운 바람 소리를 들으며 야생의 삶을 살았을 최초 인류의 원초적 공포와 고독함을 느껴본다.

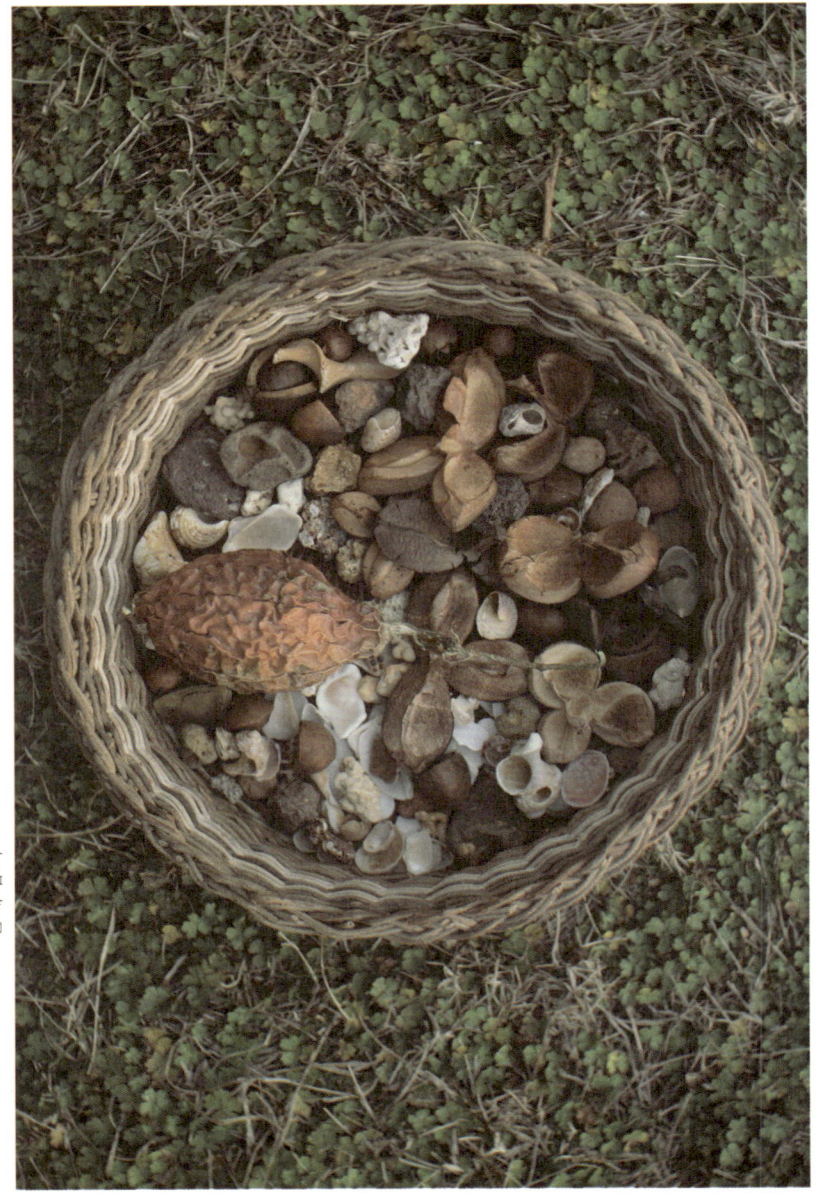

물게 줍기

⊙ 물체 줍기 ⊙

준비물
눈 + 마음

여행지든 지금 여기든 해볼 수 있다. 길바닥을 유심히 살핀 적 있
는가. 여행지라면 늘 무수히 많은 것을 퍼뜨리고 땅으로 떨어뜨리
는 나무들 때문에 나무 열매나 나뭇가지를 쉽게 주울 수 있다. 도
시에서라면 흔히 버려진 쓰레기나 조금 이상한 느낌을 불러일으키
는 것들 — 쇠붙이나 단추 같은 것들, 여러 번 밟혀서 무늬가 생겨
버린 종이조각이나 너덜너덜한 뚜껑 같은 것을 — 주울 수 있을 것
이다. 우리는 이미 너무 많은 물건들 속에 파묻혀서 살아가는데도
늘 매일 무언가를 산다. 이것은 우리가 필요한 것을 자연에서 얻고
스스로 만들던 우리 조상의 기술을 배우지 못 한 탓에 물건을 얻
는 기쁨을 생산이 아니라 소비를 통해서만 얻게 되었기 때문이다.
물건을 사지 않고 무언가를 얻을 수 있는 방법은 길바닥에서 줍는
것이 제일 쉽다. 도시가 아닌 자연에서는 그 일이 훨씬 쉽지만 도시
에서도 가능하다. 척박한 도시에서도 자연은 어딘가에서 끈질기게
살아있고 사람들이 흘리거나 버리는 것들의 파편이 길바닥 곳
곳에 숨어있기 때문이다. 필요한 물건을 얻기 위해 물체를 줍는 것
은 아니다. 우리에게 필요한 것은 이미 우리가 가지고 있다. 기성의
물건을 전시장으로 도입했던 마르셀 뒤샹과 그의 후예들처럼 이미
있는 사물을 새로이 발견하는 경험을 하기 위해서다.

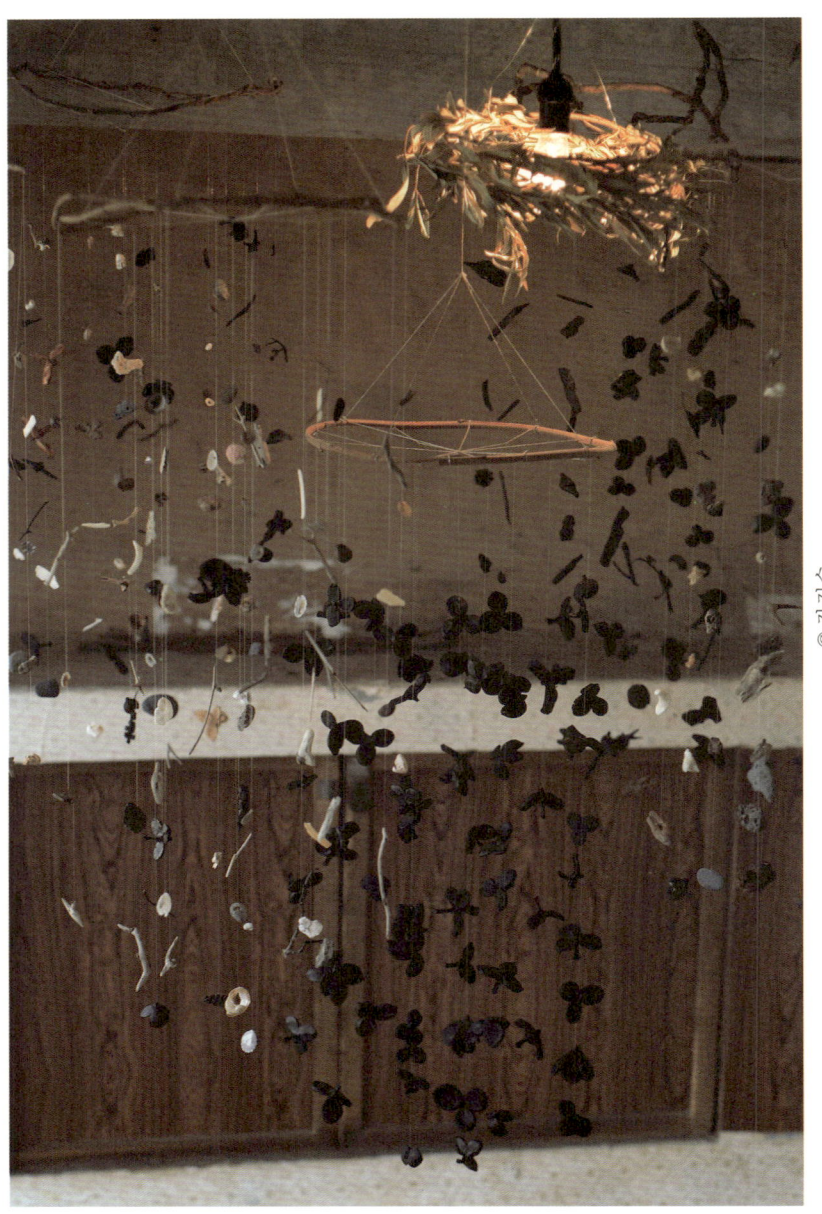

모빌 만들기

© 강길순

234

§§ 모빌 만들기 §§

준비물
나무 덩굴, 실, 가는 알루미늄 철사, 가는 낚싯줄,
모빌에 매달고 싶은 무척 작거나 조금 작은 사물들, 글루건

모빌 만들기는 물체를 줍는 것에서부터 비롯된다. 실이나 줄을 빼고는 모빌을 만들기 위해 새로운 재료나 물건을 살 필요는 없다. 집안 서랍 속에 굴러다니는 무엇이든 모빌의 재료가 될 수 있다. 이 모빌의 미학은 인식하지 못 했던 집안의 작은 잡동사니의 아름다움을 발견하는데 있다. 이미 정제된 미술 재료를 사용해 정화된 작품을 만드는 것이 아니라 기존의 사물을 재배치하는 방식을 통해 모빌을 만든다.

1

모빌에 매달 오브제를 수집한다. 친구들에게 안 쓰는 작은 물건을 기부받을 수도 있다. 낚싯줄에 하나씩 매단다. 구멍도 없이 둥글기만한 돌멩이 같은 사물은 쏙 빠져버리므로 글루건을 사용해 낚싯줄에 고정시킨다. 곶감 매달듯 몇 알씩 매단 줄을 몇 개 준비해 놓는다.

2

오브제가 엮여 있는 줄을 최종적으로 매달 지지대를 만든다. 나무 덩굴은 이 때 쓰이는데 잘 휘는 덩굴을 둥글게 휘게 해서 만나는 부분을 가는 철사로 고정시킨다. 이렇게 만든 원모양의 지지대

에 세 개 이상의 실을 *모양으로 교차시켜 지지대에 묶어준다. 다음은 지지대와 천장을 연결할 실을 만들 차례다. *모양의 실이 매어져 있는 지지대에 이번에는 더 느슨한 길이로 두 가닥의 실을 +모양으로 교차해 묶는다. 그 교차 지점에 새로운 기다란 실을 묶어 천장에 매단다.

3

매달린 지지대에 오브제가 엮여 있는 줄을 하나씩 일정한 간격을 두고 묶어주면 된다. 이 모빌은 균형이 정확히 맞지 않아도 지지대 때문에 수평을 쉽게 조정할 수 있다.

창가에 걸어놓고 살금살금 공기의 움직임에 미동하는 모빌을 감상한다. 매달린 사물들은 바닥에 놓여있을 때와는 완전히 다른 존재감을 줄 것이다.

♨ 쓰레기에 불 지르기 ♨

준비물
태울 수 있는 쓰레기, 라이터, 쓰레기를 태울 수 있는 빈터

쓰레기가 타면서 바람에 날아가 다른 곳에 옮겨붙게 하지 않으려
면 땅에 구덩이를 파거나 아궁이 모양으로 돌멩이를 쌓아올려 오
목한 굴을 만들면 된다. 제주도 같이 바람이 많이 부는 곳이라면
이 준비를 꼭 해야 한다.

1
잘 타는 종이부터 불을 붙인다.
2
종이를 불쏘시개 삼아 종이 곁에 다른 쓰레기를 잘 밀어 넣는다.
많이 넣는다고 잘 타는 것이 아니라 탈 것들 사이의 적당한 공간
과 산소 확보가 쓰레기를 잘 타게 한다. (플라스틱은 태울 때 유해
물질이 배출되므로 절대 태우지 말고 재활용하도록 한다.)
3
불꽃을 구경한다.

우리는 돈을 지불하면서 쓰레기를 처리해야 하는 시대에 살고 있
다. 태울 수 있는 쓰레기를 모아서 불을 놓으면 불장난과 불구경을
할 수 있다. 밖으로 뻗쳐나오는 뜨거운 불기운과 타오르는 불꽃의
시각적인 강렬함만큼 자극적인 게 있을까. 불에 흙을 던지면 타던

것이 부서져 내리고 불이 죽어 버린다. 이렇게 불을 붙이고 또 다루는 일은 원초적인 감각을 자극한다. 쓰레기가 불에 타 재가 되고 나면 속이 좀 시원하다. 잿가루는 화분이나 텃밭에 뿌려주면 거름이 된다. 불에 그을려 벽에 남은 검댕가루나 타다만 막대기는 정말 검어서 그림을 그려볼 수도 있다.

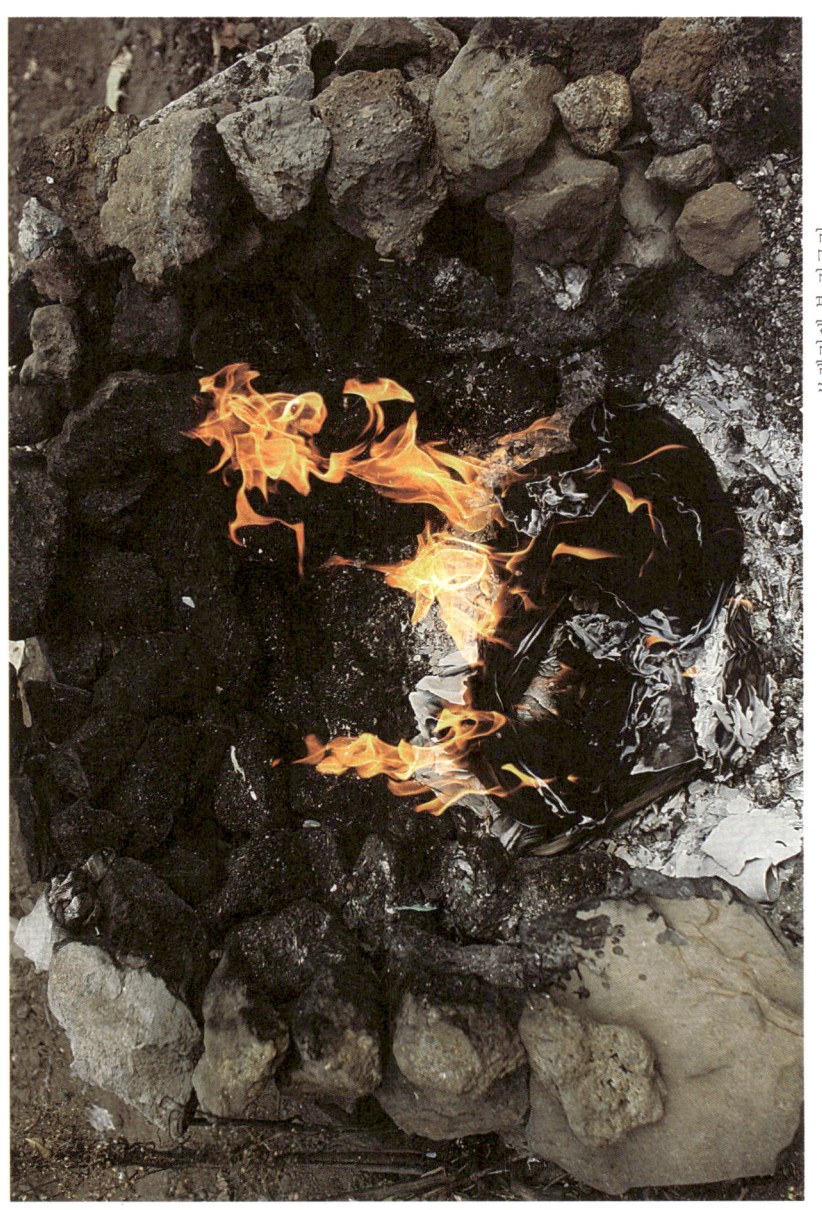

239

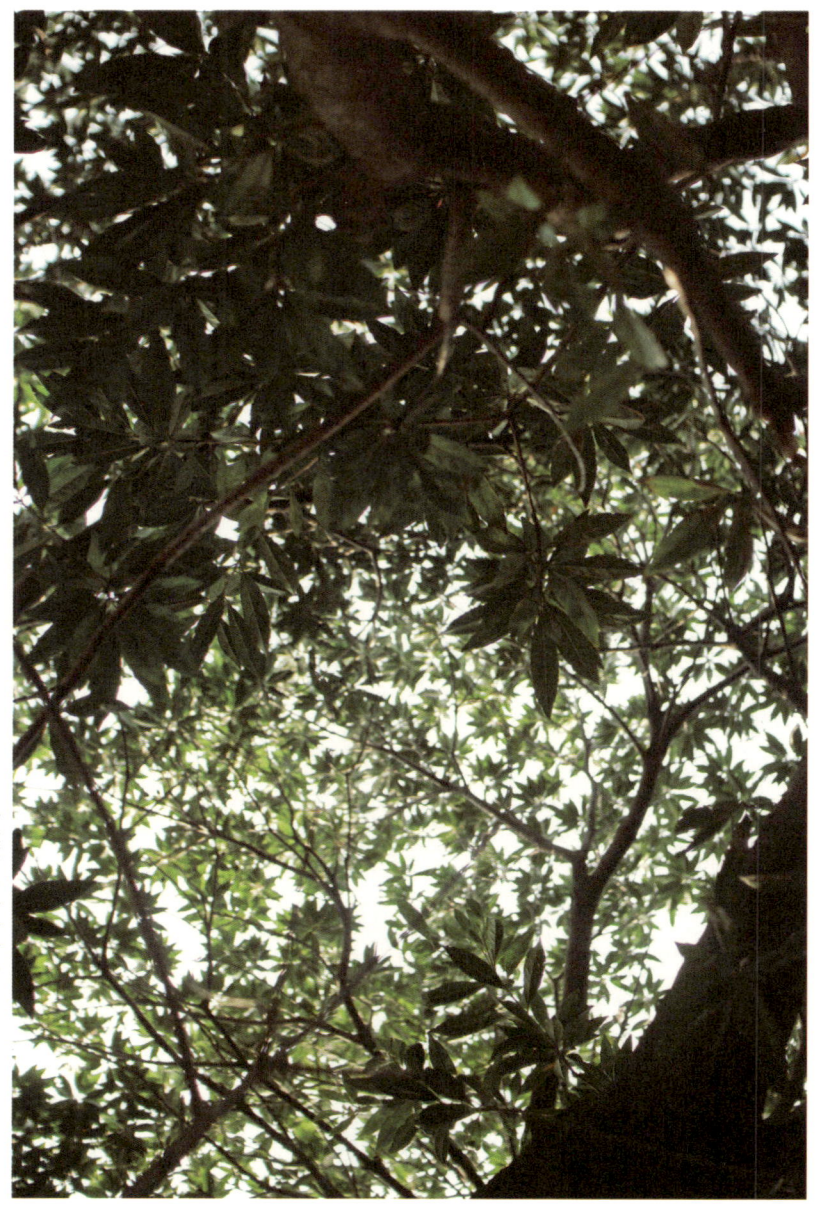

땅바닥에 누워있기

≅ 땅바닥에 누워있기 ≅

준비물
바닥에 깔 것

야외에 나갔을 때 땅바닥에 누워보자. 하늘이 보일 것이다. 하늘이 보이면 하늘의 구름도 보일 것이다. 구름이 천천히 움직이는 것을 천천히 바라본다. 딱딱하거나 부드러운 바닥의 느낌이 어깨와 등, 엉덩이와 다리에 느껴지는가. 아무 바닥에나 앉지 못 하도록 교육 받은 까닭에 우리는 땅바닥에 누울 줄 모른다. 눈 바로 앞만 바라보던 시점을 땅바닥에 내려놓고 가장 낮은 곳에서 위를 바라보면 활짝 열려있는 하늘과 머리 위의 움직임들이 보인다. 우리가 낮은 존재이고 언젠가 이렇게 딱딱하고 부드러운 땅속에 눕게 되리라는 생각도 든다. 바람이 몸을 훑고 가고 우리는 스스로 숨을 쉬고 있다. 햇빛 때문에 몸이 따뜻해져 온다. 나무 아래라면 나무가 뻗어 놓은 가지와 잎들, 그 틈으로 조각조각 반짝이는 하늘을 보며 나무가 된 느낌이 들 것이다. 서서 세상을 받아들이는 것과 앉아서, 그리고 누워서 세상을 받아들이는 것은 다르다.

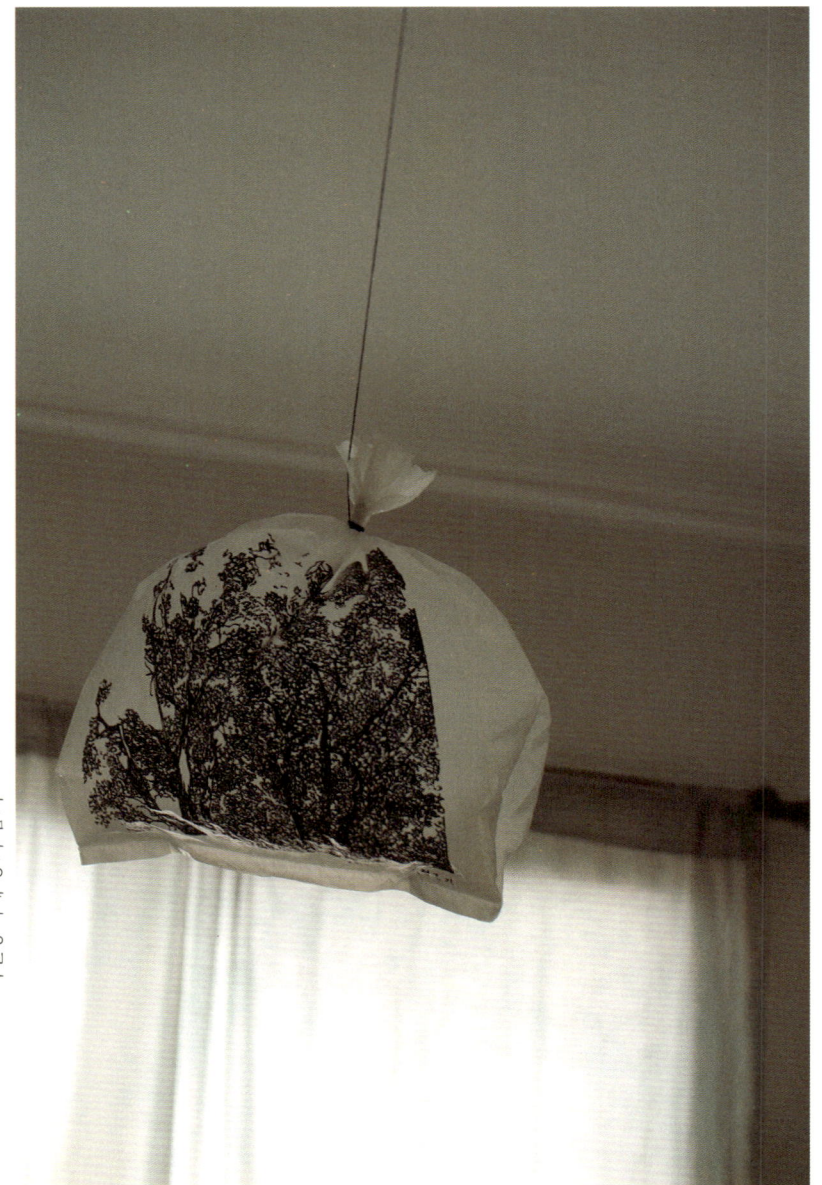

비닐봉지에 공기 담기

@ 비닐봉지에 공기 담기 @

준비물
튼튼한 비닐봉지, 자신이 있는 장소의 공기, 유성 사인펜

여행지에서 친구가 생각난다면 간단하고도 특별한 선물을 직접 만들 수 있다. 그 지역의 공기를 봉지에 담아 친구에게 우편으로 보내는 것이다. 나비를 채집하듯이 공기를 채집한다. 입구를 빙빙 돌려 테이프로 잘 붙인다. 겉에 유성 사인펜으로 공기를 채집한 날짜와 장소를 기입한다. 그와 함께 장소에 대한 간단한 스케치를 하면 운치를 더할 것이다. (그림은 공기를 넣기 전에 미리 그리는 게 좋다.) 친구는 크고 엄청나게 가벼운 선물을 받게 될 것이다. 비닐봉지를 열면 멀리 있는 곳의 공기와 풍경이 되살아날 것이다. 보이는 것을 이용해서 보이지 않는 것을 표현하는 상징주의자들의 방식을 따라보자.

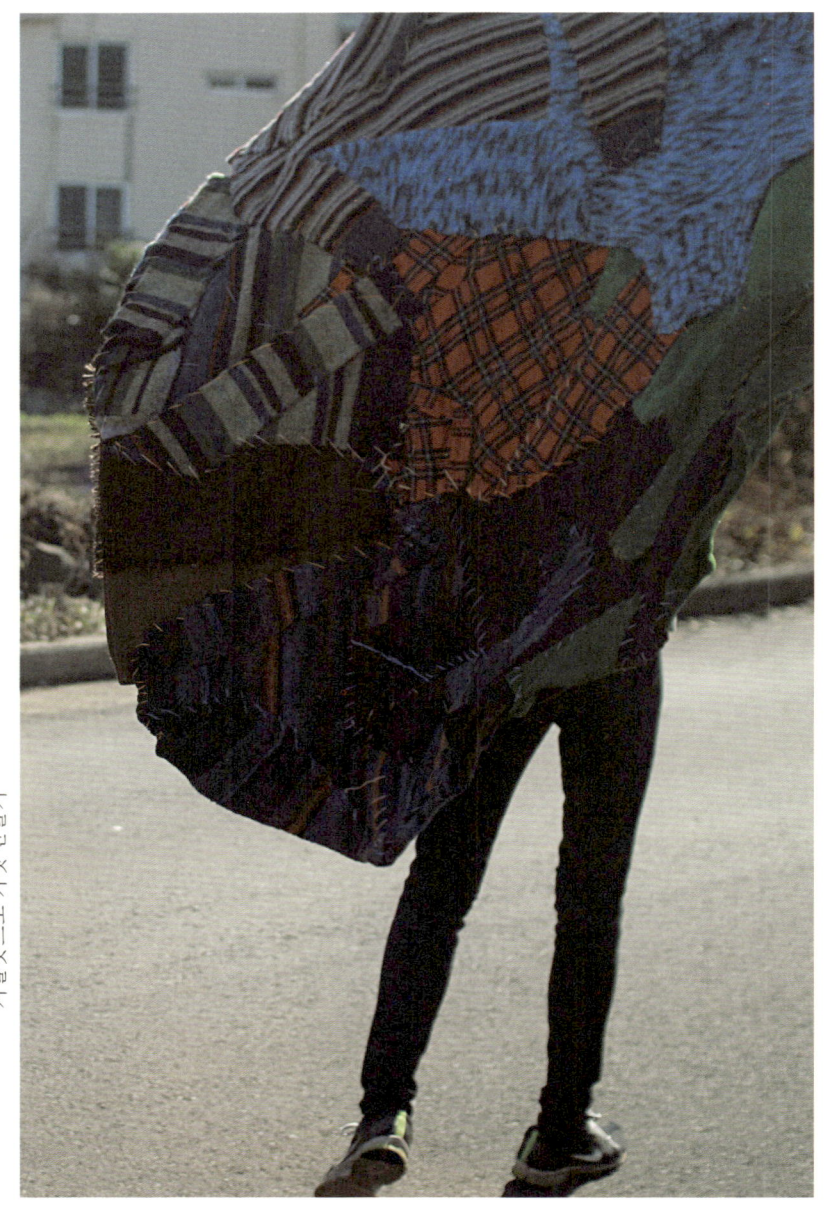

❖ 겨울옷으로 카펫 만들기 ❖

준비물
안 입는 니트 소재의 옷, 털실, 털실용 바늘

스웨터나 니트 가디건, 모직 스커트 같은 겨울옷은 두툼한 부피 때문에 바닥에 깔면 방석이나 카펫이 될 수 있다. 보통 옷의 두 배 넘는 부피 때문에 입지도 않으면서 옷장을 차지하고 있는 옷들을 모조리 꺼내 색깔별로 잘 나열해 본다. 옷들은 서로 다른 색과 패턴 때문에 뜻밖에 훌륭한 패치워크의 재료가 된다. 색실을 바늘에 꿰어 서로 잘 연결해주는데 바느질로 얼마나 예술적 노동을 하느냐에 따라 옷가지들은 옷의 단순한 집합으로부터 진화해갈 것이다. 완성한 작품을 바닥에 놓아본다. 훌륭한 설치 작품이다. 옷은 입기도 하지만 바닥에 깔아놓고 질겅질겅 밟기도 하는 것이다.

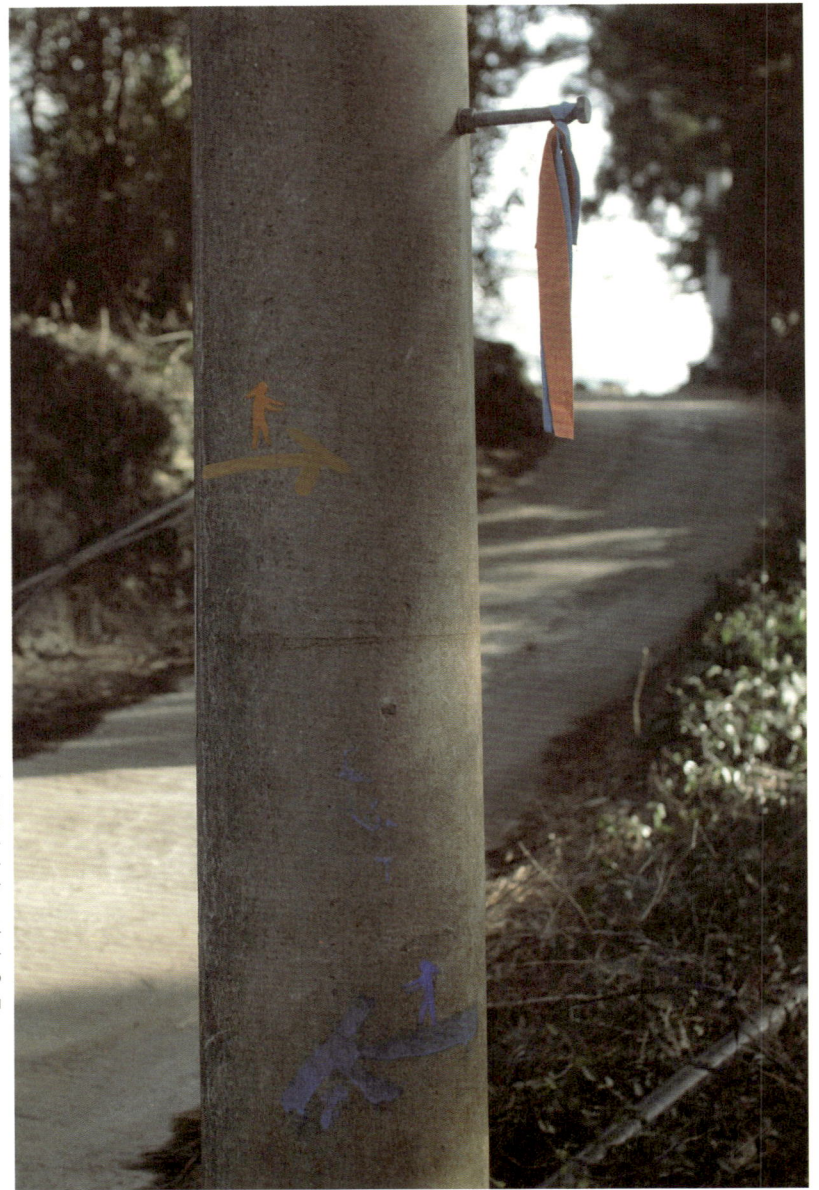

한 장짜리 그래피티 만들기

246

△ 한 장짜리 그래피티 만들기 △

준비물
종이, 칼, 메시지나 이미지 도안, 락카 스프레이

1
지난 수첩을 펼쳐서 무심코 끄적여 놓은 메모나 낙서 중 마음에 드는 것을 찾아낸다.

2
A4나 A3 사이즈로 확대복사를 한다.

3
칼로 깨끗하게 오려낸다.

4
유색의 락카스프레이로 원하는 곳에 모양을 오려낸 종이를 놓고 스텐실을 한다. 장소는 길바닥이 될 수도 있고 후미진 벽, 창문, 옷 등 원하는 아무 곳에 한다.

스텐실은 가정에서 여러모로 쉽게 응용할 수 있는 쉬운 판화 기법이다. 종이에 이미지나 문자를 그리고 칼로 오려내 스프레이나 물감을 묻힌 붓으로 채색하면 끝이다. 전달하고 싶은 메시지가 있어 벽이나 길바닥 같은 공공장소를 선택해 스프레이로 스텐실을 하면 그래피티가 되고 티셔츠 위에 하면 간편하고 독창적인 티셔츠 디자인이 된다.

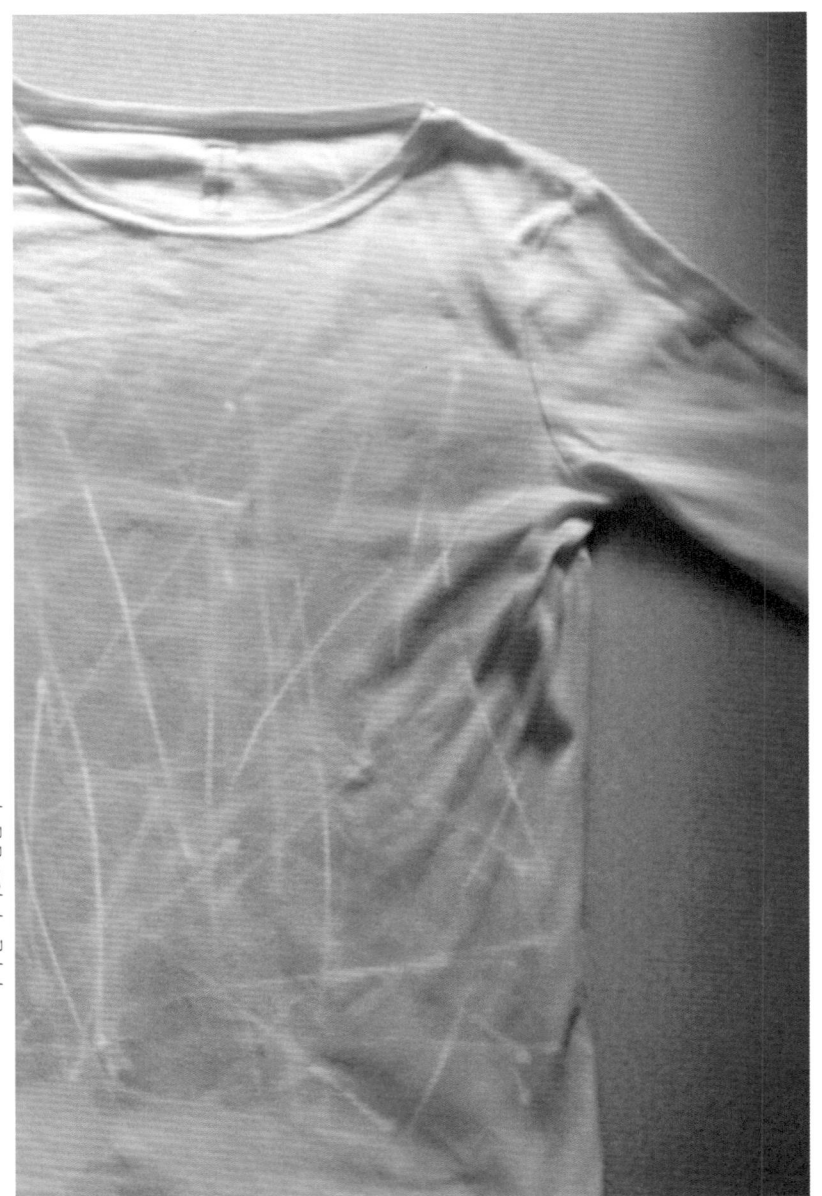

☽ 디자인 티셔츠 만들기 ☾

준비물
무지 티셔츠, 칼라 스프레이 락카, 문양으로 찍고 싶은 과자

1

집에 굴러다니거나 매장에서 싸게 파는 무지 티셔츠와 평소에 모양이 예뻤다고 생각되는 과자를 한 봉지 산다.

2

티셔츠에 원하는 패턴으로 올려놓은 다음 원하는 색의 스프레이를 슬쩍슬쩍 뿌려준다.

3

과자가 놓였던 부분만 하얗게 남을 것이다. 과자를 떼어내고 다시 자리를 옮겨 다른 색으로 또 뿌려줄 수도 있다. 아방가르드한 그래픽 티셔츠 완성. 과자 뿐 아니라 일회용 나무젓가락이나 주변에 눈에 띄는 모든 일상 사물의 이용이 가능하다.

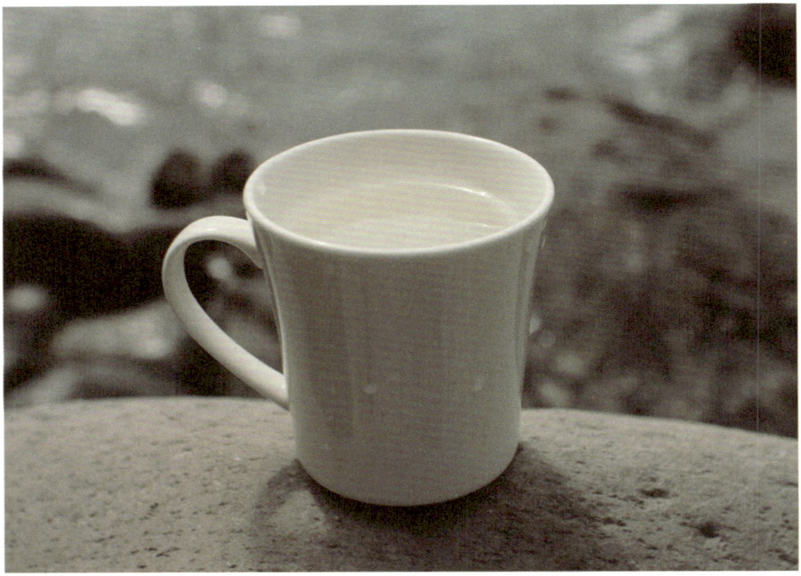

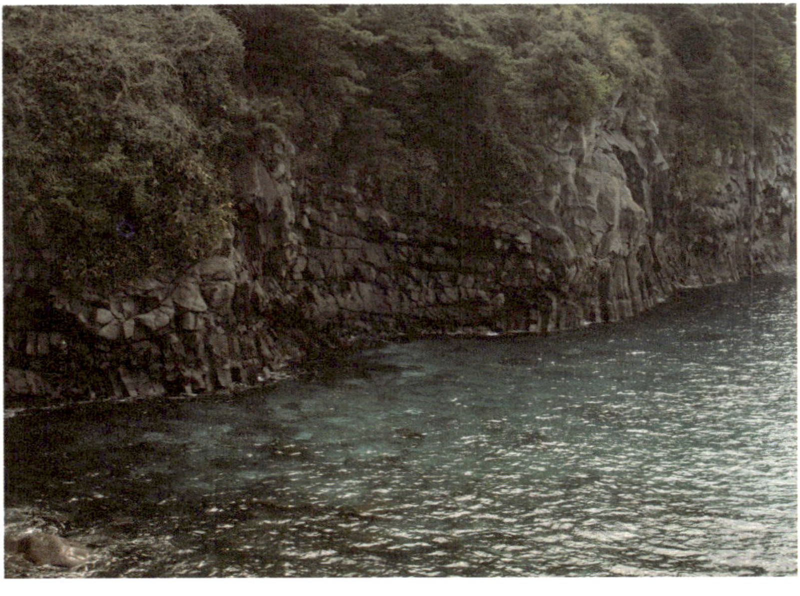

250

⊖ 바닷물의 색 확인하기 ⊖

준비물
흰 컵, 바닷물

바다는 푸른데 바닷물은 정말 푸를까. 바닷가에 가서 바닷물을 컵에 담아보면 보이는 것과 실제의 일치 여부를 확인할 수 있다. 어렸을 때 이미 배운 바로 바닷물이 푸르지 않다는 걸 알고 있고 실제로 푸르지도 않지만 이 행위는 사실 마실 수 없는 바닷물을 찻잔에 담아보는 낯선 감각을 누리기 위해서다.

바다가 푸르게 보이는 건 다른 색의 파장은 깊은 바다 속으로 흡수되는데 푸른색만은 흡수되지 못하고 반사되어 푸르게 보이는 거라고 한다. 컵 정도의 얕은 깊이로는 푸른색의 파장도 흡수되어 버려 투명하게 보이는 것이다. 그래서 깊은 물은 모두 푸르다. 물색깔을 통해 바다의 깊이와 컵의 깊이를 함께 가늠해 본다.

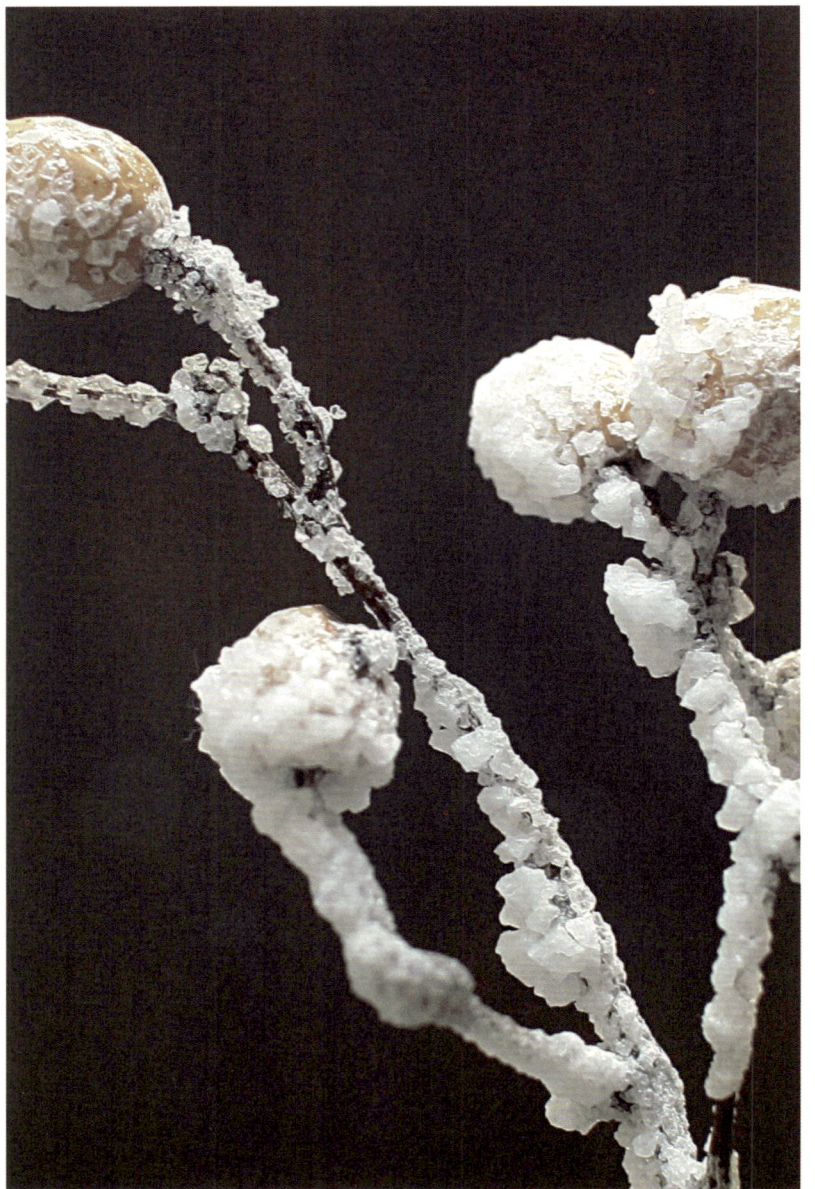

☀ 눈나무 만들기 ☀

준비물
소금, 물, 컵, 나뭇가지

한라산에 갔을 때 크리스탈처럼 반짝거리며 눈나무가 서 있었다. 눈이 쌓인 것이 아니라 쌓여있던 미세한 눈이 바람 때문에 공기 중에 흩어지면서 가지에 올라붙은 것이다. 모든 종류의 결정은 순수하고 아름답다. 공기 중에서 자리를 잡지 못하고 떠다니는 결정을 결정화시켜주는 데에는 포화상태의 물질과 그 물질의 결정이 매달릴 곳, 이 두 가지가 필요하다. 이 점을 이용하면 부엌의 소금으로도 결정화된 나무를 만들어 볼 수 있다. 씨를 뿌려 나무를 기르듯이 소금 결정을 방안에서 길러본다. 나뭇가지 이외에 머리카락이나 돌멩이를 이용할 수도 있다.

1
뜨거운 물에 소금을 더 이상 녹지 않는 포화상태까지 녹인 후 그릇에 담는다.

2
나뭇가지를 소금물에 반쯤 잠기도록 담가둔다. 그리고 화장지나 키친타올로 그릇 입구를 덮어두는데 먼지가 들어가서 먼지에 소금 알갱이들이 올라붙는 것을 막기 위해서다.

3
가만히 둔다. 보이지 않는 소금 알갱이가 올라붙을 자리를 잡으려면 자꾸 만져보면 안 된다.

4

물이 증발하고 소금물의 농도가 더욱 짙어지면서 소금 결정이 나
뭇가지 위에서 점점 자라난다.

5

자랄만큼 자랐다 싶으면 꺼내서 물기를 말린 다음 컵에 꽂아놓거
나 모빌의 재료로 사용한다.

■ 스노 바틀 만들기 ■

준비물
투명한 플라스틱병이나 유리병, 물, 오일, 반짝이,
리본조각처럼 물속에 넣고 싶은 것들

시중에서 판매하는 스노 바틀을 일상의 재료로 만들어보면 어떨까. 스노 바틀은 흔들면 가라앉아있던 하얀 반짝이가 떠올라 움직이는 모습이 눈 오는 풍경 같아서 붙여진 이름이다.
인조 반짝이를 물속에 넣고 병을 흔들면 환상적인 느낌이 들고 영구적이라 좋지만 일시적인 작품도 좋다면 꽃잎이나 작은 돌멩이, 조개껍데기를 넣은 매직 네이처 바틀을 만들 수 있다.

1
일회용 음료수 용기의 라벨을 떼낸다. 잘 안 떨어질 땐 헤어 드라이어로 접착제를 녹여 제거한다.
2
물을 병의 3분의 2가량 채우고 넣고 싶은 재료를 넣는다.
물에 뜨는 것과 물에 가라앉는 것을 적절히 배분하면 보기에 좋다.
3
식용유나 베이비오일을 한 숟갈 넣어준다. 오일은 물과 반발하면서 병 내부에 물방울을 맺히게 한다.
4
세게 흔들면 물이 새어나올 수 있으므로 자주 흔들고 싶다면 글루건 등을 이용해 뚜껑을 잘 봉한다.

5

흔들어 보기. 어항이 신비스러운 것은 물속에서 물고기가 살아 움직이는 것을 들여다볼 수 있기 때문이다. 손과 마음을 사용해 병속의 것이 물고기처럼 살아 움직이게 할 것.

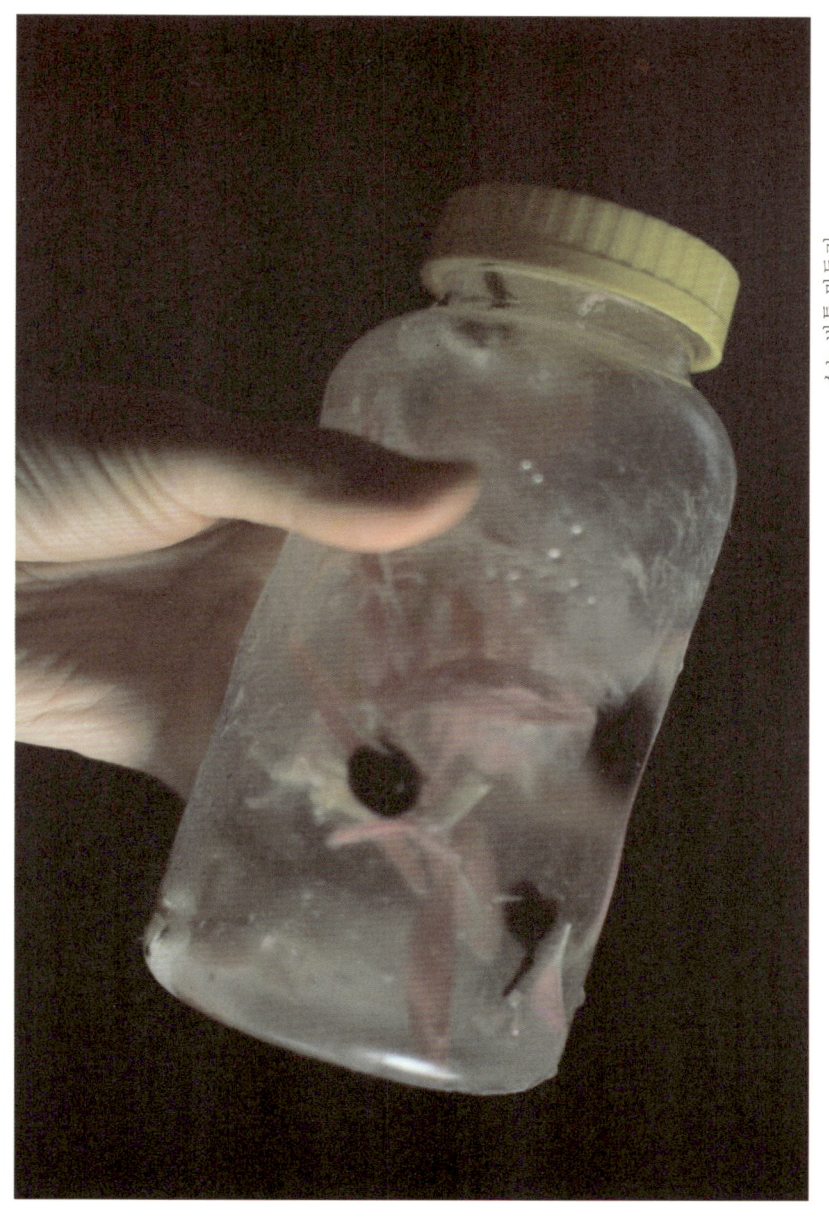

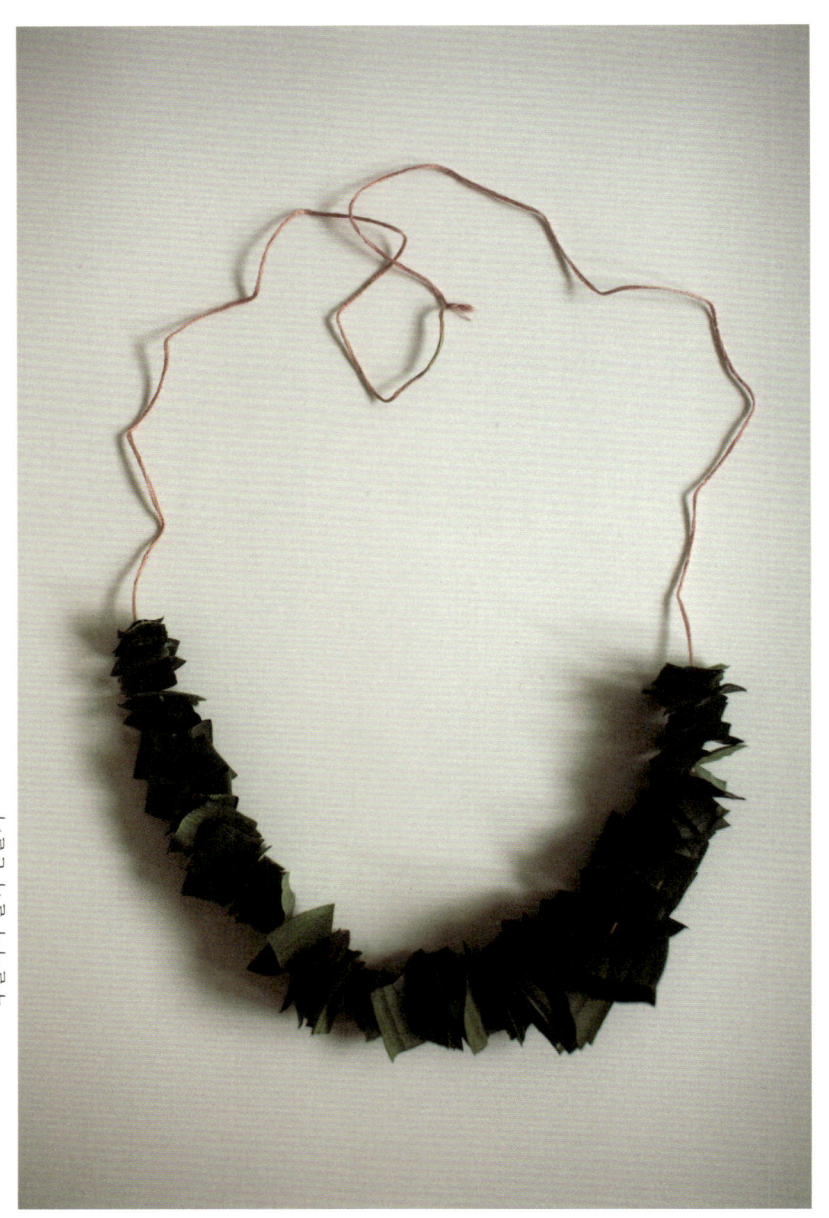

목걸이나 팔찌 만들기

⋐ 목걸이나 팔찌 만들기 ⋑

준비물
꿰고 싶은 작은 물건, 실, 바늘

무엇이든 꿰어놓으면 목걸이나 팔찌가 될 수 있다. 딱딱한 물건은
매듭을 묶어서 엮으면 된다. 찾아보면 집안 구석구석 꿰어볼만한
것이 무척 많을 것이다. 하다못해 잘게 자른 종이라도 꿸 수 있다.
꿰기에는 실과 바늘이 필요하다. 실과 바늘이 얼마나 일목요연하
게 쓰잘데기 없는 작은 사물들을 정리하고 완성해주는지 보라. 모
빌은 이 목걸이나 팔찌의 변형이기도 하다.

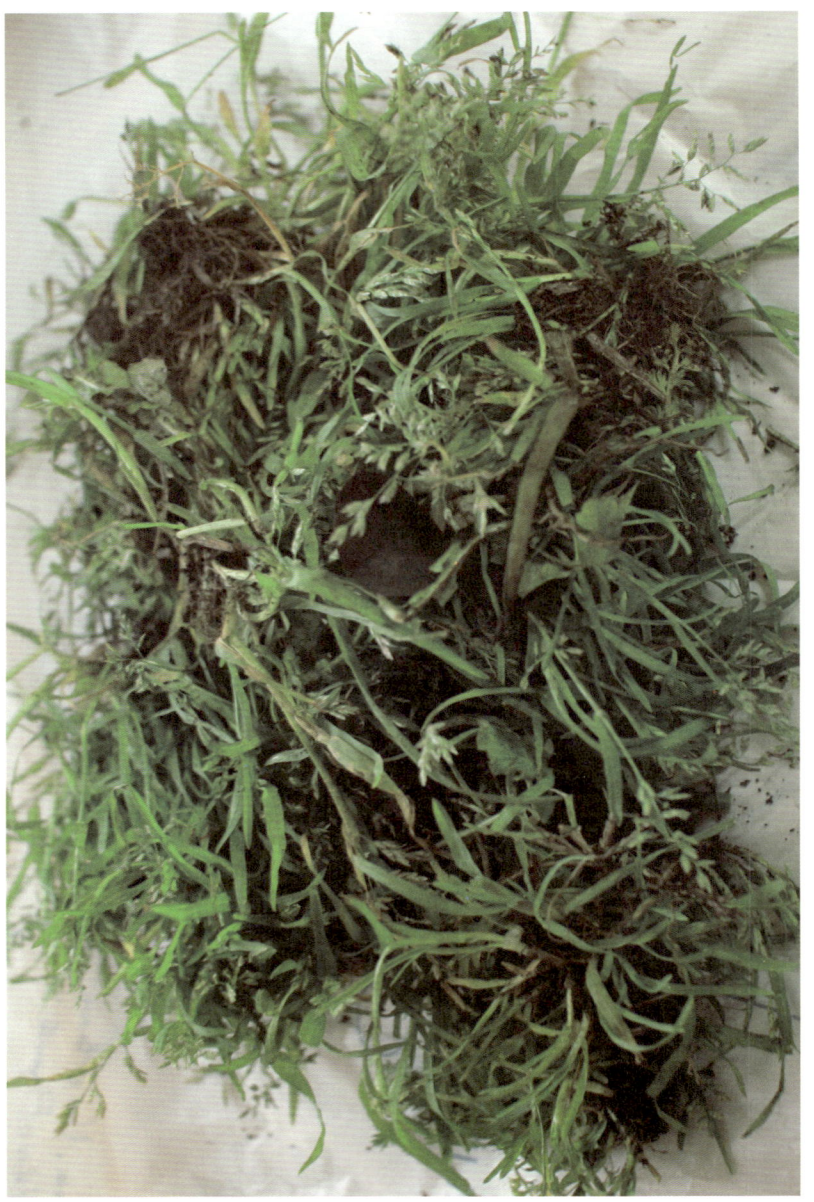

≠ 들풀 기르기 ≠

준비물
들풀, 모종삽, 흙, 화분

우리는 보통 농작물이나 원예작물이 아닌 풀을 두고 잡초라고 부른다. 강한 생명력으로 들 여기저기 번져 자라나는 이런 들풀은 개망초, 씀바귀, 강아지풀, 바랭이, 질경이 등등 각각의 고유한 이름을 갖고 있다. 먹을 수 있거나 화려한 꽃이 피는 것은 아니지만 자연 생태계의 가장 아래에 위치하며 토양의 유실을 막고 먹이사슬의 균형을 이루어 땅에서 공기와 같은 역할을 하고 있다.

우리가 꽃집에서 살 수 있는 원예식물들 중 대부분은 외래종이거나 인공적인 개량종이다. 보통은 여러해살이 식물들인데 여러 해를 키우지 못 하고 죽이기 마련이다. 그에 비해 들풀들은 생명력이 강한데다 주로 한해살이 식물들이라 보이지 않게 꽃이 피고 씨를 떨어뜨린 다음에는 자연스럽게 시들어 죽어간다. 들에 있는 풀을 집안에다 옮겨 키우면 이런 과정을 지켜볼 수 있다. 이듬해에는 씨앗을 따로 심지 않아도 원래 자리 사방에서 다시 들풀의 싹이 올라온다. 이런 원리를 이용해 아무것도 없는 빈땅의 흙을 떠내어 화분에 넣고 실내에서 물만 잘 주어도 재밌는 일이 벌어진다. 아무 것도 없던 흙에서 풀이 돋아난다. 흙은 풀씨를 오랫동안 감춰 두고 있었던 것이다.

모종삽을 이용해 (없다면 숟가락으로) 풀을 캐낸다. 뿌리와 흙을
한꺼번에 떠낸다는 느낌으로.

2

화단의 흙이나 풀이 있던 주변 흙을 화분에 담아 풀을 심는다.

3

실내용 원예식물과는 달리 햇빛이 아주 잘 드는 곳에 두고 일주일
에 물을 한 두 번씩만 주면서 기른다.

들풀 기르기

≶ 효소음료 만들기 ≷

준비물
유리병, 먹을 수 있는 꽃이나 열매, 설탕

소나 말, 염소나 토끼가 먹는 식물들은 사람이 먹어도 괜찮다고 한다. 날 것으로 먹기는 힘든 이 식물들에 설탕을 넣고 원액을 추출하면 오랫동안 두고 먹을 수 있다. 식물을 이용해 만든 음료는 인공적인 첨가물이 없이 비타민이나 미네랄이 풍부하고 새콤달콤해서 미각을 자극한다. 만들기도 무척 쉽고 식물의 종류에 따라 무궁무진하게 만들 수 있다. 우리가 평소에 즐겨먹는 식물의 범위를 넘어서 약을 조제하는 자세로 식물 효소를 만들어보자. 단, 독성이 있는 식물은 조심해야 한다.

1
먹을 수 있는 꽃이나 열매를 채취한다.
시골의 들에 철따라 흔히 피어있는 아카시아나 민들레·진달래·제비꽃은 좋은 재료이다. 일반적으로 흔히 만드는 효소 재료는 매실인데 솔잎·산딸기·쑥도 가능하다.
2
씻어서 물기를 말린 재료와 설탕을 각각 1대 1의 비율로 병에 담는다. 설탕을 한 켜 넣은 다음 재료를 다시 한 켜 넣는 식으로 한다.
3
밀봉한 후 서늘하고 그늘진 곳에서 보관한다. 부피가 컸던 재료들은 설탕 때문에 숨이 죽어 부피가 줄어들고 설탕도 모두 녹아내린다. 이때부터 바로 먹어도 된다. 3개월 정도 지나면 건더기를 걸러서 원액만 따로 냉장고에 보관한다.

4

얼음을 넣은 시원한 물에 희석시켜 마신다. 숙성이 된 원액은 초기 원액보다 새콤해진다. 시간과 재료에 따라 달라지는 음료의 색과 향을 즐긴다.

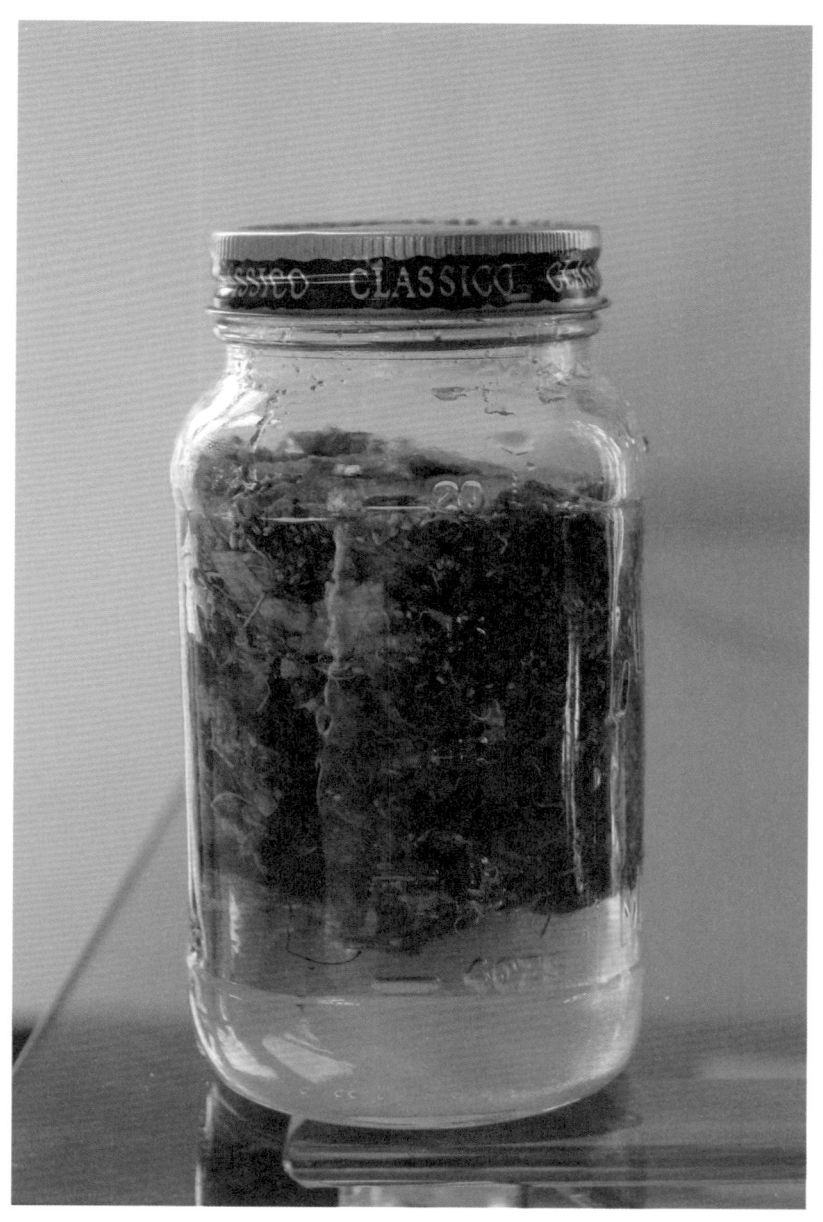

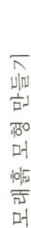
모래층 모형 만들기

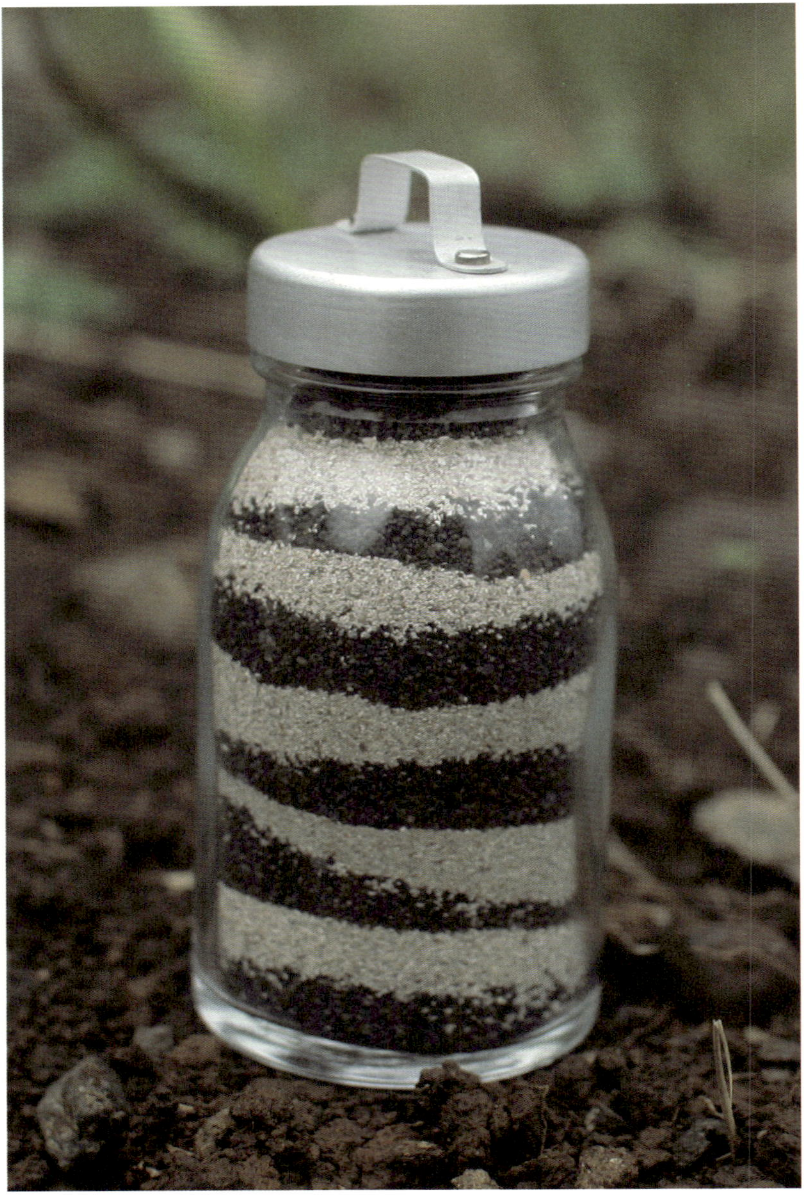

266

▤ 모래흙 모형 만들기 ▤

준비물
유리병, 우리 주변의 서로 다른 색의 모래나 흙

제주도는 해수욕장마다 모래 색깔이 다르다. 이것은 지역에 따라 모래를 이루는 암석의 성분이 다르기 때문이다. 다른 지역과는 달리 특유의 화산활동의 결과로 만들어진 현무암 때문에 검은 모래와 화산재로 인한 붉은 모래를 이곳에서 발견할 수 있다. 흰 모래는 암석이 아닌 흰 조가비가 부서져 만들어졌는데 이 흰 모래와 검은 모래를 한 켜씩 채워넣어 개미굴을 연상시키는 병을 만들어 보았다. 일종의 모래 아상블라주assemblage이다.

우리 주변의 흙 역시 흙을 이루는 암석의 무기물과 유기물의 비율에 따라 황색·검은색·갈색·붉은색 등 여러 색과 촉감을 가지고 있다. 서로 다른 색의 흙이나 모래를 작은 병에 넣어 모형을 만들어보자. 혹은 밝기가 조금씩 다른 흙만 여러 곳에서 채집해 밝은 색에서 어두운 색까지 순차적으로 그라데이션으로 담아보는 건 어떤가. 밀물 같은 흙의 칼라 레인지가 나타날 것이다.

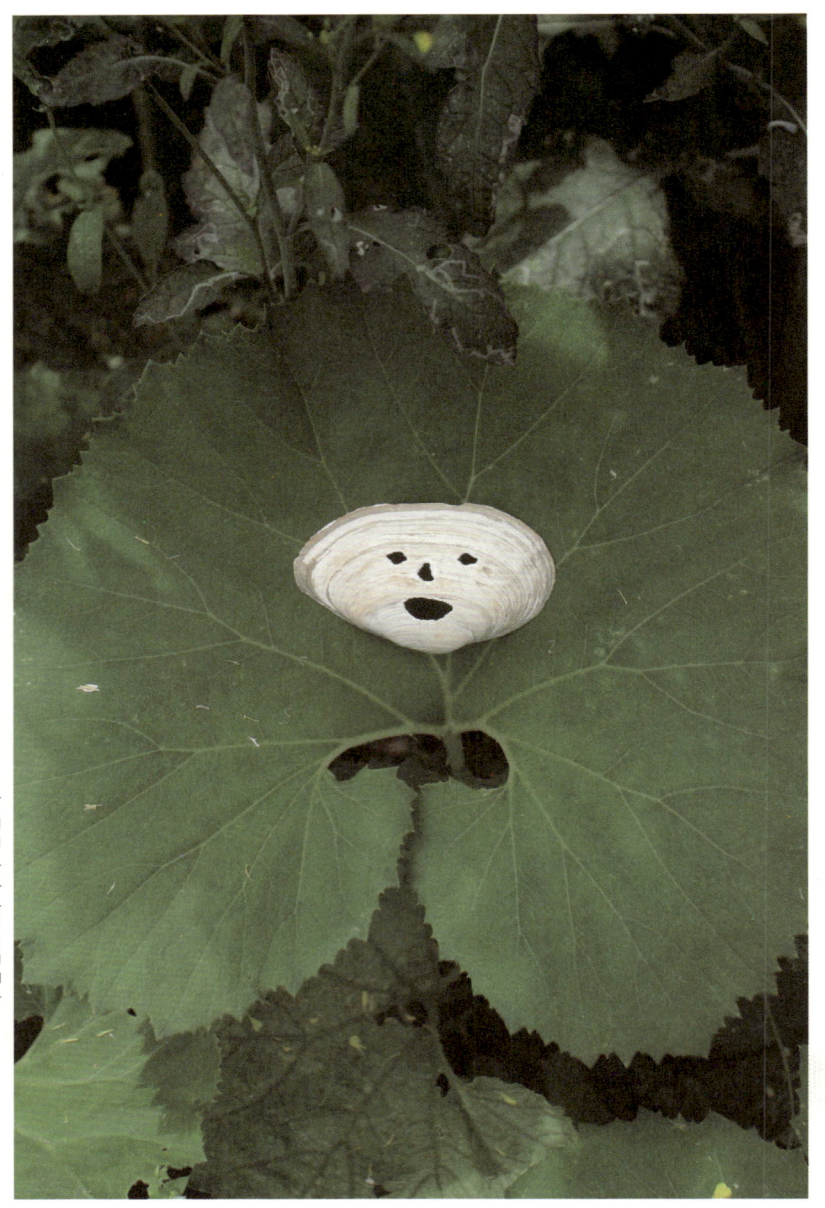

🐌 자연물로 캐릭터 만들기 🐌

준비물
나뭇잎, 칼, 조개껍데기, 못, 망치

매우 간단하고 유머러스한 이벤트로 자연물에 표정을 새겨보자.
눈·코·입 이렇게 구멍 네 개만 뚫으면 나뭇잎에도 조개껍데기에도
표정이 생긴다. 슬프다면 눈물 한 방울도 추가시킬 것.
나뭇잎은 조금 두꺼운 것을 선택해서 칼로 오려내고 조개껍데기
의 경우 너무 두껍지 않은 것으로 나무판 위에 대고 못을 망치로
살살 두드리며 구멍을 낸다.
완성이 되면 캐릭터의 배경이 되어줄 적합한 장소를 찾아 설치하
고 사진을 찍는다. 내가 만든 조그만 얼굴로 예기치 못한 장소가
표정을 얻게 될 것이다.

만드는 일이 즐거운 것은
내 손에 나를 맞추고 사물을 통제할 수 있는
신선한 경험 때문인 듯 하다.
시공을 초월하는 생각이 떠올 때는 괴로위지기 마련인데
눈앞에 보이는 것에 집중하면서
순수히 감각적인 놀이에 탐닉할 때가
가장 즐거운 때가 아닌가 한다.
작은 의자 하나도 내 주변의 사물을 선택해서
한 곳에 집결시키고 그것을 세우고 이어붙이거나
접거나 펴는 일 때위로,
그리고 간간이 끼어드는 의식적인 편집행위를
차가운 흰 벽과 벽에 매달수 있는 끈과
모서리가 있는 구석에 대한 열의.
내가 살고 있듯이
독립적으로 살고 있는 이 수많은 사물들을 결혼시키고 싶은 욕망.
요즘 내가 알고 있는 것은 그것이다.

바람이 말해요, 여기 왔다고
ⓒ 지민희 2010

초판인쇄   2010년 6월 7일
초판발행   2010년 6월 17일

지은이   지민희
펴낸이   강성민
디자인   김영나
기획부장   최연희
편집장   이은혜
마케팅   신정민
온라인 마케팅   이상혁, 한민아

펴낸곳   (주)글항아리
               출판등록 2009년 1월 19일 제406-2009-000002호
주소   413-756 경기도 파주시 교하읍 문발리
               파주출판도시 513-8
전자우편   bookpot@hanmail.net
전화번호   031-955-8891/마케팅
               031-955-8898/편집부
팩스   031-955-2557

ISBN 978-89-93905-27-4 03810

이 도서의 국립중앙도서관 출판시도서목록(CIP)은
e-CIP홈페이지(http://www.nl.go.kr/ecip)에서 이용하실 수 있습니다.
(CIP제어번호: CIP2010001993)